Der Magier der Erdsee

Ursula K. Le Guin

Der Magier der Erdsee

Aus dem Amerikanischen von Margot Paronis

CARLSEN

*Für Clifton, Ted und Karl,
meine Brüder*

Erstes Buch: Der Magier der Erdsee

Krieger im Nebel

Die Insel Gont, ein einziger Berg, dessen Gipfel eine Meile hoch über die sturmgepeitschte Nordostsee ragt, ist als Land der Zauberer bekannt. Nicht wenige der in Gont wohnenden Männer verließen die Städte der oberen Täler und die schmalen, dunklen Buchten, um den Fürsten des Inselreiches in ihren Städten als Zauberer und Magier zu dienen oder, getrieben von Abenteuerlust, von Insel zu Insel zu wandern und ihre Magie überall im Bereich der Erdsee auszuüben. Unter diesen allen, so wird von manchen behauptet, war derjenige, den sie »Sperber« nannten, der größte; er war unbestreitbar am weitesten herumgekommen und es war ihm vergönnt, Drachenfürst zu werden und später in seinem Leben zum Erzmagier gewählt zu werden. Im *Gedlied* und in zahlreichen anderen Liedern werden seine Taten besungen. Diese Erzählung aber reicht zurück in die Zeit, als er noch unbekannt war und es noch keine Lieder über ihn gab.

Er wurde in Zehnellern, einem einsamen, hoch am Berg

gelegenen Dorf an der Spitze des Nordtales, geboren. Unterhalb des Dorfes zieht sich Gras- und Ackerland hin, das Stufe um Stufe gegen die See abfällt, und an den Flusskrümmungen der Ar breiten sich Städte aus. Hinter dem Dorf wächst nur Wald, der steil, Kamm auf Kamm folgend, bis an die Felsen und den Schnee der Höhe reicht.

Die Mutter gab dem Kind den Namen Duny. Es war das Einzige, was sie ihm, außer seinem Leben, geben konnte, denn sie starb, noch ehe er ein Jahr alt war. Der Vater, ein finster blickender, wortkarger Mann, war der Bronzeschmied des Dorfes. Da Dunys sechs Brüder erheblich älter waren als er und nacheinander das Haus verließen, um das Land zu bebauen oder zur See zu fahren oder als Schmiede in anderen Dörfern zu arbeiten, war niemand da, der das Kind mit Liebe aufziehen konnte. So wuchs er wild auf, schnell wachsendem Unkraut gleich, ein stolzer, aufgeweckter Junge, der nicht mit seiner Meinung zurückhielt und schnell bei der Hand war, wenn ihm jemand zu nahe treten wollte. Zusammen mit den wenigen anderen Kindern des Dorfes hütete er die Ziegen an den steilen Hängen hinter den Quellen des Flusses, und als er groß und kräftig genug war, um den Blasebalg zu bedienen, musste er seinem Vater helfen und wurde ein Schmiedejunge, der viel Schläge und Hiebe einsteckte. Eine große Hilfe war Duny nämlich nicht; immer zog es ihn fort, tief in die Wälder drang er, in dem Flussbecken der Ar, die wie alle Flüsse in Gont eiskalt und reißend war, schwamm er, oder er kletterte an Felsgraten entlang und über Halden bis in die steinerne Gipfelwelt, die sich oberhalb der Wälder erstreckte. Von dort oben erblickte er das Meer, diesen endlosen, nördlichen Ozean, in dem es, hinter Perregal, keine Inseln mehr gab.

Die Schwester seiner Mutter wohnte im Dorf. Sie sorgte für Duny, als er noch klein war, aber sie hatte ihren eigenen Haushalt, und sobald Duny groß genug war, um für sich selbst zu sorgen, kümmerte sie sich nicht mehr um ihn. Eines Tages jedoch, als Duny sieben Jahre alt war und noch nichts wusste von den geheimnisvollen Beziehungen und Kräften, die es in dieser Welt gibt, hörte er, wie seine Tante einer Ziege, die auf ein Strohdach hinaufgesprungen war und sich weigerte herunterzukommen, gewisse Worte zurief; sobald sie einen bestimmten Reim zufügte, sprang das Tier herunter. Am nächsten Tag, als Duny die langhaarigen Ziegen auf den Matten des Hohen Falles hütete, rief er ihnen die gleichen Worte zu, deren Sinn und Bedeutung ihm ganz fremd waren:

Noth hierth malk man
Hiolk han merth han!

Er schrie, so laut er konnte, und die Ziegen begannen auf ihn zuzulaufen, lautlos und hurtig, und starrten ihn aus den gelben Schlitzen ihrer schwarzen Augen an. Duny lachte. Es gefiel ihm, Macht über die Ziegen zu haben, und er wiederholte den Spruch in voller Lautstärke. Die Ziegen kamen daraufhin näher und begannen ihn enger und enger zu umringen. Ganz plötzlich bekam er Angst vor ihren mächtigen, gebogenen Hörnern, ihren seltsamen Augen und der ungewohnten Stille. Er versuchte aus dem Kreis auszubrechen und davonzurennen, aber die Ziegen verließen ihn nicht, sie rannten mit. So gelangten sie schließlich, ein dichtes Knäuel formend, ins Dorf. Es sah aus, als seien die Ziegen mit einem Seil zusammengebunden, in ihrer Mitte der schluchzende, heulende Junge. Die Dorfbewohner, vom Geräusch angezogen, traten aus ihren Häusern und riefen den Ziegen Flüche zu, während sie über den kleinen Jungen lachten. Die Tante trat unter sie, lachte aber nicht. Sie sprach ein Wort zu den Ziegen und die Tiere, endlich vom Bann befreit, begannen zu meckern, Gras zu rupfen und sich allmählich zu zerstreuen.

»Folge mir«, sagte sie zu Duny.

Sie nahm ihn in ihre Hütte, in der sie allein wohnte. Kinder durften hier gewöhnlich nicht eintreten, sie hatten sowieso Angst vor dieser Behausung. Es war niedrig drinnen und sah düster aus, denn es gab keine Fenster. Der Raum war voll vom Duft verschiedener Kräuter: Pfefferminz, wilder Knoblauch, Binsenkraut, Thymian, Schafgarbe, Rainfarn, Lorbeer, Trollblumen und Teufelsklaue, die zum Trocknen am Querbalken hingen. Die Tante saß neben der Feuerstelle mit überkreuzten Beinen, und während sie ihn von der Seite durch ihre langen schwarzen Haarsträhnen beobachtete, fragte sie ihn, was er zu den Ziegen gesagt habe und ob er wisse, was es bedeute. Als sie herausfand, dass er nichts wusste und doch in der Lage war, die Ziegen in den Bann zu schlagen und sie zu zwingen, ihm zu folgen, ahnte sie, dass große Macht in ihm schlummerte.

Da Duny nur der Sohn ihrer Schwester war, hatte sie sich nie viel Gedanken um ihn gemacht, nun aber sah sie ihn in einem neuen Licht. Sie lobte ihn und sagte, dass sie ihn andere Sprüche lehren könne, die ihm bestimmt besser gefielen, wie zum Beispiel Worte, die eine Schnecke aus ihrem Gehäuse herauslockten, oder den Namen, der den Falken aus den Wolken rief.

»O ja, sag mir den Namen!«, rief er, der Schrecken mit den Ziegen war schon vergessen, und er setzte sich ganz aufrecht hin, denn es gefiel ihm, dass sie seine Klugheit lobte.

Die Hexe fragte ihn: »Wirst du dieses Wort nie anderen Kindern sagen, wenn ich's dich lehre?«

»Nie, ich verspreche es.«

Sie lächelte über seine offensichtliche Naivität. »Nun gut, aber ich werde dein Versprechen sichern. Du wirst nicht reden können, bis ich dich aus dem Bann löse. Dann kannst du zwar wieder sprechen, aber das Wort, das ich dich lehre, kannst du nur aussprechen, wenn niemand sonst mithören kann. Wir müssen die Geheimnisse unseres Gewerbes wahren.«

»In Ordnung«, sagte der Junge, denn er hatte nicht die

Absicht, das Geheimnis an Freunde zu verraten, im Gegenteil, es gefiel ihm ganz gut, mehr zu wissen und mehr zu können als sie.

Er muckste sich nicht, während seine Tante ihr ungekämmtes Haar hinten zusammenband, ihren Gürtel fester knüpfte und sich niederließ, wiederum mit überkreuzten Beinen. Sie warf einige Hände voll Blätter ins Feuer, sodass sich der Rauch überall ausbreitete und die Hütte füllte. Dann begann sie zu singen. Manchmal änderte sie ihre Stimme, die einmal hoch, einmal tief klang, so als ob ein anderer aus ihr sänge, und der Gesang fand kein Ende, bis der Junge nicht mehr wusste, ob er schlief oder wachte. Während der ganzen Zeit saß der alte schwarze Hund der Hexe, der nie bellte, neben ihm mit Augen, die rot waren vom Rauch. Dann sprach die Hexe mit Duny in einer Sprache, die er nicht verstand, und er musste Sprüche und Worte nachsprechen, bis der Zauber über ihn kam und ihn festhielt.

»Rede!«, gebot sie ihm, um den Bann auszuprobieren.

Der Junge konnte nicht sprechen, aber er lachte.

Da bekam die Tante etwas Angst vor der in ihm ruhenden Macht. Sie hatte ihren stärksten Zauberspruch gewählt und versucht, sein Reden und sein Schweigen zu beherrschen und ihn gleichzeitig an sich und in den Dienst ihres Zaubergewerbes zu binden. Doch während er unter dem Bann stand, konnte er lachen. Sie sagte kein Wort, sondern schüttete frisches Wasser ins Feuer, bis der Rauch sich verzogen hatte, dann gab sie dem Jungen Wasser zu trinken, und als die Luft wieder sauber war und er wieder reden konnte, lehrte sie ihn den wahren Namen des Falken, dem der Falke gehorchen musste.

Das war Dunys erster Schritt auf dem Pfad, dem er den Rest seines Lebens folgen sollte, der Pfad der Magie, der Pfad, der ihn schließlich dazu führte, einem Schatten über Land und Meer nachzujagen, bis an die finstere Küste des Totenreiches. Aber als er die ersten Schritte tat, schien der Pfad weit und breit zu sein.

Als Duny erlebte, wie der wilde Falke pfeilschnell aus den Wolken zu ihm herunterstieß, wenn er ihn bei seinem eigentlichen Namen rief, und sich wie der Edelfalke eines Prinzen mit rauschenden Flügeln auf seinem Handgelenk niederließ, trieb ihn die Begierde, noch andere Namen zu lernen, und er ging zu seiner Tante und bat sie, ihn den Namen des Sperbers, des Reihers und des Adlers zu lehren. Um sich diese Worte, die ihm so viel Macht gaben, anzueignen, tat er alles, was die Tante von ihm verlangte, lernte alles, was sie ihm beibringen wollte, obwohl manches Wissen und manche Verrichtung abstoßend waren. Die Redensarten »so schwächlich wie die Zauberei einer Frau« oder »so gemein wie die Zauberei einer Frau« waren allgemein bekannt in Gont. Zwar gehörte die Hexe von Gont keineswegs zu den Hexen der schwarzen Künste, sie mischte sich auch nicht in die hohen Künste oder in den Umgang mit Urkräften, aber da sie ein unwissendes Weib war, das unter unwissendem Volk hauste, lag ihren Bemühungen oft eine ganz primitive und zweifelhafte Absicht zugrunde. Sie wusste nichts vom Gleichgewicht und von der Formgebung, die der wahre Zauberer kennt, denen er dient und die ihn lehren, Magie nur im äußersten Notfall auszuüben. Sie hatte für jede Gelegenheit einen Spruch bereit und beschäftigte sich praktisch dauernd damit, irgendeinen Zauber zu bewerkstelligen. Viel davon war Humbug und nutzlos, denn sie konnte die wahren von den falschen Zaubersprüchen nicht unterscheiden. Aber ihre Verwünschungen waren fast immer erfolgreich, ja man konnte fast sagen, dass sie eher eine Krankheit verursachen als heilen konnte. Wie jede in einem Dorf ansässige Hexe war sie geschickt im Mischen von Liebestränken, aber es gab auch andere, schlimmere Tränke, die sie auf Wunsch braute, um der Männer Missgunst und Hass zu dienen. Dieses Wissen verbarg sie vor ihrem jungen Lehrling, und soweit es in ihrer Macht lag, lehrte sie ihn ein ehrliches Gewerbe. Duny hatte seine kindliche Freude daran, die magische Kunst zu erlernen. Sie machte ihn zum Meister über alles Getier, das fliegende und das kriechende, und zeigte ihm das wahre Wesen ihrer Natur. Diese Freude blieb ihm den Rest seines Lebens. Oft, wenn die Kinder ihn auf den hohen Almen sahen, war er von einem Raubvogel umschwirrt, und sie begannen ihn den »Sperber« zu nennen. Dieser Name blieb ihm und wurde von all denen gebraucht, die seinen wahren Namen nicht kannten.

Da die Hexe ihm oft vom Ruhm und Reichtum und von der großen Macht erzählte, die ein Zauberer über die Menschen erringen konnte, nahm sich Duny vor, mehr von der Zauberkunde zu erlernen. Das Lernen fiel ihm leicht. Die Hexe lobte ihn oft und die Kinder begannen ihn zu fürchten. Er selbst wusste, dass er bald berühmt werden würde unter den Menschen. So verging die Zeit und er lernte nacheinander Worte und Beschwörungsformeln von der Hexe. Als er zwölf Jahre alt war, kannte er einen großen Teil ihres Wissens. Es war nicht allzu viel, aber für die Hexe eines kleinen Dorfes genügte es und für einen zwölfjährigen Knaben war es mehr als genug. Sie lehrte ihn alles, was sie von Kräutern und vom Heilen wusste und was ihr bekannt war von den Künsten des Findens, des Fesselns, des Zusammenfügens, des Öffnens und des Schließens. All die Lieder der Sänger, die sie kannte, sang sie ihm vor, die von den Taten vergangener Heiden handelten, und die Worte der wahren Sprache, die sie von dem Zauberer, bei dem sie in die Schule gegangen war, gelernt hatte, gab sie an Duny weiter. Von den Wettermachern und den Spielleuten, die von Stadt zu Stadt durch das Nordtal und den Ostwald zogen, lernte er verschiedene Tricks und interessante Spielereien, meist Schein- und Illusionszauber. Einer dieser Tricks, ein Illusionszauber, offenbarte zum ersten Mal die Macht, die in Duny steckte.

Zur damaligen Zeit war Kargad ein mächtiges Reich. Es bestand aus vier großen Ländern, die zwischen dem Nord-

und Ostbereich lagen: Karego-At, Atuan, Hur-at-Hur und Atnini. Die Sprache, die dort gesprochen wurde, war anders als die der Bewohner des Inselreiches und der anderen Landstriche. Es war ein barbarisches Volk, das dort wohnte, weißhäutig, blondhaarig und wild, das gerne Blut sah und gerne brennende Städte roch. Im Jahr zuvor hatten sie die Inselgruppe der Toriklen und die stark befestigte Insel Torheven angegriffen und verschiedene Raubzüge gegen sie unternommen mit ihren großen Flottillen wehrhafter Schiffe unter roten Segeln. Die Nachrichten erreichten das nördliche Gont, aber die Fürsten in Gont waren zu sehr mit ihren eigenen Seeräubereien beschäftigt und kümmerten sich wenig um die Bedrängnisse anderer Länder. Dann aber fiel Spevy unter den Angriffen der Kargs und wurde geplündert und in Asche gelegt und die Bewohner als Sklaven verschleppt und die Insel derart zerstört, dass sie heute noch in Ruinen liegt. Danach, von Siegeslust beflügelt, fuhren die Kargs nach Gont mit einer Flotte von dreißig schnellen Langbooten und legten im Osthafen an. Sie kämpften sich durch die Stadt, eroberten sie und setzten sie in Brand. Dann ließen sie ihre Schiffe unter Bewachung an der Mündung der Ar zurück und drangen aufwärts ins Tal vor, raubend, plündernd und mordend, Mensch und Tier. Im weiteren Vordringen teilten sie sich in Gruppen und jede dieser Gruppen nahm und zerstörte, was den Männern gefiel. Flüchtlinge kamen und warnten die Dorfbewohner der Höhe. Bald darauf sahen die Bewohner von Zehnellern im Osten Rauch aufsteigen, der den Himmel verdunkelte. Wer hinaufstieg auf den Hohen Fall, konnte den Rauch sehen, der über dem Tal lag, und die rote Glut wahrnehmen, die vom Brand der erntereifen Felder herrührte oder von den Obstbäumen, an deren Zweigen die Früchte verkohlten, oder von den Höfen und Scheunen, die loderten und zu Asche zerfielen.

Einige der Dorfbewohner flüchteten sich hinauf in die Schluchten und versteckten sich im Wald, andere bereiteten sich zur Verteidigung vor und manche taten überhaupt nichts, sondern standen nur herum und jammerten. Die Hexe war unter den Flüchtenden. Sie versteckte sich allein in einer Höhle am Kapperdingkamm und verschloss die Öffnung der Höhle mit Zauberworten. Dunys Vater, der Bronzeschmied, gehörte zu denen, die blieben. Er wollte seine Schmiedegrube und seinen Amboss, die ihm fünfzig Jahre lang treu gedient hatten, nicht im Stich lassen. Er schaffte die ganze Nacht durch, schmolz alles verfügbare Metall zu Speerklingen, die er, unter Mithilfe der anderen, an die Schäfte von Hacken und Rechen band, denn die Zeit war zu kurz, um ordentliche Fassungen herzustellen. Im ganzen Dorf gab es außer Pfeilen, Bogen und Jagdmessern keine Waffen, denn die Bergbewohner von Gont waren nicht als Krieger, wohl aber als Ziegendiebe, Piraten und Zauberer bekannt.

Der Sonnenaufgang brachte dichten, weißen Nebel, nicht ungewöhnlich im Herbst hier oben auf der Insel. Die

Dorfbewohner standen zwischen ihren Hütten und Häusern entlang der krummen Straße von Zehnellern. In ihren ungeübten Händen hielten sie Pfeil und Bogen und die neu geschmiedeten Speere, aber sie wussten nicht, ob die Kargs noch weit weg oder schon ganz nahe waren. Unbeweglich und still standen sie und starrten in den Nebel, der alle Umrisse, Entfernungen und Gefahren vor ihren Augen verbarg. Unter ihnen stand Duny. Er hatte die ganze Nacht am Blasebalg geschuftet. Ohne auszusetzen hatte er die beiden langen Bälge aus Ziegenleder gezogen und geschoben, um den Luftstrom zum Anfachen des Feuers zu erzeugen. Jetzt taten ihm seine Arme weh und zitterten derart, dass er Mühe hatte, den Speer, den er selbst gewählt hatte, zu halten. Er wusste nicht, was er tun konnte, um dem Dorf zu helfen, denn zum Kämpfen taugte er bestimmt nicht. Schwer lag der Gedanke auf ihm, dass er nun wohl sterben musste, aufgespießt auf einer kargischen Lanze, obwohl er doch nur ein Junge war, und dass er das ewig dunkle Land betreten sollte, ohne je seinen wahren Namen, seinen Mannesnamen, erfahren zu haben. Er betrachtete seine dünnen Arme, feucht vom Nebeltau, und war wütend auf seine Schwäche, denn er wusste um seine Stärke. Er fühlte die in ihm schlummernde Macht, aber wenn er nur wüsste, wie sie zu gebrauchen sei. Er ging alle Zaubersprüche durch, die ihm helfen oder zumindest eine Chance geben würden. Aber die Not allein löst keine Macht aus: Wissen ist vonnöten.

Unter den wärmenden Strahlen der Sonne, die sich rund über den Gipfeln in einen klaren Himmel erhob, verzog sich allmählich der Nebel. In den sich teilenden, schwebenden Nebelfetzen gewahrten die Dorfbewohner eine Schar von Kriegern, die den Berg heraufstiegen. Sie trugen Bronzehelme, Beinschienen und Brustpanzer aus schwerem Leder, Schilde aus Holz und Bronze; in ihren Händen hielten sie Schwerter und die langen kargischen Lanzen. Sie folgten der steilen Böschung der Ar, ein federgeschmückter, klirrender, ungleichmäßiger Zug, so nahe bereits, dass man ihre weißhäutigen Gesichter deutlich wahrnehmen und die Worte, die sie sich in ihrer Sprache zuwarfen, hören konnte. Die Schar war verhältnismäßig klein, sie bestand aus ungefähr hundert Männern; im Dorf aber gab es nur achtzehn Männer und Knaben zusammen.

Die große Not, in der Duny sich und die Seinen sah, rief ein Wissen in ihm wach: Er sah, wie der sich lichtende Nebel den Pfad freilegte, und erinnerte sich an eine Beschwörungsformel, die vielleicht von Nutzen sein konnte. Ein alter Wettermacher, der darauf aus war, den Jungen als Lehrling zu gewinnen, hatte ihn einige Wetterformeln gelehrt. Darunter war ein Trick, den der Wettermacher das Nebelweben nannte. Es war eine so genannte Bindeformel, die einzelne Nebelfetzen zu einem Ganzen zusammenzog, aus dem geschickte Illusionskünstler geisterhafte Gestalten formten, die sich eine Weile schwebend bewegten und sich allmählich wieder auflösten. Dazu fehlte Duny die Geschicklichkeit, aber seine Absicht war sowieso eine andere, und die Macht, die er in sich fühlte, war groß genug, um die Beschwörungsformel seinen eigenen Zwecken anzupassen. Laut und schnell nannte er die verschiedenen Örtlichkeiten und Grenzen des Dorfes und sprach dann die Formel des Nebelwebens, aber in die Worte flocht er eine andere magische Formel, die bewirkt, dass alles verhüllt wird. Und zuletzt rief er laut ein Wort, das die Magie auslösen sollte.

Während er noch damit beschäftigt war, näherte sich sein Vater von hinten und versetzte ihm einen harten Schlag gegen den Kopf, der ihn zu Boden warf: »Sei ruhig, du Narr! Hör auf mit deinem Gewäsch und versteck dich lieber, wenn du nicht kämpfen kannst!«

Duny stand auf. Er konnte die Kargs hören, die bereits am Ende des Dorfes waren, fast schon an der großen Eibe im Hof des Gerbermeisters. Ihre Stimmen drangen klar zu ihnen herauf, auch das Rasseln ihrer Waffen und das Quietschen ihrer Rüstungen, aber sie selbst waren unsichtbar. Ein dichter weißer Nebel hatte sich im ganzen Dorf verbreitet, der alles Licht dämpfte und die ganze Welt verschwimmen ließ, fast konnte man seine eigene Hand vor dem Gesicht nicht mehr sehen.

»Ich habe uns alle versteckt«, sagte Duny mit verdrossener Stimme, denn sein Kopf schmerzte ihn von dem Schlag, den ihm sein Vater versetzt hatte, und die doppelte Beschwörungsformel hatte ihn seine ganze Kraft gekostet. »Ich werde versuchen den Nebel zu halten, solange ich kann. Geh du zu den anderen und mach, dass sie die Kargs auf den Hohen Fall führen.«

Der Schmied starrte seinen Sohn an, der wie ein Spuk in dem unerklärlichen, feuchten Nebel vor ihm stand. Es dauerte einige Minuten, bis er Dunys Absicht begriffen hatte, dann aber rannte er fort, lautlos, denn er kannte jeden Zaun und jede Ecke im Dorf; er verständigte die anderen, was zu tun sei. Durch das Grau des Nebels drang ein rötlicher Schein. Die Kargs hatten ein Haus in Brand gesteckt und man hörte das Knistern eines brennenden Strohdaches. Sie befanden sich noch immer am unteren Ende des Dorfes und warteten darauf, dass der Nebel sich lichtete, damit sie ihre Beute klar vor sich sehen konnten.

Der Gerbermeister, dessen Haus in Brand stand, suchte ein paar Jungen aus und befahl ihnen, schreiend und spottend unter den Nasen der Kargs hin und her zu rennen und dann wieder im Nebel zu verschwinden. Indessen schlichen sich die Männer hinter den Zäunen von Haus zu Haus, bis sie am anderen Ende des Dorfes herauskamen, und schleuderten eine Ladung von Pfeilen und Speeren mitten in die Kargs, die zusammengepfercht auf einer Stelle standen. Einer der Kargs fiel, getroffen von einem noch vom Schmieden warmen Speer, und wand sich schreiend am Boden. Die anderen wurden von den Pfeilen gespickt und gebärdeten sich wie rasend. Sie stürzten vorwärts und warfen sich auf ihre kümmerlichen Angreifer, aber sie bekamen nur Nebel zu fassen, der mit Stimmen angefüllt schien. Sie folgten den Stimmen und stachen mit ihren federgeschmückten, blutigen Lanzen in den Nebel hinein. Bergauf, entlang der Straße, stürmten sie, Schreie ausstoßend, und wussten nicht, dass sie bereits durch das Dorf gerannt waren, dessen leere Häuser und Hütten im grauen, wogenden Nebel auftauchten und wieder verschwanden. Die Dorfleute liefen in alle Richtungen auseinander, die meisten jedoch hielten ihren Abstand vor den Kargs ein, denn sie waren mit dem Terrain wohl vertraut; einige, meist alte Männer und jüngere Knaben, fielen zurück. Die Kargs, über die sie stolperten, stachen zu mit ihren Lanzen und hauten um sich mit ihren Schwertern und stießen ihren Schlachtruf aus, die Namen der weißen Brudergötter von Atuan:

»Wuluah! Atwah!«

Einige in der Schar blieben stehen, als sie fühlten, wie das Land unter ihren Sohlen uneben wurde, andere drängten weiter auf der Suche nach dem Phantomdorf und folgten den fliehenden Schatten, die zum Greifen nahe vor ihnen huschten. Der Nebel schien, als sei er lebendig: Er wallte und wogte, Schatten näherten sich, flohen und verschwanden darin. Eine Gruppe von Kargs jagte den geisterhaften Spukgestalten nach, bis sie zum Hohen Fall, der Felswand hoch über den Quellen der Ar, kamen, wo die vor ihnen huschenden Gestalten sich in der Luft aufzulösen schienen. Die vordringenden Kargs fühlten plötzlich keinen Boden mehr unter den Füßen und schreiend stürzten sie hundert Meter tief ab, durch den Nebel hindurch in die Sonne, steil abwärts, und zerschellten in dem flachen Becken des Flusses zwischen den Felsblöcken. Die Nachdrängenden hielten bei der Felswand inne und lauschten.

Ein Grauen schlich sich in die Herzen der Kargs. Sie begannen einander in dem unheimlichen Nebel zu suchen, und ließen ab von der Verfolgung der Dorfbewohner. Am Berghang fanden sie sich, aber die Spukgestalten schlichen sich unter sie und drangen von hinten auf sie ein mit Speeren und Messern und verschwanden sofort wieder. Da begannen die Kargs den Berg hinunterzulaufen, alle zusammen, von Furcht getrieben, ohne anzuhalten, bis sie sich plötzlich außerhalb des Nebels wiederfanden und der Fluss und die Schluchten unterhalb des Dorfes klar und deutlich in der hellen Morgensonne vor ihnen lagen. Hinter ihnen, quer über dem Pfad, lag eine graue Wand, in der es quirlte und quellte und die alles Dahinterliegende verbarg. Aus ihr brachen noch zwei oder drei Nachzügler hervor, die sich eilends vorwärts schleppten und ihre langen, wippenden Lanzen fest umklammert hielten. Keiner blickte sich mehr um. Alle strebten sie dem Tal zu, so schnell sie konnten, hinweg aus dieser verhexten Gegend.

Weiter unten im Nordtal kam es zu erbitterten Kämpfen. Die Städte des Ostwaldes, von Ovark bis an die Küste, hatten ihre waffenfähigen Männer aufgerufen, die jetzt gegen die Angreifer von Gont zogen. Ein Trupp nach dem andern kam von den Hängen herab, und den ganzen Tag bis tief in die Nacht hinein griffen sie die Kargs an und setzten ihnen hart zu. Sie drängten sie zurück bis zur Küste oberhalb des Osthafens, und dort, wo die Kargs ihre Schiffe vom Brand zerstört vorfanden, verteidigten sie sich mit dem Rücken gegen das Meer bis zum letzten Mann. Der Strand an der Armündung war braun von vergossenem Blut.

Oben in Zehnellern blieb der Nebel noch eine Weile liegen; dann aber bewegte er sich und begann nach oben zu schweben und sich allmählich aufzulösen. Vereinzelt sah man Männer sich erheben und im hellen Licht der Morgensonne umschauen. Hier lag ein Karg mit langem, blutigem Blondhaar, dort lag der Gerbermeister, der wie ein König in der Schlacht gefallen war.

Am Dorfende brannte noch immer das Haus. Man eilte, es zu löschen, denn der Angriff war siegreich zurückgeschlagen. In der Nähe der großen Eibe fand man Duny, den Sohn des Bronzeschmieds. Ganz allein stand er da, unversehrt, aber stumm und wie benommen, so als ob ihm jemand einen schweren Schlag versetzt hätte. Sie wussten wohl, was er für sie getan hatte, und führten ihn zurück ins Haus seines Vaters und gingen, die Hexe aus ihrer Höhle zu holen, damit sie den Jungen heile, der ihr Leben und ihren Besitz geschützt hatte. Sie hatten nur vier Tote zu beklagen und nur ein Haus war zerstört.

Man konnte keine Waffenwunde an Duny finden und doch wollte er weder sprechen noch essen, noch schlafen, und wenn man mit ihm sprach, so schien er nicht zu hören, und diejenigen, die zu ihm kamen, schien er nicht zu erkennen. Niemand in der Gegend war der Zauberei so kundig, dass er Duny von seinem Übel hätte befreien und ihm helfen können. Die Tante sagte: »Er hat seine ganze Kraft verausgabt«, aber es lag nicht in ihrer Macht, ihm zu helfen

Während Duny in der Dunkelheit lag und nicht wusste, was um ihn herum vorging, verbreitete sich die Kunde von dem Jungen, der Nebel wob und den kargischen Kriegern mit ein paar gruseligen Schatten Angst einjagte, bis hinunter ins Nordtal und hinüber in den Ostwald und hinauf auf den Berg und die andere Seite wieder hinunter bis zum großen Hafen von Gont. So kam es, dass fünf Tage nach dem Gemetzel an der Armündung ein Fremder nach Zehnellern kam, der weder jung noch alt war, einen langen Umhang trug, barhäuptig ging, und einen Eichenstab, so groß wie er selbst, leicht in der Hand hielt. Er kam nicht von unten herauf, entlang der Ar, wie die meisten Leute, sondern er kam aus den Wäldern des oberen Berghanges. Den Dorfbewohnern blieb nicht verborgen, dass er ein Zauberer war, und als er ihnen sagte, dass er alles heilen könne, führten sie ihn sofort zum Haus des Schmieds. Nachdem er alle hinausgeschickt hatte – nur der Vater Dunys und die Tante durften dableiben –, beugte er sich über den Jungen, der wie bewusstlos dalag und ins Dunkle starrte. Er legte seine Hand auf die Stirn des Knaben und berührte ganz kurz seine Lippen.

Duny richtete sich langsam auf und schaute sich um. Nach einer kleinen Weile begann er zu sprechen und seine Kräfte und sein Hunger kehrten zurück. Sie gaben ihm ein wenig zu trinken und er legte sich wieder zurück, ohne seine dunklen, fragenden Augen von dem Fremden zu wenden.

Der Bronzeschmied wandte sich zu dem Fremden: »Sie sind kein gewöhnlicher Mann.«

»Noch wird Ihr Junge ein gewöhnlicher Mann sein«, sprach der Fremde. »Die Geschichte mit dem Nebel drang bis nach Re Albi, wo ich wohne. Ich kam hierher, um ihm seinen Namen zu geben, falls er, wie man mir berichtete, noch nicht das Fest der Namensgebung begangen hat.«

Die Hexe flüsterte dem Schmied zu: »Bruder, das muss Ogion der Schweigsame sein, der Magier von Re Albi, der, der damals das Erdbeben bezwungen ...«

»Mein Herr«, sagte der Bronzeschmied, der sich von großen Namen nicht einschüchtern ließ, »mein Sohn wird nächsten Monat dreizehn Jahre alt und wir planten, seine Aufnahme in die Gemeinschaft der Erwachsenen am Fest der Wintersonnenwende abzuhalten.«

»Gebt ihm seinen Namen, sobald es geht«, antwortete der zauberkundige Mann, »denn er wird ihn bald nötig brauchen. Ich habe jetzt anderes zu tun, aber ich komme zurück an dem Tag, den ihr gewählt habt. Und wenn es euch recht ist, nehme ich ihn mit mir, wenn ich wieder fortgehe. Und wenn er sich bewährt, werde ich ihn als meinen Lehrling behalten und werde dafür sorgen, dass er richtig ausgebildet wird, wie es seinen Gaben entspricht. Denn es ist gefährlich, den Geist eines zur Magie Geborenen im Dunkeln zu lassen.«

Ogion sprach ruhig und freundlich, aber mit Überzeugung, sodass selbst der eigensinnige Schmied mit allem einverstanden war.

An Dunys dreizehntem Geburtstag, einem sonnigen Tag im frühen Herbst, als die Bäume noch im Schmuck ihrer bunten Blätter standen, kehrte Ogion von seinen Wanderungen über den Berg Gont ins Dorf zurück. Das Zeremoniell von Dunys Aufnahme fand an diesem Tage statt. Die Hexe nahm ihm seinen Namen Duny, den er von seiner Mutter erhalten hatte. Namenlos und nackt schritt er in die kalten Quellen der Ar, dort, wo sie zwischen den Felsen, unter der hohen Felswand, hochsteigen. Als er ins Wasser stieg, zogen Wolken über das Antlitz der Sonne und riesige Schatten glitten heran und vereinigten sich über dem Flussbecken, in dem er sich befand. Er durchquerte das Wasser bis ans entfernte Ufer, zitternd vor Kälte, aber langsamen Schrittes und aufrecht, wie es verlangt wurde, während um ihn das eisige, wild bewegte Wasser tobte. Auf der anderen Seite streckte ihm Ogion, der auf ihn gewartet hatte, die Hand entgegen und fasste ihn am

Arm, während er ihm seinen wahren Namen zuflüsterte: Ged.

Und so begab es sich, dass ihm sein Name von einem, der in den Künsten der Magie weise und bewandert war, zuteil wurde.

Das Fest war noch lange nicht zu Ende für die Dorfbewohner, die sich gütlich taten am Essen, das in Hülle und Fülle vor ihnen stand, und am Bier, das reichlich floss, und dem Sänger zuhörten, der vom Tal heraufgekommen war und das Lied von den *Taten der Drachenfürsten* sang, als der Magier in seiner ruhigen Stimme zu Ged sprach: »Komm, lass uns gehen. Verabschiede dich und lass sie beim Fest verweilen!«

Ged lief, um seine Sachen zu holen: das Bronzemesser, das ihm sein Vater geschmiedet hatte, einen Ledermantel, den ihm die Frau des Gerbermeisters gerichtet hatte, und einen Stock aus Erlenholz, dem die Tante magische Kräfte verliehen hatte. Das war sein ganzer Besitz, außer seinem Hemd und seiner Hose. Dann nahm er Abschied von allen Leuten, den einzigen, die er in der ganzen Welt kannte. Er blickte noch einmal aufs Dorf zurück, das sich oberhalb der Flussquellen hinzog und von der Felswand dahinter geschützt wurde. Dann folgte er seinem neuen Meister durch den steil ansteigenden Wald der Berginsel, durch die bunten Blätter und Schatten eines strahlenden Herbsttages.

Der Schatten

Ged hatte gehofft, dass er als Lehrling eines großen Magiers sofort in die Künste und Geheimnisse der Magie eingeweiht werden würde. Er hatte sich ausgemalt, wie er die Sprache der Tiere und der Blätter verstehen würde, wie er dem Wind mit Worten gebieten würde und wie er selbst nach Belieben eine andere Gestalt annehmen könnte; oder er und sein Begleiter würden als Hirsche durch den Wald jagen oder auf den Schwingen des Adlers nach Re Albi fliegen.

Aber es kam ganz anders. Zunächst wanderten sie hinunter ins Tal. Dann schlugen sie eine südliche und später eine westliche Richtung ein, die um den Berg herumführte. Sie fanden zumeist Unterkunft in den kleinen Dörfern, die an ihrem Wege lagen, manchmal übernachteten sie aber auch im Freien wie arme wandernde Zaubergesellen oder wie Trödler und Hausierer. Keine magische Welt tat sich vor ihm auf, nichts Außergewöhnliches ereignete sich. Der eichene Stab des Magiers, vor dem Ged zuerst etwas Angst gehabt hatte, war nichts weiter als ein kräftiger Wanderstab. Drei Tage waren vergangen, dann vier, und noch immer hatte Ogion kein Zauberwort in Geds Gegenwart gesprochen und ihm noch keine Rune, keinen Namen und keinen neuen Spruch beigebracht.

Obgleich Ogion sehr schweigsam war, strahlte er solch eine Ruhe und Milde aus, dass Ged bald alle Scheu vor ihm überwand, und nach ein paar Tagen war er mutig genug, um zu fragen: »Wann wird meine Lehre beginnen, Meister?«

»Sie begann bereits«, antwortete Ogion.

Eine Stille trat ein und man spürte, wie Ged mit sich kämpfte. Schließlich sagte er: »Aber ich habe doch noch nichts gelernt!«

»Weil du noch nicht herausgefunden hast, was ich dich lehre«, erwiderte der Magier und ging, ohne seine großen, gleichmäßigen Schritte zu verlangsamen, weiter auf ihrem Weg, der jetzt über die hohe Passstraße zwischen Ovark und Wiss führte. Seine Haut war kupferbraun wie die der meisten Männer in Gont; sein Haar war grau und sein Körper hager und sehnig; er redete selten, aß wenig und schlief noch weniger; seine Augen waren scharf, sein Gehör ausgezeichnet und oft lag auf seinem Gesicht ein lauschender Zug.

Ged gab keine Antwort. Es ist nicht immer leicht, einem Magier zu antworten.

»Du willst zaubern können«, sagte Ogion nach einer

Weile, als sie nebeneinander hergingen. »Du hast aber schon zu viel Wasser aus diesem Brunnen geschöpft. Warte jetzt. Ein Mann zu sein bedeutet Geduld zu haben. Meisterschaft besteht zu neun Teilen aus Geduld. Wie heißt dieses Kraut dort drüben?«

»Strohblume.«

»Und dieses hier?«

»Ich weiß nicht.«

»Das ist vierblättriger Klee.« Ogion berührte die Pflanze mit der Spitze seines kupferbeschlagenen Stabes. Ged sah sich die Pflanze genauer an und zupfte eine Fruchthülse ab. Da Ogion nichts weiter sagte, fragte er ihn: »Wozu ist es gut, Meister?«

»Ich habe keine Ahnung.«

Ged behielt die Fruchthülse eine Weile in der Hand, dann warf er sie weg.

»Wenn du Klee in jeder Jahreszeit entweder an der Wurzel, am Blatt oder an der Blüte, ja selbst am Samen oder am Geruch erkennen kannst, dann wirst du seinen wahren Namen erfahren, und dann erst wirst du sein Wesen erkennen können – und das ist viel mehr, als nur zu wissen, wozu es gut ist. Denn, letzten Endes, wozu bist du gut? Oder ich? Ist der Berg Gont zu etwas gut? Oder das Meer?« Ogion marschierte weiter, eine halbe Meile waren sie schon gegangen, als er hinzufügte: »Wer hören will, muss schweigen können.«

Der Junge runzelte die Stirn. Es passte ihm nicht, wie

ein Einfaltspinsel behandelt zu werden, aber er schluckte seinen Ärger und seine Ungeduld hinunter und versuchte zu gehorchen, darauf hoffend, dass Ogion sich schließlich doch herablassen werde und ihn etwas lehre, denn er fühlte einen Hunger nach Wissen und Macht in sich. Es schien ihm jedoch, als sie so dahinschritten, dass ihm jedes Kräuterweib und jeder Dorfzauberer auf dieser Wanderung mehr hätte beibringen können. Als sie den Berg umgangen und den einsamen Wald oberhalb Wiss' erreicht hatten, fragte er sich immer häufiger, worin eigentlich Ogions große Kunst und sein Ruhm begründet seien. Regnete es nämlich, so sprach Ogion keine der Zauberformeln, die jedem Wettermacher geläufig waren, um den Regen abzuwenden. In Gont und in der Inselgruppe der Enladen, wo es haufenweise Zauberer gibt, kann es vorkommen, dass eine dicke, dunkle Regenwolke hin und her torkelt, von einer Gegend in die andere, von diesem oder jenem Wettermacher herumgeschubst, bis sie schließlich hinausgestoßen wird über die See, wo sie sich in Ruhe entleeren kann. Ogion ließ den Regen kommen, wann er wollte. Er suchte dann eine dicht gewachsene Tanne und legte sich darunter, während Ged unter den tropfenden Büschen herumkroch, nass und missmutig, und sich fragte, wozu nun eigentlich Zauberkraft gut sei, wenn man sie nicht gebrauche, und er wünschte, er wäre als Lehrling zu dem alten Wettermacher gegangen, dort hätte er zumindest im Trockenen schlafen können. Er sprach nicht aus, was er dachte. Er redete überhaupt nicht. Sein Meister lächelte und schlief im strömenden Regen ein.

Als die Zeit näher rückte, in der die Tage immer kürzer wurden und die ersten Schneefälle die Höhe von Gont bedeckten, erreichten sie Re Albi, Ogions Heimatstadt. Sie liegt hoch oben in den Felsen von Oberfell und ihr Name bedeutet Falkenhorst. Von hier kann man hinunterblicken auf das tiefe Hafenbecken und die Türme von Gont und die Schiffe beobachten, die durch das große Tor zwischen den Festungsklippen in die Bucht gleiten und sie wieder verlassen, und ganz weit im Westen, am Horizont, kann man gerade noch die blauen Berge von Oranéa, der östlichsten der Inneren Inseln, wahrnehmen.

Das Haus des Magiers glich den Häusern in Zehnellern, obwohl es groß und gut gebaut war und einen Herd mit Kamin statt einer einfachen Feuerstelle hatte. Es bestand aus einem großen Raum mit einem angebauten Ziegenstall; an der westlichen Seite befand sich eine kleine Kammer, in der Ged schlief. Über seiner Strohmatratze war ein Fenster, durch das man weit übers Meer blicken konnte, aber meist mussten die Läden gegen die heftigen Winterstürme geschlossen bleiben, die vom Westen und Norden her bliesen. In der dunklen Wärme dieses Hauses verbrachte Ged den Winter. Während es draußen regnete und stürmte oder der Schnee in lautlosen Flocken niederfiel, lernte er die sechshundert hardischen Runen schreiben und lesen. Er war mit Leib und Seele bei der Sache, denn ohne dieses Wissen, nur durch Auswendiglernen von Sprüchen und Formeln, wurde noch keiner ein wahrer Meister. Hardisch, eine Sprache, die so wenig Zauberkraft besitzt wie jede andere, geht auf die Ursprache zurück, die alle Dinge bei ihrem wahren Namen nennt. Um diese Ursprache zu verstehen, müssen die Runen gelernt werden, die niedergeschrieben wurden, als die ersten Inseln dieser Welt in der Weite des Meeres erschienen.

Noch immer geschahen keine Wunder, noch wurde Zauberei geübt. Den ganzen Winter über saß Ged beim Studium, Seite um Seite im schweren Runenbuch wendend, während draußen Regen und Schnee vom Himmel fielen und Ogion von einem Gang durch den vereisten Wald oder von den Ziegen, die er versorgte, zurückkehrte. Wenn er den Schnee von seinen Stiefeln abgeklopft hatte, setzte er sich ans Feuer und schwieg. Und das lange, fast hörbare Schweigen des Magiers füllte den Raum und Geds Gedanken, bis es ihm manchmal vorkam, als hätte er vergessen, wie Worte klingen; und wenn Ogion schließlich sprach, schien es Ged, als hätte er in diesem Augenblick gerade das Sprechen erfunden, obwohl die Worte, die er sagte, sich auf nichts Außergewöhnliches bezogen, sondern von alltäglichen Dingen, vom Brot und Wasser, vom Wetter und vom Schlafe handelten.

Der Frühling kam strahlend und hell und Ogion schickte Ged oft hinaus auf die Wiesen oberhalb von Re Albi zum Kräutersammeln. Er hieß ihn draußen bleiben, solange es ihm gefiele, den ganzen Tag gab er ihm frei, und Ged lief hinaus, durch die vom Regen und Schmelzwasser geschwollenen Bäche, durch Wälder und über nasse, grünende, von der Sonne beschienene Felder. Ged freute sich jedes Mal riesig, hinauszukommen, und er blieb immer bis spätabends, aber die Kräuter vergaß er nie ganz, und während des Kletterns und Umherschweifens, während des Auskundschaftens und des Watens in den Bächen hielt er nach ihnen Ausschau und brachte immer einige nach Hause. Eines Tages fand er auf einer sumpfigen Wiese zwischen zwei Bächen viele der weiß blühenden Kelchblumen, deren Blüten von Heilkundigen sehr geschätzt werden, und er beschloss, am nächsten Tag zurückzukehren. Aber jemand war ihm zuvorgekommen, ein Mädchen, das er vom Sehen kannte, die Tochter des alten Fürsten von Re Albi. Er hatte sie noch nie angesprochen, aber nun kam sie auf ihn zu und begrüßte ihn freundlich. »Ich kenne dich. Du bist der Sperber, der Lehrling unseres Zauberers. Ich wollte, du könntest mir ein bisschen von der Zauberkunst erzählen.«

Er hielt seine Augen gesenkt und schaute auf die weißen Blumen, die ihren weißen Rock berührten, und antwortete kaum, denn er war schüchtern und befangen. Aber sie redete auf ihre offene, sorglose und eigenwillige Art immer weiter und half ihm seine Scheu zu überwinden. Sie war groß, fast so groß wie er, und hatte eine gelbliche, nahezu weiße Haut; man sagte, dass ihre Mutter von

Osskil oder aus einem anderen fremden Land gekommen sei. Das Haar des Mädchens war lang und glatt und fiel wie eine Kaskade schwarzen Wassers über ihre Schultern. Ged fand sie ziemlich hässlich, aber es drängte ihn doch, ihr ein Vergnügen zu machen und ihre Bewunderung zu erlangen, ein Gefühl, das immer stärker in ihm wurde, je länger sie redete. Sie brachte ihn dazu, ihr die ganze Geschichte mit dem Nebel und den Kargs zu erzählen, und sie hörte ihm zu, als ob sie ihn bewundere, und sie tat, als sei sie beeindruckt, aber sie lobte ihn mit keinem Wort.

Und bald ließ sie auch das Thema fallen und schlug ein anderes an. »Kannst du Vögel und Tiere zu dir rufen?«, fragte sie.

»Ja, das kann ich«, sagte Ged.

Er wusste, dass in den hohen Felsen über der Wiese ein Falkennest war, und er rief den Namen des Vogels, dem der Falke folgen muss. Er kam, aber er setzte sich nicht auf Geds Handgelenk, wahrscheinlich störte ihn die Gegenwart des Mädchens. Schreie ausstoßend, schlug er die Luft mit seinen mächtigen, ausgebreiteten Schwingen und erhob sich wieder in den Wind.

»Wie heißt die Zauberformel, die macht, dass ein Falke zu dir kommt?«

»Es ist eine Formel des Gebietens.«

»Kannst du auch machen, dass die Toten zu dir kommen?«

Er dachte, dass sie ihn mit dieser Frage zum Narren

hielt, vielleicht weil der Falke ihm nicht ganz gehorcht hatte. Er konnte es nicht ertragen, verspottet zu werden. »Vielleicht könnte ich es, wenn ich wollte«, sagte er mit ganz ruhiger Stimme.

»Ist das nicht arg schwierig, arg gefährlich, einen Geist heraufzurufen?«

»Schwierig, bestimmt. Gefährlich?« Er zuckte die Achseln.

In diesem Augenblick war er fast sicher, Bewunderung in ihrem Blick zu lesen.

»Kannst du auch Liebestränke machen?«

»Das ist keine Kunst.«

»Stimmt«, sagte sie, »jede Dorfhexe kann das. Kannst du auch eine andere Gestalt annehmen, so wie man sagt, dass dies richtige Zauberer tun können?«

Er hatte wiederum das Gefühl, dass sie ihn verspottete, und er wiederholte: »Vielleicht könnte ich, wenn ich wollte.«

Jetzt begann sie, ihn zu plagen, sich doch in irgendetwas, was ihm gefiele, zu verwandeln, vielleicht in einen Falken oder in einen Stier oder in ein Feuer oder in einen Baum. Er versuchte, sie mit den kurzen, geheimnisvollen Worten, die sein Meister manchmal gebrauchte, hinzuhalten, aber sie hörte nicht auf ihm zuzusetzen und er wusste nicht, wie er sie loswerden konnte. Außerdem war er selbst nicht sicher, ob er seinen großen Reden glauben solle oder nicht. Er gab vor, dass sein Meister ihn zu Hause erwarte, und verließ sie, und am nächsten Tag vermied er die Wiese. Aber am übernächsten Tag, nachdem er sich eingeredet hatte, dass er mehr von den Blüten pflücken wolle, solange sie blühten, fand er sich wieder auf der Wiese. Das Mädchen war schon da. Barfuß watete sie im sumpfigen Gras, und gemeinsam zupften sie die Blüten der Kelchblume ab. Die Frühlingssonne schien und das Mädchen plapperte lustig darauf los, genau wie die Mädchen von seinem Dorf, mit denen er Ziegen gehütet hatte. Wieder fragte sie ihn alles Mögliche über die Zauberei aus und machte große Augen zu allem, was er vorbrachte, sodass er schließlich wiederum anfing anzugeben ... Dann wiederholte sie ihre Bitte, dass er sich in etwas verwandeln solle, und als er versuchte sie hinzuhalten, blickte sie ihn herausfordernd an und strich ihre schwarzen Haare aus dem Gesicht: »Hast du etwa Angst davor?«

»Nein, ich habe keine Angst davor.«

Sie lächelte etwas herablassend und meinte: »Vielleicht bist du zu jung.«

Das war zu viel. Er redete nicht mehr viel, aber er fasste den Entschluss, sich vor ihr zu beweisen. Er sagte ihr, sie solle am nächsten Tag wieder zur Wiese kommen, wenn sie Lust dazu hätte, und verabschiedete sich von ihr. Er kehrte nach Hause zurück, als sein Meister noch fort war. Er ging stracks auf das Bücherbrett zu und nahm die beiden Bände der Magierkunde herunter, die Ogion noch nie in seiner Gegenwart geöffnet hatte.

Er suchte nach einer Formel der Selbstverwandlung, aber weil er noch sehr langsam im Runenlesen war und überhaupt nur wenig von dem verstand, was er las, so fand er nicht, was er suchte. Diese Bücher waren uralt, Ogion hatte sie von seinem eigenen Meister Heleth Weitblick bekommen, und der wiederum hatte sie von seinem Meister, dem Magier von Perregal, und so weiter und so weiter bis zurück in mythologische Zeiten. Die Schrift war klein und seltsam, es war darüber und dazwischengeschrieben und man konnte sehen, dass es das Werk vieler Hände war, Hände, die schon lange zu Staub und Asche zerfallen waren. Ab und zu verstand er etwas von dem, was er las, aber es waren hauptsächlich der Spott und die Fragen des Mädchens, die ihn weitersuchen und schließlich stutzen ließen, als von einer Beschwörungsformel der Toten die Rede war.

Während er las, langsam, denn er musste an jeder Rune und an jedem Zeichen herumraten, fühlte er ein Grauen in sich aufsteigen. Seine Augen wurden starr und er konnte den Blick nicht abwenden, bis er mit der ganzen Beschwörungsformel fertig war.

Als er endlich den Kopf hob, bemerkte er, wie dunkel es im Hause war. Er hatte ohne Licht in der Dunkelheit gelesen. Jetzt konnte er die Runen, die vor ihm aufgeschlagen waren, nicht mehr entziffern. Doch das Grauen, das er in sich fühlte, wuchs und hielt ihn an seinen Stuhl gefesselt. Er fröstelte. Als er einen Blick über die Schulter warf, sah er dort, neben der Tür, einen formlosen, schattenhaften Klumpen, schwärzer als die tiefste Dunkelheit, hocken. Es schien, als strecke sich dieses namenlose Etwas nach ihm aus, es schien zu flüstern, ihm leise zuzurufen, aber er konnte die Worte nicht verstehen.

Die Tür flog auf. Ein Mann, umflammt von weißem Licht, betrat den Raum, eine hohe, helle Gestalt, die plötzlich laut und drohend sprach. Das dunkle Etwas verschwand, das Flüstern hörte auf, der Bann war gebrochen.

Das Grauen wurde zwar schwächer in Ged, doch eine tödliche Angst blieb zurück, denn dort unter der Tür stand Ogion der Magier, umstrahlt von hellem Licht, den eichenen Stab in der Hand haltend, der weiß leuchtete.

Ohne ein Wort zu sagen, ging Ogion an Ged vorbei, zündete die Lampe an und legte die Bücher zurück auf das Bord. Dann wandte er sich zu dem Jungen und sagte: »Nie wirst du diese Formel benutzen können, ohne Furcht um deine Macht und um dein Leben zu haben. Hast du um dieser Formel willen die Bücher geöffnet?«

»Nein, Meister«, murmelte er und schämte sich, während er Ogion alles erzählte, was sich zugetragen hatte, was er suchte und warum er es tat.

»Hast du vergessen, dass die Mutter des Mädchens, die Frau des Fürsten, eine Zauberin ist?«

Ged erinnerte sich wieder. Ogion hatte einmal davon gesprochen, aber Ged hatte nicht viel Acht darauf gegeben, obwohl er in der Zwischenzeit gelernt hatte, dass alles, was ihm Ogion sagte, von Bedeutung war.

»Das Mädchen selbst ist schon eine halbe Hexe. Es kann gut sein, dass die Mutter das Mädchen hergeschickt hat, damit sie mit dir redet. Vielleicht war sie es, die das Buch auf der Seite aufschlug, auf der du gelesen hast. Den Mächten, denen sie dient, diene ich nicht. Ihre Absicht ist mir unbekannt, aber das weiß ich: Mir wünscht sie nichts Gutes. Hör mir gut zu, Ged! Hast du noch nie daran gedacht, dass Macht die Gefahr an sich lockt wie Licht den Schatten? Zauberei ist kein Spiel, das wir zum Vergnügen oder um des Ruhmes willen treiben. Und auch daran denke: Jedes Wort, das wir aussprechen, und jede Handlung, die wir als Zauberer vollbringen, wird entweder um des Guten oder um des Bösen willen getan. Daher musst du, bevor du sprichst oder handelst, wissen, welchen Preis du dafür zahlen musst.«

Die Reue quälte Ged und er rief aus: »Aber wie soll ich denn das alles wissen, wenn Sie mir nichts sagen? Seit ich hier bei Ihnen wohne, habe ich nichts getan, nichts gesehen …«

»Vorhin hast du etwas gesehen«, sagte der Magier. »Dort neben der Tür, in der Dunkelheit, als ich hereinkam.«

Ged sagte nichts mehr.

Ogion kniete am Herd nieder und richtete das Feuer, bevor er es anzündete, denn das Haus war kalt. Während er noch beim Feuer kniete, sagte er in seiner ruhigen Stimme: »Ged, mein junger Falke, du bist nicht an mich oder an meinen Dienst gebunden. Du kamst nicht zu mir, sondern ich zu dir. Du bist noch sehr jung für diese Entscheidung, aber ich kann sie nicht für dich treffen. Wenn du willst, schicke ich dich auf die Insel Rok, wo die hohen Künste gelehrt werden. Jede Kunst, die du lernen willst, wirst du meistern, denn deine Macht ist groß. Größer als dein Stolz, so hoffe ich. Gerne würde ich dich bei mir behalten, denn was ich habe, das fehlt dir, aber ich will dich nicht gegen deinen Willen hier behalten. So wähle denn zwischen Re Albi und Rok.«

Ged fand keine Worte, sein Herz war in Aufruhr. Er fühlte eine tiefe Zuneigung für Ogion, der zu ihm gekommen war und ihn durch seine Berührung geheilt hatte und dem Zorn fremd war. Er liebte ihn und erst jetzt wusste er es. Er schaute den eichenen Stab an, der in der Ecke beim Kamin lehnte, und sah wieder das Leuchten, das alles Böse aus der Dunkelheit vertrieben hatte, und er fühlte ein Verlangen in sich, mit Ogion durch den Wald zu streifen, weit und lang, und von ihm Ruhe und Stille zu lernen. Doch er fühlte auch, dass in ihm andere Begierden wach waren, die er nicht unterdrücken konnte, ein Streben nach Ruhm, ein Drang nach Taten. Ogions Weg würde ihn nicht direkt zum Wissen und zur Meisterschaft führen, gemächlich, auf Umwegen, würde er sein Ziel erreichen, während ihm hier die Gelegenheit geboten wurde, unter vollen Segeln direkt zum Innenmeer und zu der Insel der Weisen zu gelangen, wo Zauberei in der Luft lag und der Erzmagier von Wundern umgeben war.

»Meister«, sagte er, »ich möchte nach Rok gehen.«

Und so kam es, dass einige Tage später, an einem sonnigen Frühlingsmorgen, Ged an der Seite Ogions den steilen Pfad von Oberfell zum Hafen nach Gont hinunterstieg. Nach fünfzehn Meilen erreichten sie das Stadttor mit den geschnitzten Drachen, wo die Posten, als sie den Magier erkannten, mit gezogenen Schwertern niederknieten und ihn willkommen hießen. Sie erwiesen ihm diese vom Fürsten angeordnete Ehre, taten es aber auch aus eigenem, freiem Willen, denn vor zehn Jahren hatte Ogion die Stadt vor einem Erdbeben bewahrt, das die Türme der Reichen bis auf den Boden zerstört und den Kanal zwischen den Festungsklippen mit einem Erdrutsch zugeschüttet hätte. Er sprach zum Berg und beschwichtigte die schwankenden Felsüberhänge, wie man ein scheuendes Tier beruhigt. Ged hatte davon erzählen hören, und als er die Posten vor seinem schweigsamen Meister knien sah, erinnerte er sich wieder daran. Fast ängstlich blickte er auf Ogion, der die Macht besaß, ein Erdbeben zu bändigen, aber seine Züge waren, wie immer, unverändert ruhig.

Sie schritten hinab zu den Piers, wo der Hafenmeister eilends auf sie zugelaufen kam, um Ogion zu begrüßen und nach seinen Wünschen zu fragen. Ogion nannte ihm sein Begehr, und der Hafenmeister wusste von einem

Schiff, das abfahrbereit im Hafen lag und zum Innenmeer segeln wollte, auf dem Ged als Passagier mitfahren konnte. »Oder sie nehmen ihn als einen Windbringer an Bord, wenn er was davon versteht«, sagte er, »denn sie haben keinen Wettermacher an Bord.«

»Er hat etwas Erfahrung mit Nebel, aber nicht mit Meereswinden«, sagte der Magier und legte seine Hand leicht auf Geds Schulter. »Versuch nicht mit dem Meer und den Winden des Meeres dein Spiel zu treiben, Sperber. Du bist noch immer eine Landratte. Hafenmeister, wie heißt das Schiff?«

»*Schatten*, und es kommt von den Andraden und segelt nach Hort mit Fellen und Elfenbein. Es ist ein gutes Schiff, Meister Ogion.«

Das Gesicht des Magiers hatte sich beim Namen des Schiffes verdüstert, aber er sagte: »So sei es denn. Gib diesen Brief dem Hüter der Schule von Rok, Sperber. Mögen günstige Winde dich begleiten. Lebe wohl!«

Das war der ganze Abschied. Er wandte sich zum Gehen und ging mit seinen langen Schritten die vom Kai fortführende Straße hinauf. Ged stand verloren da und sah ihn entschwinden.

»Komm mit mir, Junge«, sagte der Hafenmeister und führte ihn zur Anlegestelle, wo die *Schatten* lag und die letzten Vorbereitungen zum Auslaufen getroffen wurden.

Es mag manchen wundern, dass es auf einer fünfzig Meilen breiten Insel, in einem hoch in den Felsen liegenden, tagaus, tagein unverändert aufs Meer blickenden Dorf vorkommen kann, dass ein Mensch heranwächst und alt wird, ohne je in ein Boot gestiegen zu sein oder je seine Hand ins Salzwasser getaucht zu haben, aber das war nichts Ungewöhnliches. Ob Bauer, Ziegen- oder Kuhhirt, Jäger oder Handwerker, für die Landratte ist das Meer ein salziges, unbeständiges Element, das ihr fremd ist. Und das Dorf, das zwei Tagesreisen entfernt liegt, ist für den Dorfbewohner Ausland, und die Insel, zu der man in einem Tag segeln kann, nichts weiter als ein Gerücht, ein verschwommener Hügel am Horizont, aber keinesfalls fester Grund wie der, auf dem man steht.

So ungefähr hatte es sich auch mit Ged verhalten, der noch nie von den Höhen des Berges heruntergekommen war und für den der Hafen von Gont ein gar wundersames, erstaunliches Ereignis war: die großen Häuser und Türme aus gefügtem Stein, das Ufer mit den Anlege- und Verladerampen, die verschiedenen Becken und Molen des Hafens, in denen über fünfzig Schiffe und Galeeren am Pier schaukelten oder am Ufer kieloben zur Reparatur bereitlagen oder mit eingerollten Segeln und geschlossenen Luken weit draußen vor Anker lagen, wo Matrosen sich in allen möglichen Dialekten zuriefen und schwer beladene Hafenarbeiter zwischen Fässern und Kisten, zwischen aufgerollten Seilen und gebündelten Rudern hin- und herrannten, während bärtige Kaufleute in pelzgefütterten Umhängen gelassen miteinander verhandelten und vorsichtig über die glitschigen Steine am Ufer schritten, wo Küfer klopften und Zimmerleute hämmerten, Muschelverkäufer singend ihre Ware anpriesen, Bootsmänner Befehle brüllten und im Hintergrund das ruhige Wasser der Bucht schimmerte. Geds Augen und Ohren, alle seine Sinne schwirrten, während er dem Hafenmeister folgte, der einem breiten Landesteg zustrebte, an dem das Schiff *Schatten* vertäut lag und wo er den Kapitän fand, dem er Geds Anliegen vorbrachte.

Wenige Worte nur wurden gewechselt und der Kapitän erklärte sich bereit, Ged als Passagier nach Rok an Bord zu nehmen, denn einem Magier schlägt man keine Bitte ab. Der Hafenmeister verließ ihn. Der Kapitän war ein großer, beleibter Mann mit einem roten Umhang, der mit Pellawipelz verbrämt war, wie ihn die Kaufleute von Andrad tragen. Er schaute Ged überhaupt nicht an, fragte ihn aber in seiner dröhnenden Stimme: »Kannst du mit dem Wetter arbeiten, Junge?«

»Ja, ich kann.«

»Kannst du Wind beibringen?«

Er musste zugeben, dass er das nicht konnte, und der Kapitän verlor das Interesse an ihm. Er hieß ihn einen Platz suchen, wo er niemandem im Wege war, und dort zu bleiben.

Die Ruderer kamen jetzt an Bord, denn das Schiff sollte noch in der gleichen Nacht hinaus auf die Reede gerudert werden und in den ersten Morgenstunden mit der Ebbe hinaussegeln. Auf dem Schiff gab es keinen Platz, wo er nicht im Wege war, und Ged kletterte daher auf das Frachtgut, das verpackt, verschnürt und mit Lederplanen bedeckt auf dem Achterdeck gestapelt lag. Während er dort mehr hing als saß, konnte er alles beobachten, was vor sich ging. Die Ruderer sprangen mit einem Satz ins Boot, kräftige Männer mit starken Armen; Hafenarbeiter rollten donnernd Wasserfässer über den Pier und verstauten sie unter den Bänken; das gut gebaute, aber schwer beladene Schiff lag tief im Wasser und doch tänzelte es ein wenig auf den kleinen Wellen, die unaufhörlich an die Bordwand schlugen, als sei es ungeduldig und dränge zur Abfahrt. Der Steuermann nahm seinen Platz rechts neben dem Achtersteven ein und schaute auf den Kapitän, der am Vordersteven auf einer Planke stand, der man die Form des Alten Drachen von Andrad gegeben hatte. Der Kapitän rief seine Befehle mit mächtiger Stimme, die *Schatten* wurde losgebunden und von zwei mit kräftigen Ruderschlägen angetriebenen Booten von dem Pier weg hinausgeschleppt. Dann konnte man den Kapitän brüllen hören: »Luken auf!«, und die Ruder schossen donnernd hinaus, an jeder Seite fünfzehn. Die Ruderer beugten ihre kräftigen Rücken nach vorne und zogen gleichmäßig an den Rudern, während ein Junge neben dem Kapitän den Takt auf einer Trommel schlug. Wie eine Möwe auf ihren Schwingen pfeilschnell durch die Luft gleitet, so flog die *Schatten* durchs Wasser, und im Nu war das laute Treiben der Stadt hinter ihnen verklungen. Sie fuhren hinaus in die Stille der Bucht und über ihnen erhob sich der weiße Gipfel des Berges, als hinge er über dem Meer. In einem seichten Gewässer im Windschatten der südlichen Festungsklippe warfen sie Anker und verbrachten die Nacht. Unter den siebzig Schiffsleuten gab es einige, die nicht älter als Ged waren, doch alle hatten schon ihre Namengebung hinter sich und waren in die Gemeinschaft der Männer aufgenommen. Diese Burschen riefen ihn zu sich und teilten Speis und Trank mit ihm; sie waren freundlich, aber ungehobelt und immer zu Spott und Streichen aufgelegt. Natürlich nannten sie ihn sofort Ziegenhirten, weil er von Gont kam, aber dabei blieb es. Er war so groß und kräftig wie die anderen Fünfzehnjährigen an Bord und er war gewandt und schlagfertig, sodass er keinem eine Antwort schuldig blieb. Es dauerte nicht lange und sie begannen ihn als einen der Ihrigen zu betrachten. Schon in der ersten Nacht war er mit ihnen beisammen und lernte von ihnen. Das war dem Kapitän und den anderen Schiffsleuten ganz recht, denn für untätige Passagiere war sowieso kein Platz an Bord.

Platz gab es nicht viel, auch nicht für die Mannschaft, und von Bequemlichkeit konnte in einem offenen Ruderboot, in dem Männer, ihre Habe und ihre Werkzeuge, Fracht und alles Mögliche zusammengepfercht waren, überhaupt nicht die Rede sein. Aber wozu brauchte Ged Bequemlichkeit? Die Nacht verbrachte er auf einem Stapel gerollter Felle, die von den nördlichen Inseln kamen, und betrachtete die Sterne am Frühlingshimmel und die winzigen gelben Lichter der Stadt, die hinter ihnen lag, und schlief ein und wachte wieder auf und war glückselig. Noch vor dem Morgengrauen setzte die Ebbe ein und sie lichteten Anker und ruderten, ohne viel Geräusch zu machen, zwischen den Festungsklippen hinaus ins offene Meer. Als die Morgensonne den Gipfel des Berges Gont rötlich erglühen ließ, setzten sie das Hauptsegel und segelten in südwestlicher Richtung über die See von Gont.

Zwischen Barnisk und Torheven segelten sie begünstigt von einem leichten Wind und am zweiten Tag sichteten sie die große Insel Havnor, das Herz und Heim des Inselreiches. Drei Tage lang konnten sie die grünen Hügel von Havnor sehen, während sie die Ostküste entlangkreuzten, aber nie gingen sie an Land. Viele Jahre später erst betrat Ged diese Insel und sah die weißen Türme des Großhafens von Havnor, die im Zentrum der Welt stehen.

Sie verbrachten eine Nacht in Kembermünde, dem Nordhafen der Insel Weg, und die nächste Nacht in einer kleinen Stadt nahe an der Einfahrt zur Felkwegbucht. Am nächsten Tag passierten sie das O-Kap und kamen in die Meerenge von Ebavnor. Hier holten sie das Segel ein und ruderten, Land lag zu beiden Seiten, und sie befanden sich immer in Rufweite von anderen Schiffen, großen und kleinen, Last- und Handelsschiffen; manche kehrten, schwer beladen und exotische Fracht führend, von jahrelangen

Fahrten in den äußeren Bereichen zurück, andere flatterten, Sperlingen gleich, von Insel zu Insel des Innenmeeres. Bald verließen sie die befahrene Meeresstraße und wandten sich gen Süden. Havnor verschwand hinter ihnen und sie segelten zwischen den lieblichen Inseln Ark und Ilien, deren Städte terrassenförmig, mit vielen Türmen, angelegt waren, dann aber mussten sie sich ihren Weg durch Regen und immer stärker werdenden Wind über dem Innenmeer zur Insel Rok erkämpfen.

In der Nacht steigerte sich der Wind zu einem Sturm, das Segel musste eingeholt und der Mast umgelegt werden. Am folgenden Tag mussten sie ununterbrochen rudern, vom frühen Morgen bis in die späte Nacht hinein. Sicher und fest ritt das Schiff auf den Wellen, mutig durchschnitt es die anstürmenden Wogen, aber der Steuermann, das lange Ruder in der Hand haltend, sah nichts als Regen, der unaufhörlich aufs Wasser klatschte. Sie fuhren in südwestlicher Richtung, die Magnetnadel zeigte ihnen den Kurs, aber sie wussten nicht, in welchen Gewässern sie sich befanden. Ged hörte, wie die Männer von den Untiefen nördlich von Rok sprachen und von dem Borilousfelsen im Osten der Insel. Manche meinten, dass sie schon längst weit vom Kurs abgekommen seien und sich wahrscheinlich in den einsamen Gewässern südlich von Kamery befänden. Aber noch immer nahm der Wind zu. Schaumfetzen von den Spitzen der anstürmenden Wogen flogen in die Höhe und die Wellen zwangen sie weiterhin, südwestlichen Kurs einzuhalten. Die Ruderer wurden jetzt schneller abgelöst, die Anstrengungen in diesem Wetter waren gewaltig; wo vorher einer der jüngeren Burschen genügte, da saßen jetzt zwei; Ged verrichtete seine Arbeit genau wie die anderen, seit sie Gont verlassen hatten. Wer nicht ruderte, schöpfte Wasser, denn die Wellen schlugen immer häufiger ins offene Boot. So mühten sie sich zwischen den schäumenden, vom Wind getriebenen Wellenbergen, während der Regen auf ihre Rücken prasselte und die Trommel im Donner des Sturmes wie ein Herzschlag dröhnte.

Ein Mann kam und übernahm Geds Platz und schickte den Jungen zum Kapitän, der im Bug des Schiffes stand. Regenwasser strömte vom Saum seines Umhangs, aber wie ein Weinfass, rund und fest, stand er auf seinem winzigen Deck. Auf Ged herabschauend, fragte er: »Kannst du diesen Wind abflauen lassen, Junge?«

»Nein.«

»Hast du Macht über Eisen?«

Was er damit meinte, war Ged klar. Er wollte, dass die Nadel im Kompass sich nach ihm, nicht nach dem Norden richte und ihnen den Weg nach Rok zeige. Diese Kunst war ein Geheimnis der Seemeister und wiederum musste er verneinen.

»Dann bleibt uns nichts übrig«, die mächtige Stimme des Kapitäns übertönte Wind und Wellen, »und du musst in Hort ein Schiff finden, das dich nach Rok zurückbringt. Rok muss westlich von uns liegen und nur Zauberei kann uns dorthin, durch dieses Wetter, bringen. Wir sind gezwungen uns südlich zu halten.«

Das gefiel Ged ganz und gar nicht. Viel Übles hatte er von Matrosen über diese Stadt gehört: von der rohen Gewalt, die dort herrschte, von dem verbotenen Handel, der dort getrieben wurde, vom Menschenhandel und von den Sklaven, die in den Südbereichen verkauft wurden. Er kehrte zurück auf seinen Platz und zog wieder, so fest er konnte, am Ruder, zusammen mit seinem Kameraden, einem kräftigen Burschen aus Andrad. Er hörte die Trommel den Takt schlagen und sah, wie die Laterne vom Wind hin- und hergerissen wurde, ein winziger Lichtfleck in der regennassen Dunkelheit. Sooft er zwischendurch konnte, schaute er nach Westen; und einmal, als sie hoch auf einem Wellenkamm ritten, sah er einen kurzen Augenblick lang ein Licht zwischen den Wolken, wie es die letzten Strahlen der untergehenden Sonne hervorbringen, aber dieses Licht war nicht rot, sondern weiß.

Sein Rudergefährte hatte es nicht gesehen, aber Ged rief es den anderen zu. Der Steuermann passte auf und schaute jedes Mal, wenn sie auf eine Welle gehoben wurden, danach aus, und als Ged es wieder sah, sah auch er das Licht, aber er rief, dass es das Licht der untergehenden Sonne sei. Daraufhin rief Ged einen der Wasser schöpfenden Burschen zu sich und bat ihn eine kurze Weile seinen Platz zu übernehmen, während er sich zwischen den Ruderbänken durchschlängelte, an den geschnitzten Bug klammerte, denn die rollende See warf das Boot von einer Seite auf die andere, und zum Kapitän hinaufrief: »Das Licht dort drüben ist Rok!«

»Ich hab kein Licht gesehen«, brüllte der Kapitän, aber noch während er sprach, deutete Ged nach Westen, und alle konnten jetzt deutlich ein helles Glimmen wahrnehmen, das sich über den stürmenden, tobenden Schaum des Meeres erhob.

Nicht seinem Passagier zuliebe, sondern um sein Schiff der Gefahr des Sturms zu entheben, rief der Kapitän seinem Steuermann zu, den Kurs zu ändern und auf das Licht zuzusteuern. Zu Ged aber sagte er: »Junge, du redest wie ein Seemeister; aber das kann ich dir sagen, wenn du uns in diesem Wetter irreführst, werfe ich dich über Bord und du kannst nach Rok schwimmen!«

Jetzt mussten sie gegen den Wind rudern, während sie vorher mit dem Wind liefen, und ihre Mühsal verdoppelte sich. Die gegen das Boot schlagenden Wellen versuchten das Schiff vom Kurs ab nach Süden zu drängen, es rollte und schlingerte und füllte sich so schnell mit Wasser, dass das Schöpfen keinen Augenblick lang ausgesetzt werden konnte; die Ruderer mussten doppelt aufpassen, denn im rollenden Schiff bestand die Gefahr, dass die schweren Ruder während des Ziehens aus dem Wasser gehoben und die Ruderer unter ihren Bänken landen würden. Es war fast ganz dunkel unter den Wetterwolken, aber ab und zu konnten sie das Licht im Westen sehen, oft genug, um den

Kurs nicht zu verlieren, und sie mühten sich weiter ab. Endlich ließ der Sturm etwas nach und das Licht über ihnen wurde heller. Sie ruderten weiter, und als hätten sie einen Vorhang durchbrochen, fanden sie sich plötzlich, von einem Ruderschlag zum andern, in einer ruhigen See und unter einem klaren Himmel, auf denen noch das späte Licht eines Sonnenuntergangs lag. Über der hellen Gischt sahen sie einen hohen, grünen runden Berg und an dessen Fuß eine Stadt, die eine kleine Bucht umschloss, in der Schiffe ankerten, ein Bild der Ruhe und des Friedens.

Der Steuermann lehnte sich auf sein langes Ruder und wandte sich gegen den Kapitän: »Ist das nun richtiges Land oder Hexerei?«

»Pass auf und halte deinen Kurs, du Holzkopf! Rudert, ihr kraftlosen Sklavensöhne! Das ist die Bucht von Thwil und der Hügel von Rok, jeder Narr kann das sehen! Rudert!«

Dem Takt der Trommel gehorchend, ruderten sie erschöpft in die Bucht. Dort war es so ruhig, dass sie die Stimmen der Menschen oben in der Stadt und das Läuten einer Glocke vernehmen konnten, und nur ganz in der Ferne hörten sie das Zischen und Wüten des Sturmes. Dunkle Wolken erhoben sich nördlich, östlich und südlich eine Meile entfernt von der Insel, aber über Rok erschien ein Stern nach dem andern im klaren, stillen, ruhigen Himmel.

Die Zaubererschule

Ged verbrachte die Nacht auf der *Schatten* und verabschiedete sich früh am nächsten Morgen von seinen Schiffsgefährten, die ihm muntere Worte nachriefen und alles Gute wünschten, während er die Verladerampe hinauflief. Die Stadt Thwil ist nicht groß, die wenigen Häuser sind hoch und schmal und drängen sich über engen, steilen Gassen zusammen. Aber für Ged war es eine Stadt, und da er sich nicht auskannte, fragte er den ersten Einwohner, auf den er stieß, wo er den Hüter der Schule von Rok finden könne. Der Mann sah ihn eine Weile von der Seite her an und sagte dann: »Die Weisen brauchen nicht zu fragen, der Narr fragt vergeblich«, und ging seines Weges. Ged folgte der engen, ansteigenden Gasse, bis er auf einen kleinen Platz kam, der an drei Seiten von Häusern mit steilen Schieferdächern eingefasst und an der vierten Seite von der Mauer eines Gebäudes begrenzt war, dessen kleine Fenster höher lagen als die Schornsteine der Wohnhäuser. Die Mauer war aus mächtigen, grauen Steinblöcken gefügt und sah aus, als gehöre sie zu einer Burg oder einer Feste. Auf dem Platz war ein Markt im Gange, Leute liefen geschäftig hin und her. Ged brachte sein Anliegen bei einer alten, hinter einem Korb voll Miesmuscheln sitzenden Frau vor, und sie antwortete: »Manchmal findet man den Hüter, wo er ist, und manchmal findet man ihn, wo er nicht ist«, und sie fuhr fort ihre Miesmuscheln laut anzupreisen.

In einer Ecke des großen Gebäudes war eine unscheinbare Holztür. Ged ging dahin und klopfte laut an. Zu dem alten Mann, der die Tür öffnete, sagte er: »Ich habe einen Brief von Meister Ogion für den Hüter der Schule auf dieser Insel. Ich möchte gern zu ihm, aber ich habe es satt, verspottet zu werden und mir Rätsel anhören zu müssen.«

»Dies ist die Schule«, sprach der alte Mann mit sanfter Stimme, »und ich bin der Pförtner. Tritt ein, wenn du kannst.«

Ged ging auf die Tür zu. Es schien ihm, als sei er über die Schwelle getreten, aber in Wirklichkeit befand er sich noch auf dem Straßenpflaster, auf dem er vorher stand.

Er versuchte es noch einmal, aber wiederum blieb er draußen stehen. Der Pförtner stand drinnen im Gang und sah ihn mit gütigen Augen an.

Ged war eher ärgerlich als verdutzt, denn er fühlte sich wiederum genasführt. Mit Wort und Hand vollführte er die Beschwörungsformel des Öffnens, die ihn seine

Tante vor so langer Zeit gelehrt hatte; sie hatte diese Formel immer als ihre Spitzenleistung betrachtet, und Ged führte sie gut aus. Aber letzten Endes war es doch nur der Trick eines einfachen Zauberweibes und die Kraft, die diese Tür in ihrem Bann hielt, blieb davon unberührt.

Als ihm auch das misslang, blieb Ged eine lange Zeit auf dem Straßenpflaster stehen. Schließlich schaute er auf und blickte den alten Mann an, der wartend innen stand. »Ich kann nicht eintreten«, sagte er unwillig, »es sei denn, Sie helfen mir.«

Der Pförtner antwortete: »Sag deinen Namen.«

Wiederum blieb Ged eine lange Weile unbeweglich stehen, denn ein Mann nennt seinen Namen nur dann laut, wenn mehr als sein Leben auf dem Spiel steht.

»Ich heiße Ged«, sagte er laut. Er schritt vorwärts, und nun konnte er durch die Tür gehen, aber noch während er die Schwelle überschritt, schien es ihm, als schlüpfe ein Schatten an seiner Ferse vorbei durch die Tür, obwohl er das Licht im Rücken hatte.

Als er sich umdrehte, bemerkte er auch, dass der Türrahmen, den er gerade durchschritten hatte, keineswegs aus Holz war, wie er ursprünglich angenommen hatte, sondern aus einem einzigen Stück Elfenbein, denn er sah weder Fuge noch Ritze; später erfuhr er, dass er aus einem Zahn des großen Drachen geschnitzt war. Die Tür, die der alte Mann hinter ihm schloss, war aus poliertem Horn, das vom Tageslicht matt durchleuchtet war, und auf der Rückseite der Tür war der tausendblättrige Baum eingeschnitzt.

»Sei willkommen in diesem Haus, mein Junge«, sagte der Pförtner und führte ihn, ohne weiter mit ihm zu reden, durch Räume und Gänge zu einem Innenhof, der weit innerhalb des Gebäudekomplexes lag. Kein Dach wölbte sich über den Hof, der teils mit Steinplatten, teils mit Rasen bedeckt war, und ein Springbrunnen plätscherte unter jungen Bäumen in der Sonne. Ged stand eine Weile allein hier und wartete. Er rührte sich nicht, aber er hörte sein Herz schlagen, denn es war ihm, als sei er von unsichtbaren Wesen und Mächten umgeben; er wusste, dass die Mauern hier nicht nur mit Stein, sondern mit einer Magie, weit stärker als Stein, gebaut waren; und über diesem Raum, dem innersten im Hause der Weisen, wölbte sich kein Dach, sondern der offene Himmel. Plötzlich gewahrte er einen weiß gekleideten Mann, der ihn durch das herabplätschernde Wasser des Brunnens ansah.

Als sich ihre Augen trafen, zwitscherte ein Vogel in den Zweigen des Baumes. In diesem Augenblick verstand Ged das Singen des Vogels und die Sprache des sich ins Becken ergießenden Wassers, er begriff die Form der Wolken und den Anfang und das Ende des Windes, der durch die Blätter rauschte; er selbst schien ein vom Sonnenlicht gesprochenes Wort zu sein.

Der Augenblick ging vorbei und alles um ihn war wieder wie zuvor, oder doch fast wie zuvor. Er näherte sich dem Erzmagier und kniete vor ihm nieder, während er ihm Ogions Brief übergab.

Der Erzmagier Nemmerle, der Hüter von Rok, war alt. Man sagte, dass er der älteste noch lebende Mann seiner Zeit war. Seine Stimme war dünn und gebrechlich, sie klang wie Vogelgezwitscher, als er Ged mit gütigen Worten willkommen hieß. Sein Haar, sein Bart und sein Umhang waren weiß, alles Dunkle und Schwere hatten die langen Jahre seines Lebens gelichtet und er glich Treibholz, das ein Jahrhundert lang von den Stürmen des Meeres herumgeworfen wurde und nun leicht und silberweiß war. »Meine Augen sind zu alt, ich kann nicht lesen, was mir der Meister schreibt«, sagte er mit seiner zittrigen Stimme. »Lies mir den Brief vor, mein Junge!«

Ged entzifferte die paar Zeilen des Briefes, der in hardischen Runen geschrieben war, und las laut vor: »Ehrwürdiger Hüter Nemmerle! Ich schicke Ihnen einen, der unter den Zauberern von Gont der größte sein wird, wenn der Wind die Wahrheit spricht.« Unterschrieben war er nicht mit Ogions wahrem Namen, den Ged nicht kannte, sondern mit Ogions Rune, dem Zeichen des geschlossenen Mundes.

»Derjenige, der das Erdbeben im Zaum hält, hat dich geschickt. Sei mir deshalb doppelt willkommen. Der junge Ogion stand meinem Herzen nahe, als er hierher kam von Gont. Jetzt erzähl mir von der See und wie deine Überfahrt verlaufen ist, mein Junge.«

»Wir segelten mit günstigem Wind, gnädiger Herr, bis auf den gestrigen Sturm.«

»Mit welchem Schiff bist du gekommen?«

»Mit der *Schatten*, einem Handelsschiff von den Andraden.«

»Und wer will, dass du hierher kommst?«

»Ich will es selbst.«

Der Erzmagier blickte auf Ged und schaute dann in die Ferne und begann in einer Sprache zu reden, die Ged nicht kannte. Er wisperte vor sich hin, wie es alten Menschen eigen ist, die ihre Gedanken über Jahre und Inseln schweifen lassen. Aber zwischen dem Gemurmel hörte Ged die Worte, die der Vogel gesungen und das fallende Wasser geflüstert hatte. Der Hüter von Rok schlug Ged in keinen Bann, und doch war die Macht in seiner Stimme so groß, dass sich Geds Sinne vorübergehend verwirrten und er sich allein in einer riesigen Wüste zwischen Schatten stehen sah. Gleichzeitig wusste er aber auch, dass er in dem sonnigen Hof stand, in dem der Brunnen plätscherte.

Ein großer schwarzer Vogel, ein Rabe von Osskil, schritt gravitätisch über die Steinplatten und den Rasen der Terrasse. Er steuerte auf Nemmerle zu und blieb neben dem Saum seines Gewandes stehen. Dort hockte er, bewegungslos, in seiner ganzen Schwärze, mit seinem schwertähnlichen Schnabel und seinen blanken Knopfaugen, mit denen er Ged von der Seite her musterte. Er pickte dreimal an den weißen Stab, auf den sich Nemmerle stützte, und der alte Zauberer hörte auf zu murmeln und lächelte. »Geh jetzt und spiel, mein Kind«, sagte er, als sei Ged noch ein kleiner Junge. Ged ließ sich wieder vor ihm auf seinem Knie nieder, und als er aufblickte, war der Erzmagier verschwunden. Nur der Rabe hockte noch da und starrte ihn mit vorgestrecktem Schnabel an, als wolle er noch einmal am Stab picken.

Dann redete er in einer Sprache, die Ged für die osskilische hielt, und krächzte: »Terrenon Ussbuk!«, und stolzierte wieder fort, genau wie er gekommen war.

Ged wandte sich zum Gehen, aber er war unschlüssig, welche Richtung er nun einzuschlagen hatte. Unter dem Torbogen traf er auf einen hoch gewachsenen Jungen, der ihn sehr höflich begrüßte und sich leicht vor ihm verbeugte, während er sich vorstellte: »Ich bin Jasper, mein Vater ist Enwid, vom Hause der Eolg auf der Insel Havnor. Ich stehe Ihnen zu Diensten, um Ihnen die Räumlichkeiten des Großhauses zu zeigen und Ihre Fragen, so gut ich kann, zu beantworten! Wie ist Ihr Name?«

Ged, ein Dorfjunge aus den Bergen, der noch nie unter den Söhnen reicher Edelleute und Kaufleute geweilt hatte, empfand Jaspers Benehmen, sein »Ich stehe Ihnen zu Diensten«, das formelle »Sie« und sein Verbeugen, als herablassend und lächerlich. Er antwortete brüsk: »Ich werde Sperber genannt.«

Der andere wartete einen Augenblick lang; vielleicht auf

eine höflichere Antwort, aber als nichts weiter kam, richtete er sich auf und wandte sich ein wenig zur Seite. Er war zwei oder drei Jahre älter als Ged, sehr groß, und bewegte sich mit einer gewissen steifen Grazie, fast wie ein Tänzer – in Geds Augen wenigstens. Er trug einen grauen Umhang mit zurückgeworfener Kapuze. Als Erstes führte er Ged in die Kleiderkammer, wo jeder Schüler mit einem derartigen Umhang und allen sonst nötigen Kleidern ausgestattet wurde. Ged hängte sich den dunkelgrauen Umhang um die Schultern und Jasper sagte: »Jetzt sind Sie einer von uns.«

Jasper hatte die Angewohnheit, leicht zu lächeln, wenn er sprach. Ged vermutete versteckten Spott dahinter und er antwortete barsch: »Machen Kleider den Magier?«

»Nein«, sagte der ältere Junge, »aber ich habe gehört, dass Manieren die Kinderstube verraten. Wohin jetzt?«

»Wohin Sie wollen. Ich kenne mich ja nicht aus.«

Jasper führte ihn durch zahlreiche Gänge und zeigte ihm die Innenhöfe unter offenem Himmel und die überdachten Räume des Großhauses, den Raum der Regale, wo sich die Werke der Magie und Runenkunde befanden, den großen Festsaal, in dem sich die Schüler an Feiertagen versammelten, vor einem mächtigen offenen Kamin; und in den oberen Stockwerken, in den Türmen und unter den Dächern zeigte er ihm die Zellen, wo Schüler und Meister schliefen. Geds Zelle befand sich im Südturm und hatte ein Fenster, das über die steilen Dächer von Thwil aufs

Meer blickte. Gleich den anderen Schlafzellen gab es darin außer der mit Stroh gefüllten Matratze keine Möbel. »Wir leben hier sehr einfach«, sagte Jasper, »aber ich nehme an, dass Ihnen das nichts ausmacht.«

»Ich bin daran gewöhnt.« Dann aber, um diesem eingebildeten Gecken zu zeigen, dass auch er Schliff besaß, fügte Ged hinzu: »Ich nehme an, dass Sie nicht daran gewöhnt waren, als Sie hierher kamen.«

Jasper schaute ihn an mit einem Blick, der ohne Worte auszudrücken schien: »Was weißt du schon, woran ich, der Sohn des Fürsten von Eolg, von der Insel Havnor, gewöhnt bin oder nicht?« Laut sagte er: »Wir gehen hier entlang.«

Während sie noch oben waren, tönte der Gong, und sie gingen hinunter in den Speisesaal, um am Langtisch zusammen mit ungefähr hundert anderen Jungen und jungen Männern das Mittagsmahl einzunehmen. Jeder bediente sich selbst aus großen Schüsseln, die an der Durchreiche standen, und viele scherzten mit den Köchen, die dahinter sichtbar waren. Jeder saß am Langtisch, wo es ihm gefiel. Jasper wandte sich zu Ged: »Man sagt, dass es immer noch Platz gibt an diesem Tisch, gleichgültig wie viele zu Tisch kommen.« Es war gewiss genug Platz da, sowohl für die zahlreichen Gruppen von laut schwatzenden, herzhaft essenden Jungen als auch für die älteren Schüler, die vereinzelt oder in Paaren beisammensaßen, ernsthaft dreinblickten und tief nachdenklich dreinschauten und deren graue Umhänge am Hals mit Silberbroschen geschlossen waren. Jasper führte Ged zu einem Platz neben einem kräftigen Jungen, der fest zulangte und unbeirrt weiteraß. Er sprach wie die Leute vom Ostbereich und seine Haut war nicht rotbraun wie die von Jasper und Ged und den meisten Leuten des Inselreiches, sondern schwarzbraun. Er hieß Vetsch und machte einen einfachen, ungekünstelten Eindruck, sein Benehmen jedenfalls war ungeziert. Als er fertig war, brummte er etwas über die Güte des Essens vor sich hin, wandte sich dann zu Ged und sagte: »Es ist wenigstens keine Illusion. Man setzt an dabei.« Ged wusste nicht, was er damit meinte, aber der Junge gefiel ihm, und er war froh, dass er auch nach der Mahlzeit bei ihnen blieb.

Später gingen die beiden mit Ged den Berg hinunter und zeigten ihm die Stadt. Die wenigen Straßen von Thwil waren nicht lang, aber so verwinkelt, dass man sich zwischen den schmalen, hohen Häusern leicht verirren konnte. Es war eine wunderliche Stadt mit wunderlichen Einwohnern. Zwar gab es Fischer, gelernte Handwerker und einfache Arbeiter wie in jeder anderen Stadt, aber auf der Insel der Weisen war die Zauberei so alltäglich, dass die Leute von Thwil selbst halbe Zauberer waren. Sie antworteten nie direkt, sondern redeten in Rätseln (wie Ged selbst erfahren musste); ohne mit der Wimper zu zucken, schauten sie zu, wie ein Junge sich in einen Fisch verwandelte oder ein Haus sich in die Lüfte erhob, denn sie wussten, dass es nur Lausbubenstreiche waren, und ohne sich stören zu lassen, fuhren sie fort Schuhe zu besohlen oder Hammelfleisch zu zerteilen.

Die Jungen, die von der Stadt wieder hinauf zur Schule gestiegen waren, gingen an einer Hintertür vorbei, durch die Gärten des Großhauses und überquerten eine Holzbrücke, die über den klaren Thwilbach führte. Der Weg führte nach Norden, durch Weiden und Wälder und wand sich steil bergauf. Sie gingen an Gruppen von Eichen vorbei, unter denen, trotz der nachmittäglichen Helle, dunkle Schatten lagerten. Links von ihnen, ziemlich nahe, war ein solcher Hain, den Ged nur ganz unbestimmt wahrnehmen konnte; der Weg schien dahin zu führen, erreichte ihn aber nie ganz. Vetsch sah, wie Ged darauf starrte, und sagte leise: »Das ist der Innere Hain. Wir dürfen da noch nicht hin, noch nicht ...«

Gelbe Blumen blühten auf den sonnenbeschienenen Hängen. »Funkenkraut«, sagte Jasper. »Das wächst überall dort, wo der Wind die Asche des brennenden Ilien hingetragen hat, damals, als Erreth-Akbe die Innersten Inseln gegen den Feuerfürsten verteidigte.« Er pustete in eine der abgeblühten Dolden und der Wind trug den befreiten Samen gleich vielen feurigen Funken gegen die Sonne. Der Weg führte weiter bergauf und wand sich um den Fuß eines großen grünen Hügels, der rund und baumlos in die Höhe ragte. Es war dieser Hügel, den Ged vom Schiff aus gesehen hatte, als sie in die verzauberten Gewässer von

Rok kamen. An der Hügelflanke blieb Jasper stehen. »Daheim in Havnor habe ich viel von der Zauberkunst auf Gont gehört, immer nur Gutes, und schon lange wollte ich selbst einmal sehen, welche Bewandtnis es damit hat. Jetzt haben wir ja einen von Gont hier und wir stehen auf dem Hügel von Rok, dessen Wurzeln bis ins Erdinnere reichen. Hier wirken alle Künste besonders stark. Machen Sie uns einen Trick vor, zeigen Sie uns Ihre Kunst, Sperber!«

Ged fühlte sich überrumpelt und verwirrt und sagte nichts.

»Später, Jasper«, meinte Vetsch auf seine einfache, natürliche Art. »Lass ihn erst mal eine Weile hier sein.«

»Entweder besitzt er Fähigkeiten oder verfügt über Macht. Sonst hätte ihn der Türhüter nicht reingelassen. Warum kann er das nicht jetzt genauso gut zeigen wie später? Stimmt's, Sperber?«

»Ich besitze Fähigkeiten und Macht«, antwortete Ged. »Zeigen Sie mir, was Sie meinen.«

»Oh, Illusionen, und natürlich Tricks, Erscheinungsspielereien, so wie das!«

Jasper zeigte mit dem Finger auf den Hang und sprach ein paar seltsame Worte. Dort, wo er hindeutete, sah man plötzlich ein kleines Rinnsal zwischen dem grünen Gras, das sich allmählich vergrößerte, bis schließlich Quellwasser hervorbrach und den Hügel hinabfloss. Ged tauchte seine Hand ins Wasser und sie fühlte sich nass an; er trank davon und es war erfrischend kühl. Dennoch stillte es nicht seinen Durst, denn es war nur Illusion. Mit einem Wort brachte Jasper das Wasser zum Versiegen und die Grashalme bewegten sich trocken in der Sonne. »Jetzt kommst du dran, Vetsch«, sagte er mit einem kühlen Lächeln.

Vetsch kratzte sich am Kopf und schaute etwas unglücklich drein. Schließlich nahm er etwas Erde in die Hand und sang ziemlich unmelodisch vor sich hin, während er der Erde mit seinen dunklen Fingern Form gab, sie zusammendrückte und streichelte. Plötzlich erhob sich ein kleines Etwas aus seiner Hand, einer Hummel oder einem behaarten Käfer ähnlich, flog summend über den Hügel von Rok davon und verschwand.

Ged stand verloren da und starrte vor sich hin. Was konnte er schon tun? Seine Zauberkünste waren von anderer Art, Ziegen herbeilocken, Warzen verschwinden lassen, Lasten bewegen, Töpfe flicken – primitiver Dorfzauber war alles, was er konnte.

»Solche Tricks mache ich nicht«, sagte er. Das genügte Vetsch und er wollte aufbrechen, aber Jasper sagte: »Warum nicht?«

»Zauberei ist kein Spiel. Wir in Gont zaubern nicht aus Vergnügen oder um unser Ansehen zu steigern«, antwortete Ged hochmütig.

»Worum geht's Ihnen denn dann?«, fragte Jasper, »... Geld?«

»Nein!« – Aber es fiel ihm nichts ein, was er hinzufügen könnte, ohne seine Unwissenheit zu zeigen und seinem Stolz wehzutun. Jasper lachte ohne Bosheit und ging weiter und führte sie um den Hügel von Rok herum. Ged trottete hinterher, verstimmt und mit wundem Herzen, denn er wusste, dass er sich blöd benommen hatte, und er gab Jasper die Schuld daran.

In der Nacht lag er, eingehüllt in seinen Umhang, in seiner kalten, unbeleuchteten, ganz aus Stein gebauten Zelle, in der völligen Stille des Großhauses von Rok, und der Gedanke an all die Zaubereien und Beschwörungen, die hier geübt und gewirkt wurden, bedrückte sein Herz, Dunkelheit umgab ihn, Furcht schlich sich in sein Herz. Er wünschte sich weit weg von Rok. Doch dann stand auf einmal Vetsch vor der Tür, auf seinem Kopf eine kleine, schwankende, bläulich schimmernde Werlichtkugel, die ihm den Weg wies. Er fragte, ob er ein bisschen hereinkommen und reden könne. Dann wollte er, dass ihm Ged von Gont erzähle, und er selbst sprach mit viel Liebe von seiner Heimatinsel im Ostbereich und beschrieb Ged, wie abends der Rauch von den vielen Herdfeuern über das ruhige Meer und zwischen den vielen Inseln wehte, die so wunderliche Namen haben wie Korp, Kopp und Holp, Venweg und Vemisch, Iffisch, Koppisch und Sneg. Mit dem Finger zeichnete er auf die Steinplatten und zeigte Ged, wie sie aussahen und wo sie lagen. Die Linien schimmerten eine Weile, als seien sie mit einem Silberstift gezogen, bevor sie wieder verblassten. Vetsch war schon drei

Jahre auf der Schule in Rok und bald würde er Zauberer werden. Die kleineren Kunststücke waren so selbstverständlich für ihn wie für den Vogel das Fliegen. Aber er besaß eine Gabe, die ihn niemand gelehrt hatte, die größer war als seine Kunst: Er hatte ein warmherziges Verständnis für andere. In dieser Nacht und in der nachfolgenden Zeit schenkte er Ged seine Freundschaft, eine ehrliche, offene Freundschaft, und Ged konnte nicht anders, als sie zu erwidern.

Doch Vetsch war auch Jaspers Freund, der sich an diesem ersten Tag auf dem Hügel von Rok über Ged lustig gemacht hatte. Ged kam über diesen Vorfall nicht hinweg und es schien ihm, dass sich auch Jasper daran erinnerte. Wenn er die Rede an Ged richtete, so war seine Stimme zwar höflich, aber seine Lippen umspielte ein spöttisches Lächeln. Geds Stolz ertrug weder Herablassung noch Spott. Er schwor sich insgeheim, dass er eines Tages Jasper und all denen, die Jasper als ihr Vorbild betrachteten, beweisen werde, wie groß *seine* Macht war – eines Tages. Denn keiner von ihnen, trotz ihrer gescheiten Kunststücke, hatte ein Dorf durch Zauberei gerettet, und von keinem schrieb Ogion, dass er eines Tages der größte Zauberer von Gont werden würde.

Solche und ähnliche Gedanken halfen Ged, seinen Stolz zu bewahren. Er setzte alles daran, die Aufgaben, die ihm gestellt wurden, gut zu meistern: den theoretischen und praktischen Unterricht, das Erlernen der Geschichte, die verschiedenen Übungen, kurzum alles, was von den grau betuchten Meistern, genannt die Neun, gelehrt wurde.

Jeden Tag verbrachte er eine bestimmte Zeit mit dem Meister der Lieder. Von ihm lernte er die Helden-, Spruch- und Lehrdichtung und er begann mit dem ältesten aller Lieder, der *Erschaffung von Éa*. Mit einem Dutzend anderer Jungen zusammen übte er bei Meister Windschlüssel die Kunst des Wind- und Wettermachens. Im Frühling und Frühsommer verbrachten sie bei schönem Wetter oft ganze Tage draußen in der Bucht in leichten Kuttern und versuchten, mit Worten zu steuern, die Wellen zu stillen, Wolken zu lenken und aufzulösen, mit dem Wind der Welt umzugehen und einen Zauberwind aufzubringen. Diese Künste waren ziemlich kompliziert, und mehr als einmal bekam Ged die Großrah an den Kopf, wenn das Boot im plötzlich umspringenden Wind herumschlug, oder zwei Boote stießen zusammen, obwohl sie die ganze Bucht für sich hatten; es kam auch vor, dass die drei Jungen in einem Boot ein unerwartetes Bad nahmen, wenn eine unbeabsichtigte Riesenwelle über ihnen zusammenschlug. Die Ausflüge über Land mit dem Meister der Kräuterkunde verliefen ruhiger; von ihm lernten sie die Eigenschaften und Eigenheiten aller wachsenden Dinge. Meister Hand lehrte sie Kunststücke und Gaukeleien und die einfacheren Arten der Verwandlung.

Ged war sehr gelehrig und innerhalb eines Monats

übertraf er manche Burschen, die schon ein Jahr lang auf Rok waren. Die Illusionstricks fielen ihm besonders leicht, manchmal schien es, als sei er mit diesem Wissen geboren und müsste nur wieder daran erinnert werden. Meister Hand war ein sanfter, heiterer alter Herr, dem seine spielerische Kunst endlose Freude bereitete, und Ged verlor bald alle Scheu vor ihm. Er fragte ihn nach dieser oder jener Formel und der Meister lächelte und zeigte ihm jedes Mal, was er wissen wollte. Eines Tages jedoch, als sie sich im Hof der Illusionen befanden, sagte Ged, getrieben von dem heimlichen Wunsch, Jasper endlich auszustechen: »Sehen Sie, alle diese Kunststücke sind sich ähnlich. Wenn man eines kann, dann kann man die anderen auch. Aber sobald man mit dem Kunststück aufhört, verschwindet die Illusion. Wenn ich jetzt aus diesem Kiesel einen Diamanten mache« – was er mit einem Wort und einer kurzen Bewegung seines Handgelenkes bewerkstelligte – »was muss ich tun, damit dieser Diamant ein Diamant bleibt? Wie hält man eine Verwandlung fest, damit sie dauert?«

Meister Hand schaute auf den Diamanten, der in Geds Hand glitzerte wie das schönste Schmuckstück aus einem Drachenschatz. Er murmelte das Wort *»Tolk«* und kein Juwel, sondern ein einfacher, rauer, grauer Kiesel lag wieder da. Er nahm ihn und legte ihn auf seine geöffnete Hand. »Das ist ein Stein, *Tolk* in der Ursprache«, sagte er und schaute Ged gütig an. »Es ist ein kleines Stückchen

Fels, aus dem Rok besteht, ein bisschen von dem Land, auf dem die Menschen wohnen. Das ist sein Wesen, er ist ein ganz kleiner Teil der Welt. Durch den Illusionstrick kannst du verursachen, dass er wie ein Diamant aussieht – oder wie eine Blume, eine Mücke, ein Auge oder eine Flamme.« Während er die Namen sprach, flackerte der Stein von einer Gestalt zur anderen und wurde dann wieder Stein. »Aber all das ist nur Schein. Die Illusion spielt mit den Sinnen des Beschauers; er sieht, hört und fühlt, wie sich das Ding geändert hat. Aber das Ding selbst bleibt sich gleich. Um diesen Stein in ein Juwel zu verwandeln, mein Junge, dazu musst du seinen wahren Namen ändern. Und das bedeutet, selbst bei einem so winzig kleinen Teil der Welt, dass die Welt geändert wird. Man kann es tun. O ja, es ist möglich. Das ist die Kunst des Meisters der Verwandlungen und du wirst es auch lernen, wenn du so weit bist. Aber du darfst nichts endgültig verwandeln, ob Stein oder nur ein Sandkorn, bevor du weißt, welche Folgen, gute und schlechte, diese Verwandlung nach sich zieht. Siehst du, die Welt ist im Gleichgewicht, im Equilibrium. Die Macht eines Zauberers, der verwandeln und gebieten kann, könnte das Gleichgewicht dieser Welt stören. Diese Kunst ist sehr gefährlich. Weisheit muss sie begleiten und nur der Not kann sie dienen. Eine Kerze anzuzünden bedeutet auch, einen Schatten heraufzubeschwören ...«

Er schaute wieder auf den Stein. »Weißt du, ein Stein ist auch ganz gut«, sagte er, weniger ernsthaft. »Wenn die Inseln der Erdsee aus Diamanten wären, wahrlich, wir Menschen würden ein hartes Leben führen! Junge, hab deinen Spaß an den Illusionen und lass Stein Stein sein.« Er lächelte, aber Ged war nicht zufrieden, als er wegging. Wenn man versucht einem Zauberer seine Geheimnisse zu entlocken, bekommt man immer nur vom Gleichgewicht, von der Gefahr und von den dunklen Mächten zu hören, bei Ogion war es ja nicht anders gewesen. Ganz bestimmt war er ein Zauberer, der die kindischen Illusionstricks hinter sich hatte und zur wahren Kunst des Verwandelns und Gebietens gelangt war, mächtig genug, das zu tun, was ihm gefiel, und die Welt trotzdem nicht aus dem Gleichgewicht zu bringen, und er konnte ja mit seinem eigenen Licht die Dunkelheit vertreiben.

Im Gang stieß er auf Jasper, der viel freundlicher tat, seit sich Geds Leistungen in der Schule herumgesprochen hatten, in Wirklichkeit aber nur noch verletzender auf Ged wirkte. »Sie sehen so finster drein, Sperber, ging etwas schief mit Ihren Gaukeleien?«

Ged, der immer darauf aus war, sich mit Jasper auf gleiche Höhe zu stellen, ignorierte die in der Frage enthaltene Ironie und sagte: »Ich habe die Nase voll von Gaukeleien und Illusionstricks, die nur dazu da sind, Fürsten zu amüsieren, die nichts weiter tun, als auf ihren Landsitzen und Schlössern zu hocken. Die einzig wahre Magie, die sie mir hier auf Rok beigebracht haben, ist der Werlichtzauber und etwas vom Wettermachen. Der Rest ist Narretei.«

»Selbst Narretei kann gefährlich sein«, sagte Jasper, »wenn sie gehandhabt wird von Narren.«

Ged zuckte zusammen, als hätte er einen Schlag erhalten, und er trat auf Jasper zu, aber der ältere Junge lächelte nur, als hätte er keine Beleidigung beabsichtigt, neigte den Kopf leicht in seiner gezierten und doch graziösen Art und ging weiter. Wut brannte in Geds Herz, als er ihm nachblickte, und er schwor sich diesen Rivalen auszustechen; nicht in einem bloßen Illusionswettspiel, sondern in einer wirklichen Machtprobe. Er, Ged, würde triumphieren und Jasper musste klein beigeben. Er konnte nicht zulassen, dass dieser Schnösel auf ihn herunterschaute, so freundlich, so manierlich und so widerlich.

Es fiel Ged nicht ein, darüber nachzudenken, warum Jasper ihn hassen könnte. Er wusste nur, warum *er* ihn hasste. Die anderen Schüler hatten längst gelernt, dass sie sich weder im Ernst noch im Spiel mit Ged messen konnten, und sagten, manche neidisch, andere respektvoll: »Der ist ein geborener Zauberer, den kann man nicht schlagen.« Nur Jasper lobte ihn nicht und ging ihm auch nicht aus dem Weg; er lächelte nur und schaute auf ihn herab. Und deswegen konnte ihn Ged nicht ertragen; er sah in ihm einen Rivalen, über den er triumphieren *musste*.

Ged merkte nicht, dass in dieser Rivalität, an der er sich festklammerte und in die er seinen Stolz setzte, etwas von der Gefahr und Dunkelheit war, vor der ihn Meister Hand so gütig gewarnt hatte.

Wenn der Zorn nicht in ihm brannte, dann wusste Ged sehr wohl, dass er sich noch nicht mit Jasper oder den anderen älteren Jungen messen konnte, und er widmete sich ganz seinen Studien und ging seiner Arbeit nach wie gewöhnlich. Gegen Ende des Sommers ließ der Druck etwas nach und es blieb mehr Zeit übrig für Sport und Spiel. Unten im Hafen fanden Regatten mit magisch angetriebenen Booten statt, in den Innenhöfen des Großhauses wurden Kunststücke und Illusionstricks vorgeführt, und während der langen Sommerabende veranstalteten sie in den Wäldern und Anlagen wilde Versteckspiele, bei denen die Suchenden und die sich Versteckenden unsichtbar waren. Man hörte nur lachende, rufende Stimmen zwischen den Bäumen schallen, die den flinken, flackernden Werlichtern nachjagten. Als dann der Herbst kam, fing das ernsthafte Studium der Magie von neuem an. Schnell vergingen Geds erste Monate auf Rok und sie waren erfüllt von Neuem und Wunderbarem.

Der Winter gestaltete sich ganz anders. Ged wurde, zusammen mit sieben anderen Jungen, ans andere Ende der Insel, ins nördlichste Vorgebirge, geschickt, dort, wo der uralte Einsame Turm steht. Der Meister Namengeber, den sie Kurremkarmerruk nannten, was in keiner Sprache etwas bedeutet, wohnte dort ganz allein. Meilenweit um den Turm herum gab es weder Bauernhöfe noch Wohnhäuser. Grimmig blickte der Turm über einsame Felsen, grau hingen die Wolken über der winterlichen See und endlos waren die Tabellen, Listen und Reihen von Namen, die von den Schülern auswendig gelernt werden mussten. Hoch oben im Turmzimmer saß Kurremkarmerruk an seinem hohen Pult, von seinen acht Schülern umgeben. Er schrieb lange Reihen von Namen auf, die noch vor Mitternacht auswendig gelernt werden mussten, denn dann verblasste die Tinte wieder und nur das leere Pergament blieb zurück. Es war kalt, halbdunkel und immer ruhig in diesem Raum, nur das Kratzen von des Meisters Feder war zu hören und ab und zu das Seufzen eines Schülers, der noch vor Mitternacht die Namen aller Vorgebirge, Orte, Buchten, Meerengen, Häfen, Untiefen, Riffe und Felsen der Küste Lossows, einer kleinen Insel im Pelnischen Meer, lernen musste. Wenn ein Schüler sich beklagte, konnte es vorkommen, dass der Meister ohne zu antworten die Liste verlängerte oder sagte: »Wer Seemeister werden will, muss den Namen jedes Wassertropfens im Meer kennen.«

Ged seufzte manchmal auch, aber er beklagte sich nie. Er wusste, dass hinter dieser öden, endlosen Namenlernerei jedes Ortes, Dinges und Wesens die Macht lag, die er begehrte, er sah sie wie ein Juwel auf dem Grund eines tiefen trockenen Brunnens funkeln. Denn die Essenz der Magie lag hier, im Wissen um den wahren Namen eines Dinges. Kurremkarmerruk sprach ein einziges Mal darüber, damals, als sie ihre erste Nacht im Turm verbrachten; nie wieder hatte er es seither erwähnt. Ged hatte seine Worte nicht vergessen. »Mancher Magier verbrachte sein ganzes Leben damit, den wahren Namen eines einzigen Dinges herauszufinden – einen einzigen Namen, der verloren ging oder verborgen war. Trotzdem sind die Namenreihen noch nicht zu Ende und sie werden es auch nicht sein, solange die Erde besteht. Hört zu und dann werdet ihr verstehen, warum das so ist: Auf dieser Welt und in der Welt, wohin kein Sonnenstrahl fällt, gibt es viele Dinge, die weder mit Menschen noch mit der menschlichen Sprache etwas zu tun haben, und es gibt Dinge, die außerhalb unserer Machtsphäre liegen. Aber Magie, wahre Magie, wird nur von denen ausgeübt, die das Hardisch der Erdsee sprechen oder die Ursprache, aus der es stammt.

Das ist die Sprache der Drachen und die Sprache von Segoy, der die Inseln dieser Welt schuf, und es ist auch die Sprache unserer Lieder und Epen und unserer Zauber- und Bannsprüche. Die Worte dieser Sprache sind versteckt in unserem Hardisch. Die Gischt zum Beispiel nennen wir *Sukien*; das Wort besteht aus zwei Wörtern der Ursprache, aus ›*Suk*‹, die Feder, und aus ›*Inien*‹, die See; zusammengesetzt gibt das ›*Feder der See*‹, und das ist nichts anderes als Gischt. Aber Gischt bleibt Gischt, auch wenn man sie *Sukien* nennt; um sie zu verändern, muss man ihren wahren Namen in der Ursprache kennen, und der ist *Essa*. Jede Hexe kennt ein paar von diesen Worten, ein Magier kennt viele Namen. Aber es gibt viel mehr. Manche gingen verloren im Laufe der Zeit, andere sind irgendwo versteckt; manche sind nur den Drachen und den Urmächten der Erde bekannt und es gibt auch welche, die keinem Lebewesen bekannt sind. Niemand kennt sie alle, denn diese Sprache ist ohne Ende.

Und das ist der Grund dafür: Der Name des Meeres ist *Inien*, stimmt's? Na gut! Aber was wir hier das Innenmeer nennen, hat seinen eigenen Namen in der Ursprache. Da aber kein Ding zwei Namen haben kann, bedeutet *Inien* die ganze See – außer dem Innenmeer. Und natürlich stimmt das auch nicht, denn es gibt unzählige Gewässer, Buchten, Meerengen und so weiter, die alle ihre eigenen Namen haben. Ist nun ein Magier verrückt genug, um einen Sturm oder eine Stille im ganzen Ozean wirken zu wollen, dann muss er nicht nur den Namen *Inien* aussprechen, sondern den Namen von jedem Stückchen und jedem Teilchen im ganzen Inselmeer und in den äußeren Bereichen bis dorthin, wo es gar keine Namen mehr gibt. Und so kann man wohl sagen, dass uns zwar die Macht verliehen ist, Magie zu wirken, dass dieser Macht aber Grenzen gesetzt sind. Nur das Naheliegende, nur das Gutbekannte kann von einem Magier beeinflusst werden. Und das ist auch gut so, denn die Bosheit des Mächtigen und die Einfalt des Weisen hätten schon längst versucht, das zu ändern, was nicht verändert werden soll, und das Gleichgewicht wäre gestört … Eine aus dem Gleichgewicht geratene See aber würde die Inseln überschwemmen, auf denen wir so schutzlos leben, und in abgrundtiefer Stille würden alle Stimmen und Namen untergehen.«

Ged dachte lange nach über diese Worte und sie prägten sich ihm tief ein. Aber das darin enthaltene Große und Erhabene machten das Lernen, das in diesem langen Jahr im Turm auf ihn wartete, nicht weniger mühselig. Am Ende des Jahres sagte Kurremkarmerruk zu ihm: »Du hast einen guten Anfang gemacht.« Mehr sagte er nicht. Zauberer sprechen immer die Wahrheit und Ged wusste, dass das Beherrschen der Namen, um das er sich ein Jahr so schwer plagte, nur der Anfang war. Er wusste, dass er sein ganzes Leben würde lernen müssen. Er durfte früher als die anderen den Turm verlassen, denn er hatte schneller als sie gelernt. Darin bestand seine ganze Belohnung, ein anderes Lob bekam er nicht.

Es war früh im Winter, als er allein über die leeren, windgefegten Straßen nach Süden über die Insel wanderte. Als es dunkel wurde, begann es zu regnen. Keine Zauberformel stand ihm zur Verfügung, die diesen Regen hätte abwenden können, denn das Wetter auf Rok war in den Händen von Meister Windschlüssel und es war verboten sich einzumischen. So wickelte er sich in seinen Umhang und suchte Schutz unter einem Pendickbaum nahebei und dachte an Ogion, seinen Meister, der vielleicht noch auf seinen Herbstwanderungen durch die Höhen von Gont streifte, unter kahlen Ästen schlief, während der Regen um ihn herum herabprasselte. Darüber musste er lächeln. Der Gedanke an Ogion war immer tröstlich und mit friedlichem Herzen schlief er in der kalten Finsternis im unaufhörlich wispernden Wasser ein. Im Morgengrauen wachte er auf und sah ein kleines, zusammengerolltes Tierchen in den Falten seines Mantels schlafen. Es musste sich in der Nacht, Wärme und Schutz suchend, zu ihm geschlichen haben. Er war überrascht, als er es näher betrachtete, denn es war ein Otak, ein seltenes und seltsames Tier.

Diese kleinen Tiere gab es nur auf den vier südlichen Inseln: Rok, Ensmer, Pody und Wathort. Sie sind klein und glatt, mit runden Gesichtern, dunkelbraunem oder gestreiftem Fell und großen blanken Augen; ihre Zähne sind scharf und grausam, ihr Wesen unberechenbar, sodass sie selten als Haustiere gewählt werden; sie geben keinen Laut von sich, denn sie haben keine Stimme. Ged streichelte das kleine Ding und es erwachte und gähnte, streckte seine kleine braune Zunge heraus und zeigte seine weißen Zähne, aber es war nicht scheu. »Otak«, sagte Ged und dann fielen ihm die hunderte von Tiernamen ein, die er im Turm gelernt hatte, und er redete es mit seinem wahren Namen in der Ursprache an: »Hög! Willst du mit mir kommen?«

Der Otak setzte sich auf Geds Hand und begann mit der Zunge sein Fell zu säubern.

Ged hob ihn hoch und der Otak kuschelte sich in die Falten seiner Kapuze und auf Geds Schulter sitzend, begleitete er ihn. Manchmal sprang er herunter und verschwand im Wald, aber er kam immer wieder zurück, einmal mit einer Feldmaus, die er gefangen hatte. Ged lachte und ermunterte ihn die Maus zu fressen, denn er selbst fastete, da es die Nacht der Sonnenwende war. In der feuchten Dämmerung erreichte er den Hügel von Rok und endlich sah er durch den Regen die hell brennenden Werlichter über den Dächern des Großhauses flackern und er betrat den großen, warmen, hell erleuchteten Saal, in dessen Kamin ein großes Feuer knisterte, wo ihn seine Meister und die Mitschüler willkommen hießen.

Es war wie eine Heimkehr für Ged, der kein Heim hatte, zu dem er hätte zurückkehren können. Er freute sich, die vielen bekannten Gesichter wieder um sich zu haben, am meisten aber freute er sich, Vetsch wieder zu sehen, der über sein ganzes dunkles Gesicht strahlte, als er ihn begrüßte. Wie sehr ihm diese Freundschaft im vergangenen Jahr gefehlt hatte, merkte er erst jetzt. Vetsch war in der Zwischenzeit vom Lehrling zum Zauberer aufgerückt, aber das tat ihrer Freundschaft keinen Abbruch, sie wurden nicht fertig mit Erzählen. Es kam Ged vor, als redete er in dieser ersten Stunde mehr mit Vetsch als während des ganzen verflossenen Jahres im Einsamen Turm.

Der Otak hockte noch auf seiner Schulter, versteckt in den Falten seiner Kapuze, als sie das Abendessen an den langen Tischen einnahmen, die für das Fest in dem großen Festsaal aufgestellt waren. Vetsch bewunderte das kleine Geschöpf und versuchte es zu streicheln, aber der Otak fletschte stumm die Zähne. Vetsch lachte: »Weißt du, Sperber, man sagt, der, zu dem ein wildes Tier ungerufen kommt, zu dem sprechen auch die Urmächte in Fels und Quell mit menschlicher Stimme.«

»Man sagt auch, dass gontische Zauberer oft einen Vertrauten halten«, sagte Jasper, der auf der anderen Seite von Vetsch saß. »Unser Herr Nemmerle hat einen Raben und die alten Lieder sagen, dass der rote Magier von Ark einen wilden Eber an einer goldenen Kette mit sich führte. Aber ich habe noch von keinem Zauberer gehört, der eine Ratte in der Kapuze hält.«

Alle lachten, auch Ged lachte mit. Es ging lustig zu und er war froh, mit seinen Freunden zusammen im warmen, hellen Saal zu feiern. Aber wie alle Späße Jaspers traf ihn auch dieser und er knirschte heimlich mit den Zähnen.

Der Fürst von O, der sich auch als Zauberer einen Namen gemacht hatte, war Gast der Schule an diesem Abend. Er war ein ehemaliger Schüler des Erzmagiers und kehrte manchmal zum Winterfest oder zum Langen Tanz im Sommer nach Rok zurück. An diesem Abend wurde er von seiner jungen, schlanken Gemahlin begleitet, die wie blankes Kupfer strahlte und eine Krone von Opalen in ihrem schwarzen Haar trug. Es kam selten vor, dass eine Frau in den Sälen des Großhauses weilte, und einige der alten Meister warfen etwas missbilligende Seitenblicke auf sie, aber die jungen Männer konnten kaum ihre Augen von ihr abwenden.

»Für so eine«, sagte Vetsch zu Ged, »könnte ich unglaubliche Zaubereien produzieren ...« Er seufzte und lachte.

»Sie ist doch nur eine Frau«, erwiderte Ged.

»Die Prinzessin Elfarran war auch nur eine Frau«, sagte Vetsch, »und um ihretwillen wurde ganz Enlad zerstört und der Zauberheld von Havnor fiel und die ganze Insel Soléa ging unter.«

»Alte Märchen«, sagte Ged. Aber dann begann er doch, die Fürstin von O näher anzuschauen, und fragte sich, ob sie genauso schön war wie die irdischen Schönheiten, von denen die alten Geschichten erzählten.

Der Meister der Lieder war fertig mit den *Taten des jungen Königs* und alle stimmten in den Winterchoral ein, und als er zu Ende gesungen war, trat eine kleine Pause ein. Vor dem allgemeinen Aufbruch erhob sich Jasper und trat zu dem Tisch, der dem Feuer am nächsten stand, an dem der Erzmagier, seine Gäste und die Meister saßen, und wandte sich zur Fürstin von O. Er war kein Knabe mehr, sondern ein großer, gut aussehender junger Mann, dessen Umhang am Hals mit einer Silberbrosche geschlossen war, denn auch er war im vergangenen Jahr Zauberer geworden und die Silberbrosche war Ausdruck dieser Beförderung. Die Fürstin lächelte zu seinen Worten und die Opale in ihrem schwarzen Haar schimmerten verführerisch. Nachdem die Meister gnädig nickend ihre Zustimmung erteilt hatten, wirkte Jasper einen Illusionszauber für sie. Ein weißer Baum wuchs plötzlich aus dem

Steinboden empor. Seine Zweige berührten die Dachbalken des hohen Saales und an jedem Zweig glänzte ein goldener Apfel, jeder eine Sonne darstellend, denn es war der Jahresbaum. Plötzlich flatterte ein weißer Vogel zwischen den Ästen, mit einem Schweif wie fallender Schnee, und die goldenen Äpfel verblassten. An ihre Stelle traten Samen, wie Kristalltropfen geformt. Die fielen von den Zweigen wie rauschender Regen und die Luft war erfüllt von einem süßen Duft und umgab den sich leise bewegenden Baum, der feurige, zartrosa schimmernde Blätter und weiße Sternblüten hervorbrachte. Langsam verblasste die Illusion.

Der Fürstin von O entschlüpften Laute des Entzückens. Sie neigte ihr strahlendes Haupt gegen den jungen Zauberer, seine Kunst würdigend: »Oh, kommen Sie doch zu uns nach O-Tokne – kann er bitte kommen, mein Fürst?« Wie ein Kind bittend, wandte sie sich an ihren gestrengen Gemahl. »Wenn meine Kunst meinen Meistern hier Ehre macht und wert ist, von Ihnen geschätzt zu werden, dann komme ich und stehe Ihnen zu Diensten.«

Diese Worte gefielen allen – außer Ged. Er stimmte zwar in das Lob ein, das sich ringsum erhob, aber in seinem Herzen sprach er voll Neid: Ich hätte es besser machen können, und die Freude des schönen Abends war für ihn getrübt.

Das Freisetzen des Schattens

Während des folgenden Frühlings sah Ged wenig von Vetsch und Jasper, denn als Zauberer durften sie mit dem Meister der Formgebung in der Abgeschlossenheit des Inneren Haines studieren. Kein Lehrling durfte seinen Fuß dorthin setzen. Ged blieb im Großhaus bei den anderen Meistern und lernte die verschiedenen Künste der Zauberei, die von denen ausgeübt werden, die Magie wirken, aber keinen Stab tragen: das Wind- und Wettermachen, das Finden und Binden, die Künste der Wahrsager, Sänger, Heil- und Kräuterkundigen. Des Nachts in seiner Zelle, mit einem Buch und einem Werlicht, das ihm als Lampe oder Kerze diente, studierte er die Sonderrunen und die Runen von Éa, die für die Hauptzauberformeln benutzt werden. All diese Künste fielen ihm leicht und unter den Schülern wurde gemunkelt, dass der eine oder andere Meister den Jungen aus Gont für den begabtesten hielt, der je in Rok gewesen war. Gerüchte gingen auch um, die den Otak für einen verwunschenen Geist hielten, der Ged seine Geheimnisse zuflüsterte, und es gab auch welche, die behaupteten, dass der Rabe des Erzmagiers Ged als den »zukünftigen Erzmagier« willkommen geheißen hätte. Aber ganz gleich, ob sie nun an diese Gerüchte glaubten oder nicht, ob sie Ged mochten oder nicht, die meisten Mitschüler bewunderten ihn und warteten nur darauf, mit ihm zu spielen, wenn ihn, was selten vorkam, die Lust dazu packte und er sich als Anführer zu ihnen gesellte und in wildem Spiel während der immer länger werdenden Frühlingsabende mit ihnen herumtobte. Die meiste Zeit jedoch kannte er nur seine Arbeit, und sein Stolz und sein leicht aufbrausendes Wesen sonderten ihn ab. Keiner unter ihnen stand ihm nahe. Vetsch war abwesend und er wusste nicht, dass er sich nach einem Freund sehnte.

Ged war erst fünfzehn Jahre alt und für einen, der bereits in die Künste der stabtragenden Zauberer und Magier eingeweiht wurde, sehr jung; aber er lernte die Illusionskünste so rasch, dass der Meister der Verwandlungen, der selbst noch ziemlich jung war, bald anfing Ged gesondert von den anderen Schülern zu unterrichten. Er erzählte ihm von der wahren Verwandlungskunst, wie bei jeder Verwandlung das Ding, das verwandelt wird, erst umbenannt werden und diesen neuen Namen behalten muss, solange die Verwandlung anhält. Er führte ihm vor Augen, welchen Einfluss dieses verwandelte Etwas auf die Namen und Wesen der ihn umgebenden Dinge ausübt. Er sprach von den Gefahren, die bei einer Verwandlung bestehen, vor allem, wenn ein Zauberer sich selbst verwandelt und Gefahr läuft, in seinem eigenen Bann gefangen zu werden. Und nach und nach begann er – gewiss, dass der Knabe ihm folgen konnte – mehr zu tun, als nur von den Mysterien der Verwandlungen zu reden. Er lehrte ihn zunächst die eine, dann die andere Verwandlungsformel und gab ihm das Buch der Verwandlungen zu lesen und zu studieren. Dies alles geschah ohne Wissen des Erzmagiers und es war nicht weise gehandelt, aber die Absichten des Meisters waren lauter.

Es war Ged nun auch vergönnt, mit dem Meister des Gebietens zu arbeiten, aber dieser Meister war gestreng. Die tief greifende und gefährliche Zauberkunst, die er lehrte, hatte ihn rasch altern lassen und zu einem harten Mann gemacht. Er hatte nichts mit Illusionen zu tun, seine Kunst war die der wahren Magie. Er gebot den Energiequellen, wie dem Licht, der Wärme und der Kraft, die eine Magnetnadel zu sich dreht, und all den Kräften, die der Mensch als Gewicht, Gestalt, Farbe und Ton wahrnimmt. Es waren Kräfte, die aus dem unendlichen, grenzenlosen Weltall stammen, die keines Magiers Sprüche weder erschöpfen noch aus dem Gleichgewicht zu bringen vermögen. Die Künste des Wettermachers und Seemeisters, die den Winden und dem Wasser gebieten, waren den Schülern nicht neu, aber von diesem Meister lernten sie, warum der wahre Zauberer die Künste nur dann wirkt, wenn die Not ihn dazu zwingt, denn das Herbeirufen dieser elementaren Kräfte verändert die Erde, von der sie schließlich selbst ein

Teil sind. »Regen in Rok kann Dürre in Osskil bedeuten«, sagte er. »Und eine Meeresstille in den Ostbereichen kann zu Sturm und Zerstörung im Westen führen, falls ihr nicht genau wisst, was ihr tut.«

Über die Kunst, die ein Zauberer und Magier als das Höchste betrachtet und die seine ganze Macht unter Beweis stellt, das Herbeirufen lebendiger Wesen und Menschen, das Erwecken der Toten und das Sichtbarmachen des Unsichtbaren, darüber sprach der Meister des Gebietens kaum. Ged versuchte ein- oder zweimal ihn zu veranlassen, mehr über diese tiefsten Geheimnisse seiner Kunst zu sagen, aber er schaute ihn nur lange und durchdringend an, worauf Ged unruhig wurde und nicht weiter fragte.

Manchmal stahl sich diese Unruhe auch in sein Herz, wenn er mit den niedrigeren Formeln des Gebietens arbeitete. Bestimmte Runen auf bestimmten Seiten des Runenbuches kamen ihm bekannt vor, obwohl er sich nicht erinnerte, in welchem Buch er sie schon gesehen hatte. Es gab auch bestimmte Sätze, die bei gewissen Beschwörungsformeln ausgesprochen werden mussten, die ihm nicht leicht über die Lippen flossen. Es war ihm dann, nur einen kurzen Augenblick lang, als sähe er Schatten in einem dunklen Raum, als stünde er hinter einer geschlossenen Tür, und ein Schatten an der Türecke versuche, nach ihm zu greifen. Er bemühte sich dann immer sofort, diese Gedanken und Erinnerungen zu verscheuchen, und versuchte sich einzureden, dass diese Momente voll Furcht und Dunkelheit nur die Schatten seiner Unwissenheit waren. Je mehr er lernte, desto weniger würde er sie zu fürchten haben, bis er schließlich, nachdem er alle Künste des Zauberwesens gemeistert hatte, gar nichts mehr auf dieser Welt zu fürchten hatte.

Im zweiten Sommermonat versammelte sich die ganze Schule im Großhaus, um das Mondfest und den Langtanz zu feiern. Beide Feste fielen dieses Jahr zusammen, was nur alle zweiundfünfzig Jahre einmal vorkam. Es wurden Festlichkeiten geplant, die sich über zwei Nächte erstreckten. In der ersten Nacht, der kürzesten des Jahres, spielten die Flöten draußen auf dem Feld, während die Straßen von Thwil vom Trommelschlag widerhallten und von Fackeln erleuchtet wurden; über die mondhelle Bucht klang der Gesang vieler Stimmen. Bei Sonnenaufgang stimmte der Meister der Lieder den großen Gesang von den *Taten von Erreth-Akbe* an, der beschreibt, wie die weißen Türme von Havnor errichtet wurden, wie Erreth-Akbe von der Urinsel Éa aus durch das ganze Inselreich und die Außenbereiche bis ans äußerste Ende des Westens fuhr und wie er dort, am Ende des offenen Meeres, auf den Drachen Orm stieß; er sang von Erreth-Akbe, dessen Gebeine unter zertrümmerter Rüstung dort an der einsamen Küste von Selidor zwischen den Überresten des Drachen liegen, dessen Schwert aber den höchsten Turm von Havnor krönt und das rot glüht, wenn die Sonne im Innenmeer untergeht.

Als der Gesang zu Ende war, begann der Langtanz. Städter und Meister, Schüler und Bauern, Männer und Frauen, alle tanzten in der Dämmerung und Dunkelheit draußen auf den Straßen von Thwil hinunter zum Strand, begleitet von den Schlägen der Trommel und dem Trillern der Flöten und Pfeifen. Sie tanzten immer geradeaus, hinaus aufs Meer unter dem Mond, der nur einen Tag älter als der Vollmond war. Die Musik verlor sich allmählich im Getöse der Brandung. Als der Himmel sich im Osten zu lichten begann, kehrten sie wieder zurück zum Strand und bewegten sich die Straßen aufwärts. Die Trommeln waren verstummt, nur die Flöten tönten leise und schrill. Auf jeder Insel im Inselreich wurde in dieser Nacht das gleiche Zeremoniell abgehalten, derselbe Tanz, dieselbe Musik verbanden die vom Meer getrennten Länder.

Erschöpft vom Langtanz, schliefen die meisten Leute den Tag über und trafen sich erst abends wieder, um Speis und Trank gemeinsam einzunehmen. Im Großhaus hatte sich eine Gruppe von Lehrlingen und Zauberern zusammengetan, die ihre Abendmahlzeit vom Refektorium hinaus in den Innenhof trugen, um ein kleines Fest zu feiern. Unter ihnen befanden sich auch Vetsch, Jasper und Ged sowie einige, die kurz zuvor aus dem Einsamen Turm entlassen worden waren, und sogar Kurremkarmerruk war zu den Festlichkeiten erschienen. Die ungefähr fünfzehn Burschen aßen und lachten und amüsierten sich großartig. An ausgefallenen Ideen fehlte es nicht, sie übertrafen einander an

Einfällen und zauberten Kunststücke, die einem Königshof Ehre gemacht hätten. Einer der Jungen sorgte für die Beleuchtung des Hofes: Über hundert Werlichtsterne, wie Schmuckstücke schillernd, formten ein Netz zwischen ihnen und den Sternen des Himmels; zwei andere Jungen kegelten mit grünen Lichtkugeln und verzauberten Kegeln, die wegsprangen, wenn sich die Kugel näherte; Vetsch saß mit überkreuzten Beinen über ihnen in der Luft und aß gebratene Hähnchen; einer der Jungen versuchte ihn herunterzuziehen, aber Vetsch lächelte nur überlegen und schwebte etwas höher, außer Reichweite; ab und zu warf er Hühnerbeine in die Luft, die sich in Eulen verwandelten und schreiend durch das Netz der Sternlichter davonflatterten; Ged schoss sie ab mit Brotkrümeln, die sich in Pfeile verwandelten, und sie fielen herunter und lagen als Krumen und Knochen auf der Erde; er versuchte auch, wie Vetsch in der Luft zu schweben, aber da er den Schlüssel zu dieser Formel nicht kannte, musste er heftig mit seinen Armen rudern, um in der Luft zu bleiben, und alle lachten über sein holpriges Fliegen und Flattern. Er selbst lachte so herzhaft mit, dass er nicht aufhören konnte, um sich zu schlagen, und je mehr er schlug, desto lauter lachten sie alle zusammen. Ged war übermütig und ausgelassen nach den zwei langen Nächten voll Mondschein und Tanz, Musik und Zauberei und er war bereit, es mit jedem aufzunehmen.

Endlich kam er wieder herunter und landete federnd neben Jasper, der nie laut lachte und jetzt – etwas von Ged abrückend – sagte: »Sieh da, der Sperber, der nicht fliegen kann ...«

»Ist Jaspers-Jaspis nicht ein Edelstein?«, erwiderte Ged lachend. »Oh, du Juwel unter uns Zauberern, oh, du Schmuckstück von Havnor, strahle für uns!«

Der Junge, der die Werlichtsterne über ihnen tanzen ließ, brachte einen davon herunter und ließ ihn Jaspers Kopf umkreisen. Jasper verlor etwas von seiner gewohnten Selbstsicherheit. Er verscheuchte das Licht ärgerlich und brachte es mit einer Handbewegung zum Erlöschen. »Ich habe genug von Kindern, Krach und Dummheiten«, grollte er.

»Du wirst eben alt, mein Junge«, meinte Vetsch von oben herab.

»Für den, der Stille und Trübsal liebt, bleibt ja noch immer der Turm«, schlug einer der Burschen vor.

Ged fragte Jasper: »Was wollen Sie denn dann?«

»Ich suche den Umgang mit Ebenbürtigen«, erwiderte Jasper. »Komm, Vetsch, überlassen wir die Kinder ihren Kindereien.«

Ged wandte sich ihm zu. »Was hat denn ein Zauberer einem Lehrling voraus?«, fragte er. Seine Stimme war ruhig, doch plötzlich verstummte alles. In seinem Ton und in Jaspers Stimme lag so viel Schärfe, dass die Feindschaft zwischen ihnen offenbar wurde wie ein aus der Scheide gezogenes blankes Schwert.

»Macht«, sagte Jasper.

»Meine Macht ist so groß wie die Ihre, in jeder Kunstart.«

»Fordern Sie mich heraus?«

»Ich fordere Sie heraus.«

Vetsch war auf den Boden geplumpst und schob sich nun mit entschlossener Miene zwischen beide. »Ihr wisst genau, dass es uns untersagt ist, Zauberduelle abzuhalten. Hört auf!«

Aber Ged und Jasper schwiegen. Natürlich kannten sie das Gesetz von Rok und sie wussten auch, dass es nur Güte war, die Vetsch zum Einschreiten trieb, während in ihnen der Hass brannte. Trotzdem schürten seine Worte nur das Feuer, anstatt es zu lindern. Sekunden vergingen. Dann trat Jasper etwas zur Seite, als ob er nur mit Vetsch sprechen wollte, und sagte mit überlegenem Lächeln: »Es wäre vielleicht gut, wenn du den Ziegenhirten noch einmal an das Gesetz erinnertest, das ihn beschützt. Er sieht erbost aus. Ich möchte wissen, ob er wirklich erwartet hat, dass ich mich von ihm fordern ließe, einem Hirtenbuben, der nach Ziegen stinkt und noch nicht einmal etwas von der Erstverwandlung weiß.«

»Jasper«, sagte Ged, »was wissen Sie denn von dem, was ich weiß?«

Einen kurzen Augenblick lang war Ged vor ihren Augen verschwunden, ohne dass sie ihn ein Wort hatten sprechen hören. Dort, wo er gestanden hatte, flatterte ein mächtiger Falke, seinen gekrümmten Schnabel zum Schrei geöffnet. Der Augenblick verging. Ged stand wieder vor ihnen im Licht der flackernden Fackeln und sein dunkler Blick war auf Jasper geheftet.

Jasper war erstaunt zurückgewichen, aber jetzt zuckte er nur die Achseln und sagte: »Eine Illusion.«

Die anderen flüsterten untereinander. Vetsch sagte: »Das war keine Illusion. Das war eine richtige Verwandlung. Und damit sei's genug. Jasper, hör zu ...«

»Damit hat er nur bewiesen, dass er heimlich, hinter dem Rücken des Meisters, im Buch der Verwandlungen gelesen hat. Was hat er denn noch gemacht? Verraten Sie's uns doch, Ziegenhirte! Es macht mir Spaß zuzuschauen, wie Sie Ihre eigene Grube graben. Je mehr Sie versuchen mir ebenbürtig zu sein, desto besser sieht man, wer Sie sind.«

Das war zu viel für Vetsch und er wandte sich von Jasper ab und sagte leise zu Ged: »Sperber, bitte sei ein Mann und mach nicht weiter ... Komm, lass uns gehen ...«

Ged schaute seinen Freund lächelnd an und sagte: »Kannst du Hög eine Weile für mich halten?« Er nahm den kleinen Otak herunter, der wie gewöhnlich auf seiner Schulter saß, und setzte ihn in Vetschens Hände. Noch nie hatte sich der Otak von einem anderen berühren lassen, aber nun blieb er bei Vetsch, und kauerte sich auf dessen Schulter. Seine großen, glänzenden Augen ließen aber keinen Augenblick lang ab von seinem Herrn.

»Nun, Jasper«, Geds Stimme war genauso gelassen wie zuvor, »was werden Sie tun, um Ihre Überlegenheit zu beweisen?«

»Ich müsste gar nichts tun, Ziegenhirte, aber ich werde etwas tun. Ich gebe Ihnen nämlich eine Gelegenheit – eine gute Gelegenheit. Der Neid frisst an Ihnen wie der Wurm am Apfel. Nun ja, lassen wir doch den Wurm herauskommen. Damals am Hügel von Rok brüsteten Sie sich, dass sich gontische Zauberer in keine Spielereien einlassen. Nun, gehen Sie jetzt zum Hügel und zeigen Sie uns, was man sonst in Gont macht. Und danach zeige ich Ihnen vielleicht etwas, was man wirklich Zauberei nennen kann.«

»Ja, das würde ich mir ganz gerne anschauen«, antwortete Ged. Die jüngeren Burschen, die daran gewöhnt waren, Ged beim kleinsten Verdacht einer Beleidigung aufbrausen zu sehen, staunten nun über seine Gelassenheit. Vetsch aber betrachtete ihn nicht mit Erstaunen, sondern mit Besorgnis. Noch einmal versuchte er sich einzuschalten, aber Jasper sagte: »Misch dich nicht ein, Vetsch! Wie werden Sie denn die Gelegenheit nutzen, Ziegenhirte, die ich Ihnen gegeben habe? Werden Sie uns eine Illusion vorspiegeln, einen Feuerball vielleicht, oder haben Sie einen Heilsegen für die Krätze Ihrer Ziegen zur Verfügung?«

»Was würden Sie denn gerne sehen, Jasper?«

Der Ältere hob die Schultern. »Rufen Sie doch einen Geist aus dem Totenreich herbei, mir ist alles recht!«

»Gut, das werde ich tun.«

»Nein, das werden Sie nicht tun«, Jasper starrte ihn an. Wut flammte in seinen Augen, seine Arroganz war erschüttert. »Das werden Sie nicht tun. Sie können es nicht tun. Sie spielen sich auf ...«

»Bei meinem wahren Namen, ich tue es.«

Alle standen wie vom Donner gerührt. Ged machte sich los von Vetsch, der ihn mit schierer Körperkraft zurückhalten wollte. Dann verließ er den Innenhof, ohne einen Blick zurückzuwerfen. Die tanzenden Werlichtsterne sanken langsam zur Erde. Jasper zögerte eine kurze Weile, dann folgte er Ged; und die Übrigen folgten zögernd, ohne miteinander zu reden, neugierig und furchtsam.

Die Hänge des Hügels von Rok streckten sich schwarz in die Dunkelheit einer Sommernacht kurz vor Mondaufgang. Die Nähe des Berges, wo so viele Wunder gewirkt wurden, bedrängte sie, und es war ihnen, als laste selbst die Luft auf ihnen. Als sie auf der Berghalde standen, mussten sie an die Wurzeln dieses Hügels denken, die tief, tiefer als das Meer, hinunterreichten bis zu den uralten, blinden und geheimnisvollen Feuern, die in der Erdmitte lodern. Am Osthang blieben sie stehen. Die Sterne erhoben sich funkelnd über dem schwarzen Gras des Bergrückens. Kein Lüftchen regte sich.

Ged stieg etwas höher hinauf als die anderen und drehte sich nach ihnen um, während er mit klarer Stimme fragte: »Jasper! Wessen Geist soll ich rufen?«

»Rufen Sie, wen Sie wollen. Es wird Ihnen ja doch niemand folgen.« Jaspers Stimme zitterte, vielleicht ärgerte er sich. Geds Stimme dagegen klang milde und spöttisch. »Haben Sie etwa Angst?«

Er wartete Jaspers Antwort nicht ab, vielleicht gab er gar keine. Ganz plötzlich war ihm Jasper egal. Hier auf dem Hügel von Rok spürte er weder Hass noch Zorn, nur eine tiefe Gewissheit erfüllte ihn. Er brauchte keinen zu beneiden. Seine Macht, das fühlte er, war hier auf diesem dunklen Boden voll magischer Kräfte größer denn je. Sie erfüllte und drängte ihn und er erbebte vor ihrer Gewalt. Jetzt wusste er, dass Jasper weit unter ihm stand, dass er vielleicht nur gesandt war, um ihn heute Nacht hierher zu locken, dass er bestimmt kein Rivale, sondern wahrscheinlich nur ein Mittel war, das der Erfüllung seines, Geds, Schicksals diente. Unter seinen Sohlen spürte er, wie das Wurzelwerk des Berges sich immer tiefer in die Dunkelheit streckte, und über seinem Haupt sah er das ferne, funkelnde Feuer der Sterne. Dazwischen stand er, und alles, was ihn umgab, war ihm untertan. Er befand sich im Mittelpunkt der Welt.

»Haben Sie nur keine Angst«, sprach er lächelnd. »Ich rufe den Geist einer Frau. Elfarran, die edle Frau aus dem *Enladlied*, werde ich rufen.«

»Die starb vor tausend Jahren, ihre Gebeine sollen auf dem Meeresboden bei Éa liegen, aber vielleicht gab es sie überhaupt nicht.«

»Was bedeuten Ort und Zeit für die Toten? Lügen die alten Lieder?«, erwiderte Ged sanft, aber mit leichtem Spott in der Stimme. Dann sagte er: »Beobachten Sie die Luft zwischen meinen Händen«, drehte sich etwas zur Seite und stand still.

Langsam öffnete er seine Arme weit zur Willkommensgeste, womit jede Beschwörung beginnt. Er begann zu reden.

Vor mehr als zwei Jahren hatte er diese Zauberformel des Gebietens in Ogions Buch gelesen. Nie mehr seither hatte er sie gesehen. Dunkel war es damals gewesen, als er sie las. Und wieder umgab ihn Dunkelheit, aber es war ihm, als läge das Buch aufgeschlagen vor ihm, und langsam las er den Spruch ab. Jetzt verstand er ihn. Er las laut, Wort für Wort. Auch die Zeichen waren ihm jetzt klar, die andeuteten, wie die Stimme moduliert werden musste und welche Körperbewegungen ausgeführt werden mussten.

Die anderen Jungen standen reglos und schauten auf Ged. Manche erschauerten, denn der große Bannspruch begann zu wirken. Noch immer sprach Ged mit ruhiger Stimme, aber sie klang verändert, ein tiefes Singen war jetzt darin zu hören. Die Worte, die er sprach, waren ihnen unbekannt. Ged verstummte. Ganz allmählich erhob sich ein Wind im Gras. Ged fiel auf die Knie und rief laut. Dann fiel er mit ausgestreckten Armen vornüber, als wolle er die Erde umfassen, und als er sich erhob, hielt er etwas Dunkles in seinen angespannten Armen, so schwer, dass er vor

Anstrengung zitterte, bis er endlich auf seinen Füßen stand. Der warme Wind wimmerte im schwarzen, wehenden Gras des Hügels. Keiner sah, ob die Sterne noch funkelten, denn keiner blickte nach oben.

Die Worte der Zauberformel kamen zittrig und halb flüsternd über Geds Lippen, dann aber schrie er laut und klar: »Elfarran!«

Und noch einmal wiederholte er den Namen: »Elfarran!«

Die formlose Masse in seinen Armen spaltete sich in zwei Teile. Ein fahles, schmales Licht glomm zwischen seinen ausgestreckten Armen, ein schwach leuchtendes Oval, das sich vom Boden bis zu seinen ausgestreckten Armen dehnte. Einen kurzen Augenblick lang sah man in dem Licht die Umrisse einer menschlichen Gestalt: eine große Frau, die über die Schulter zurückblickte. Das Gesicht war bildschön, aber ihre Züge spiegelten Leid und Furcht wider.

Nur ganz kurz war das Glimmen des Geistes zu sehen. Dann weitete sich das fahle Oval zwischen Geds Armen und wurde immer heller. Es dehnte sich aus, es spaltete die Dunkelheit der Erde und der Nacht, es riss am Gewebe der Welt. Das Licht steigerte sich zu furchtbarer Helle. Und aus diesem unerträglich hellen, formlosen Spalt kletterte ein unförmiger schwarzer Schatten, blitzschnell und abscheulich, und sprang mit einem Satz in Geds Gesicht. Vom Anprall und Gewicht dieses Dinges getroffen, taumelte Ged rückwärts und stieß einen kurzen, heiseren

Schrei aus. Der kleine Otak, der auf Vetschens Schulter saß und alles beobachtete, das Tier ohne Stimme, schrie mit einem Mal ebenfalls und setzte zum Sprung an, um den Angreifer zu packen.

Ged fiel zu Boden, sich krümmend und wehrend, während über ihm der blendend weiße Riss inmitten der Schwärze der Nacht wuchs und breiter wurde. Die Jungen, die gekommen waren, um zuzuschauen, waren schon davongerannt. Jasper kauerte am Boden und bedeckte seine Augen vor dem schrecklichen Licht. Nur Vetsch rannte, eilte seinem Freund zu Hilfe. Er allein sah den unförmigen, schattenhaften Klumpen, der sich in Geds Gesicht verkrallt hatte. Wie ein schwarzes Ungeheuer sah es aus, so groß wie ein Kind, aber es schien zu schwellen und zu schrumpfen; es hatte weder Kopf noch Gesicht, nur vier Klauen, mit denen es Ged packte und an ihm riss. Vetsch schluchzte vor Grauen. Trotzdem streckte er die Hände aus, um das Ding von Ged wegzuziehen. Aber noch bevor er es berührte, fühlte er sich gebannt und konnte sich nicht mehr bewegen.

Die unerträgliche Helle begann zu verblassen. Ganz langsam schlossen sich die zerrissenen Ränder der Erde. In der Nähe flüsterte eine Stimme, so sanft und leise wie das Rauschen eines Baumes oder das Rieseln eines Brunnens.

Das Licht der Sterne begann wieder zu schimmern, das Gras auf den Berghängen glänzte weiß im Licht des aufgehenden Mondes. Die Nacht war geheilt. Das Gleichgewicht zwischen Hell und Dunkel war wiederhergestellt. Das Schattenungeheuer war verschwunden. Ged lag auf dem Rücken, seine Arme waren ausgestreckt in der Geste des Willkommens und der Beschwörung. Sein Gesicht blutete und sein Hemd hatte große, dunkle Flecken. Der kleine Otak kauerte zitternd an seiner Schulter. Über ihnen stand ein Mann, dessen Umhang weiß im Mondlicht leuchtete: der Erzmagier Nemmerle.

Silbrig bewegte sich das Ende von Nemmerles Stab über Geds Oberkörper. Sachte berührte es die Stelle, unter der Geds Herz lag, und darauf Geds Lippen, während Nemmerle leise murmelte. Ged begann sich zu regen, seine Lippen öffneten sich zum Atmen. Dann hob der Erzmagier den Stab, setzte ihn auf die Erde und lehnte sich mit gebeugtem Haupt schwer darauf, als fehle es ihm an Kraft zum Stehen.

Vetsch fühlte sich vom Bann befreit und schaute sich um. Er sah, dass sie nicht allein waren, der Meister des Gebietens und der Meister der Verwandlungen standen nun bei Ged. Keine große Zauberhandlung konnte gewirkt werden ohne das Wissen dieser Männer. War es nötig, so konnten sie mit Windeseile kommen, aber keiner war so schnell wie der Erzmagier, während andere, darunter auch Vetsch, Ged in die Räume des Meisters der Kräuterkunde trugen.

Der Meister des Gebietens jedoch blieb die ganze Nacht über auf dem Hügel von Rok. Nichts bewegte sich dort am Berg, wo die Welt selbst aufgerissen worden war. Kein

Schatten kam zurückgekrochen im Mondlicht und suchte nach dem Riss, durch den er in sein Reich zurückkehren konnte. Er floh vor Nemmerle und vor den mächtigen, von Zauberkraft errichteten unsichtbaren Wällen, die Rok beschützten, aber jetzt befand er sich irgendwo auf der Welt und versteckte sich. Wäre Ged in dieser Nacht gestorben, dann hätte der Schatten versucht die Tür zu finden, die Ged geöffnet hatte, und wäre ihm ins Totenreich gefolgt oder dorthin, wo er ursprünglich herkam; und darum wartete der Gebieter am Hügel von Rok. Aber Ged lebte.

Er wurde im Krankenzimmer in ein Bett gelegt und dort versorgte der Meister der Kräuterkunde seine Verletzungen an Gesicht, Hals und Schultern. Es waren tiefe, schwere und bösartige Wunden.

Schwarzes Blut quoll aus ihnen und kein Bannspruch konnte es stillen, selbst durch die in Spinnweben gehüllten Perriotblätter sickerte es. Blind und stumm lag Ged auf seinem Lager, er glühte im Fieber und lag wie ein Stock in langsam brennendem Feuer. Kein Zauberspruch konnte das, was in ihm brannte, kühlen.

Nicht weit von ihm, im offenen Innenhof, wo der Brunnen plätscherte, lag der Erzmagier. Auch er regte kein Glied, aber nicht Hitze, sondern Kälte durchzog seine Glieder. Nur seine Augen bewegten sich und sahen das im Mond glitzernde Wasser und die heilbeschienenen, leise rauschenden Blätter des Baumes. Die ihn Umstehenden sagten keine magischen Formeln und wirkten keine heilenden Zauber. Ab und zu sprachen sie untereinander und wandten sich dann wieder ihrem Herrn zu und schauten ihn an. Ruhig lag er vor ihnen, seine gebogene Nase, seine hohe Stirn und sein weißes Haar nahmen im bleichen Mondlicht die Farben von Knochen an. Um der ungezügelten Zauberformel Einhalt zu gebieten und um den Schatten von Ged wegzutreiben, hatte Nemmerle seine ganze Macht aufbieten müssen, und mit ihr verließen ihn seine körperlichen Kräfte. Er lag im Sterben. Aber das Sterben eines großen Magiers, der oft in seinem Leben am dürren, steilen Abhang des Totenreiches entlanggehen musste, war eine seltsame Sache: Der Sterbende beschreitet diesen Weg nicht blind, sondern er geht sicheren Fußes, denn er kennt sich aus. Und als Nemmerle hinaufschaute in die Blätter des Baumes, wussten die, die ihn umstanden, nicht, ob er die im Morgengrauen verblassenden Sterne der Sommernacht sah, oder ob er die anderen Sterne sah, die ewiglich hinter den Hügeln bleiben, die keine Morgenröte kennen.

Der Rabe von Osskil, sein Freund seit dreißig Jahren, war verschwunden. Niemand hatte gesehen, wohin er geflogen war. »Er fliegt ihm voraus«, sagte der Meister der Formgebung leise zu denen, die mit ihm wachten.

Der kommende Tag war warm und klar. Stille lag über dem Großhaus und den Straßen von Thwil. Niemand sprach laut. Gegen Mittag begannen die Glocken im Turm, in dem der Meister der Lieder wohnte, dumpf zu läuten.

Am nächsten Tag versammelten sich die neun Meister

von Rok im dunklen Schatten des Inneren Haines. Selbst dort umgaben sie sich noch mit neun Mauern des Schweigens, damit kein Mensch und keine Macht zu ihnen sprechen oder sie hören konnte, während sie unter all den Magiern, die im Erdseegebiet tätig waren, denjenigen erwählten, der ihr neuer Erzmagier werden würde. Genscher von Weg wurde gewählt. Ein Schiff wurde bestellt, das sofort über das Innenmeer zur Insel Weg segelte, um den neuen Erzmagier nach Rok zu bringen. Meister Windschlüssel stand im Heck des Schiffes. Er rief einen Zauberwind herbei, der die Segel rasch blähte und das Boot über die Wellen dahinjagte.

Von alldem wusste Ged nichts. Vier heiße Sommerwochen lang lag er blind, taub und stumm auf seinem Krankenlager, nur manchmal stöhnte er und schrie wie ein Tier. Aber schließlich, unter der geduldigen Pflege des Kräuterkundigen, begannen sich seine Wunden zu schließen und das Fieber ließ nach. Und ganz allmählich schien es auch, als höre er wieder, nur reden tat er nicht. An einem sonnigen Herbsttag öffnete der Meister die Läden des Raumes, in dem Ged lag. Seit der Finsternis auf dem Hügel von Rok war er von Dunkelheit umgeben gewesen. Jetzt fiel Tageslicht in sein Zimmer und er sah die Sonne scheinen. Er barg sein verletztes Gesicht in den Händen und weinte.

Selbst als der Winter kam, konnte er nur unter Stammeln reden. Der Meister behielt ihn bei sich im Krankenzimmer und versuchte Geds Körper und Geist langsam wieder erstarken zu lassen. Erst im Frühjahr darauf entließ er ihn und trug ihm auf, zuallererst zu dem Erzmagier zu gehen und ihm den Treueeid zu leisten. Dieser Pflicht hatte er nicht mit den andern nachkommen können, damals, als Genscher nach Rok kam.

Keiner seiner Mitschüler hatte ihn während der langen Monate seiner Krankheit besuchen dürfen. Als er jetzt an einigen Schülern vorbeikam, tuschelten sie sich gegenseitig zu: »Wer ist das?« Er war behände, gewandt und stark gewesen, jetzt ging er gekrümmt vor Schmerzen, zögernd und langsam und hielt sein Gesicht, das auf der linken Seite von tiefen weißen Narben bedeckt war, gesenkt. Er vermied die, die ihn kannten, und die, die ihn nicht kannten, und ging geradewegs zum Erzmagier. Dort, wo ihn einst Nemmerle erwartet hatte, stand nun Genscher und wartete auf ihn.

Wie der frühere Erzmagier, so trug auch Genscher einen weißen Umhang; aber wie bei den meisten Leuten auf Weg und in den Ostbereichen war seine Haut schwarzbraun und er blickte Ged unter dunklen, dichten Brauen hervor an. Ged kniete vor ihm nieder, bereit, ihm Gehorsam und Treue zu schwören. Genscher stand eine Weile, ohne zu reden.

»Ich weiß, was du getan hast«, sagte er schließlich, »aber dich selbst kenne ich nicht. Ich kann deinen Eid nicht annehmen.«

Ged stand wieder auf und hielt sich am Stamm des jungen Baumes fest, um nicht umzufallen. Er suchte lange nach Worten: »Muss ich Rok verlassen?«

»Willst du Rok verlassen?«

»Nein.«

»Was willst du?«

»Hier bleiben ... lernen ... das Böse zu entkräften ...«

»Selbst Nemmerle konnte das nicht tun. Nein, ich hätte dich nicht weggehen lassen. Schutzlos wärest du, denn nur die Macht der Meister und die Befestigungen dieser Insel hier, die jeder Ausgeburt des Bösen den Zutritt verweigern, gewähren dir Sicherheit. Würdest du uns jetzt verlassen, das Ding, das du freigesetzt hast, würde dich finden und sich in dir festsetzen und dich besitzen. Kein Mensch wärest du mehr, sondern ein *Gebbeth*, eine Marionette, die williges Werkzeug des Bösen wäre, das du ans Licht des Tages gebracht hast. Hier musst du bleiben, bis du stark und weise genug bist, dich selbst dagegen zu wehren – wenn es je sein muss. Selbst jetzt wartet es auf dich. Ich bin ganz sicher, dass es auf dich wartet. Hast du es seit jener Nacht wieder gesehen?«

»In Träumen.« Ged verstummte. Dann, mit Schmerz und Scham in seiner Stimme, fügte er hinzu: »Ehrwürdiger Herr Genscher, ich weiß nicht, was es war – das Ding, das der Bann freigesetzt hat und das mich packte.«

»Auch ich weiß es nicht. Es hat keinen Namen. Eine große Macht liegt in dir. Sie ist dir angeboren. Diese Macht hast du missbraucht, du hast einen Zauber gewirkt, für den du noch nicht reif genug warst, denn du hast noch nicht begriffen, wie dieser Zauber das Gleichgewicht zwischen Licht und Dunkel, zwischen Leben und Tod, zwischen Gut und Böse stören kann. Und du hast es getan, weil dich Stolz und Hass dazu trieben. Wunderst du dich über das Unheil, das es nach sich zog? Du hast den Geist einer Toten zu dir gerufen und mit ihm kam ein Etwas von den Mächten, die außerhalb des Lebens bestehen. Es kam ungerufen von dorther, wo die Dinge keinen Namen haben. Aus Bösem bestehend, ist sein Ziel, Böses durch dich zu wirken. Deine Macht, es heraufzubeschwören, gibt ihm gleichzeitig Macht über dich! Du bist mit ihm verbunden. Es ist der Schatten deiner Arroganz, deiner Unwissenheit, der Schatten, den du wirfst. Besitzt ein Schatten einen Namen?«

Ged fühlte sich elend und erschöpft. Endlich sagte er: »Es wäre besser, ich wäre gestorben.«

»Wer gibt dir das Recht, darüber zu urteilen, du, für den Nemmerle sein Leben ließ? – Hier bist du sicher. Hier kannst du wohnen und deine Studien fortsetzen. Ich habe gehört, dass du ein guter Schüler warst. Geh und tu deine Arbeit. Tu sie gut. Mehr kannst du nicht verlangen.«

Genscher verstummte und war plötzlich verschwunden, wie es unter Magiern üblich ist. Ged sah dem Wasserstrahl des Brunnens zu, wie er im Sonnenschein aufstieg und wieder hinunterfiel, und er lauschte seinen Worten. Er dachte an Nemmerle. Hier hatte er einst gestanden und es war ihm gewesen, als sei er ein von der Sonne gesprochenes

Wort. Jetzt hatte die Dunkelheit zu ihm gesprochen, ein Wort, das nie mehr rückgängig gemacht werden konnte.

Er verließ den Hof und kehrte in sein altes Zimmer im Südturm zurück, das für ihn freigehalten worden war. Dort blieb er allein. Als der Gong zum Essen rief, ging er hinunter und setzte sich ganz unten an den Langtisch. Er sprach kaum zu den anderen und hielt sein Gesicht gesenkt, selbst die Jungen, die ihn freundlichst begrüßten, blickte er kaum an. Nach ein paar Tagen ließ man ihn in Ruhe. Er wollte allein sein, denn er fürchtete das Unheil, das er durch Wort oder Tat anrichten konnte.

Vetsch und Jasper waren beide nicht anwesend und er fragte nicht nach ihnen. Die Jungen, die er früher angeführt hatte und auf die er herabgeblickt hatte, waren ihm jetzt voraus wegen der Monate, die er auf dem Krankenlager verloren hatte. Er musste jetzt mit Knaben zusammen lernen, die jünger waren als er. Seine Leistungen waren auch nicht mehr hervorragend, denn die Worte der Sprüche und Formeln, selbst die des einfachsten Illusionszaubers, kamen nur stockend über seine Lippen, und seine Hände waren ungeschickt.

Im Herbst musste er wieder zum Einsamen Turm gehen und mit dem Meister Namengeber studieren. Das Studium, dem er einst mit Widerwillen entgegengesehen hatte, begrüßte er jetzt. Dort würde er die Einsamkeit und Stille finden, nach der ihn jetzt verlangte. Auch das endlose Auswendiglernen war ihm nun recht, es war ihm jedenfalls lieber als das Wirken von Zaubereien, welche die Macht, die er noch in sich schlummern fühlte, wieder wachrufen könnten.

Am Abend vor seinem Aufbruch zum Turm kam ein Besucher in einem braunen Reiseumhang mit eisenbeschlagenem Eichenstab zu ihm. Ged erhob sich vor dem Abzeichen des Zauberers.

»Sperber ...«

Beim Klang der Stimme hob Ged den Blick, Vetsch stand vor ihm, kräftig und massiv wie eh, sein dunkles, offenes Gesicht sah gereifter aus, aber sein Lachen war unverändert. Auf seiner Schulter hockte ein kleines Tier mit gestreiftem Fell und glänzenden Augen.

»Ich behielt ihn, während du krank warst, und jetzt tut's mir Leid, mich von ihm zu trennen. Aber es tut mir noch mehr Leid, dich zu verlassen, Sperber. Ich gehe nach Hause. Hier, Hög! Geh wieder zu deinem wahren Herrn!« Vetsch streichelte den Otak und setzte ihn auf den Boden. Dieser sprang auf Geds Matratze und begann sich mit seiner trockenen braunen Zunge, die wie ein kleines Blatt aussah, zu putzen. Vetsch lachte, aber Ged konnte nicht mit einstimmen. Er beugte sich hinunter, um sein Gesicht zu verbergen, und streichelte den Otak. »Ich habe geglaubt, du würdest nie mehr zu mir kommen, Vetsch«, sagte er.

Er hatte keinen Vorwurf beabsichtigt, aber Vetsch antwortete: »Ich konnte nicht kommen. Der Meister der Kräuterkunde hat mich nicht zu dir gelassen, und den Winter über war ich mit dem Meister im Inneren Hain und konnte nicht weg. Er ließ mich erst wieder heraus, nachdem ich mir den Stab verdient hatte. Hör zu: Wenn auch du wieder frei bist, dann komm in den Ostbereich. Ich warte auf dich. In den kleinen Städten dort lässt sich's gut leben. Zauberer genießen ein hohes Ansehen.«

»Frei ...«, sagte Ged leise und versuchte zu lächeln, während er leicht die Achseln zuckte.

Vetsch schaute ihn an. Sein Blick war nicht mehr ganz so wie früher, er war bestimmt nicht weniger liebevoll, aber jetzt lag etwas Magisches darin. Seine Stimme klang herzlich: »Du wirst nicht dein ganzes Leben lang an Rok gebunden sein.«

»Weißt du ... ich habe gedacht, dass ich vielleicht bei dem Meister im Turm Forschung treiben sollte, wie die, die in den Büchern und Sternen nach verlorenen Namen suchen. Wenn ich das tue, weißt du, dann ... dann kann ich keinen Schaden mehr anrichten, viel Gutes natürlich auch nicht ...«

»Vielleicht hast du Recht«, sagte Vetsch. »Ich bin kein Prophet, aber ich sehe in deiner Zukunft keine Zimmer voll von Büchern, wohl aber das weite Meer und Feuer speiende Drachen und die Türme vieler Städte, so wie es nur ein Falke sieht, der hoch und weit fliegt.«

»Und hinter mir – sag, was siehst du hinter mir?«, fragte Ged und erhob sich bei diesen Worten, worauf das Werlicht, das zwischen ihnen über ihren Köpfen schwebte, seinen Schatten gegen Boden und Wand warf. Dann wandte er sich zur Seite und stammelte: »Erzähl mir von dir, wohin du gehst und was du vorhast.«

»Ich gehe heim zu meinen Brüdern und zu meiner Schwester, von der ich dir erzählte. Als ich fortging, war sie noch ein kleines Kind, jetzt wird man ihr bald ihren Namen geben – ich kann es kaum glauben! Irgendwo auf einer der kleinen Inseln werde ich dann als Zauberer arbeiten. Oh, Ged, ich würde gerne hier bleiben und mit dir reden, aber ich kann nicht, mein Schiff segelt heute Abend und die Ebbe hat schon eingesetzt. Sperber, wenn du je in den Osten kommst, besuche mich. Und wenn du je in Bedrängnis gerätst, lass es mich wissen, ruf mich bei meinem Namen: Estarriol.«

Bei diesen Worten hob Ged sein vernarbtes Gesicht, und ihre Augen trafen sich. »Estarriol«, sagte er, »ich heiße Ged.«

Dann nahmen sie leise Abschied voneinander und Vetsch ging den steinernen Gang hinunter und verließ Rok.

Ged blieb eine Weile bewegungslos sitzen, wie einer, der eine Botschaft empfing, die so überwältigend war, dass er sie nicht auf einmal fassen konnte. Das Wissen von Vetschens wahrem Namen war ein großes Geschenk.

Der wahre Name eines Menschen ist nur ihm und seinem Namengeber bekannt. Später vielleicht sagt er ihn seinem Bruder, seiner Frau oder einem Freund, aber selbst diese wenigen werden nie seinen wahren Namen nennen, wenn ein Dritter anwesend ist. Sind andere zugegen, so werden sie, wie alle Welt es tut, ihn bei seinem Ruf- oder Spitznamen nennen – Namen wie Sperber, Vetsch oder Ogion, was übrigens »Tannenzapfen« bedeutet. Wenn der einfache Mensch vorsichtig sein muss und seinen Namen nur wenigen Vertrauten mitteilen kann, um wie viel vorsichtiger muss der Zauberkundige sein, der viel gefährlicher und selbst viel gefährdeter ist. Derjenige, der den wahren Namen eines Menschen kennt, hält dessen Leben in seiner Hand. Daher empfing Ged, der den Glauben an sich selbst verloren hatte, von Vetsch eine Gabe, die nur ein Freund geben konnte: den Beweis unerschütterlichen und nicht zu erschütternden Vertrauens.

Ged setzte sich auf seine Matratze und ließ die Werlichtkugel verglimmen, die im letzten Verzischen einen schwachen Geruch von Sumpfgas von sich gab. Er streichelte den Otak, der sich gemütlich rekelte und auf seinen Knien so selbstverständlich einschlief, als wäre er nie woanders gewesen. Im Großhaus war es ruhig. Es fiel Ged ein, dass heute der Vorabend seiner eigenen Aufnahme war. Vier Jahre waren verstrichen, seit Ogion ihm seinen Namen gegeben hatte. Er erinnerte sich an das eiskalte Bergquellwasser, durch das er damals nackt und namenlos gewatet war. Auch die anderen, hell schimmernden Flussbecken der Ar, in denen er so oft geschwommen war, fielen ihm wieder ein; er dachte an Zehnellern, das Dorf, das im Schatten des mächtigen, steil ansteigenden Bergwaldes lag, an die morgendlichen Schatten auf der staubigen Dorfstraße, an das Schmiedefeuer an einem Winternachmittag, das vom Blasebalg angefacht unter der Schmelzgrube loderte, an die von Kräutern duftende Hütte der Hexe, in der die Luft schwer war von Rauch und Hexereien. Er hatte schon lange nicht mehr an diese Dinge gedacht. Jetzt fielen sie ihm wieder ein, heute, am Vorabend seines siebzehnten Geburtstages. In Gedanken durchmaß er die Jahre und Orte seines kurzen, gebrochenen Lebens und sie formten eine Einheit. Endlich, nach all diesen langen, bitteren, verschwendeten Jahren, wusste er, was er schon einmal gewusst hatte – wer er war und wo er war.

Aber wohin er zu gehen hatte in den Jahren, die vor ihm lagen, das konnte er nicht ermessen; und er fürchtete sich, es zu sehen.

Am nächsten Morgen begann er seine Wanderung über die Insel. Der Otak saß auf seiner Schulter wie damals, als er vom Turm zurückkam. Dieses Mal dauerte es nicht zwei, sondern drei Tage, bis er den Einsamen Turm erreichte. Er war todmüde, als er ihn endlich erblickte, dort auf der nördlichen Klippe über dem tobenden Meer. Innen war es so dunkel und kalt, wie er es in Erinnerung hatte. Kurremkarmerruk saß an seinem hohen Pult und schrieb an langen Namenslisten. Als Ged eintrat, blickte er kurz auf, und ohne Willkommensgruß, so als wäre Ged nie fort gewesen, sagte er: »Geh ins Bett. Müde Leute sind dumme Leute. Morgen kannst du mit dem Buch von den Taten der Schaffenden anfangen und die Namen darin lernen.«

Als der Winter vorbei war, kehrte er ins Großhaus zurück. Er wurde nun zum Zauberer befördert und danach nahm der Erzmagier Genscher seinen Treueeid entgegen. Jetzt durfte er die hohen Künste und Zaubereien lernen, die über Illusionen hinaus in die Welt der wahren Magie einführen. Er lernte, was davon nötig war, um sich seinen Zauberstab zu verdienen. Die Schwierigkeiten, die er anfänglich im Sprechen von Zaubersprüchen gehabt hatte, ließen in den kommenden Monaten nach, auch seine Hände wurden wieder beweglicher beim Wirken von Sprüchen und Formeln. Aber seine ursprüngliche Schnelligkeit beim Lernen kehrte nie wieder zurück. Der Schrecken hatte ihm eine harte, nachhaltige Lektion erteilt. Selbst den mächtigen und höchst gefährlichen Formeln des Gestaltens und Fertigens jedoch folgten keine bedenklichen Zeichen oder Begegnungen. Manchmal wiegte er sich in der Hoffnung, dass der Schatten, den er freigesetzt hatte, geschwächt war oder irgendwie aus der Welt geflohen sei, denn er ließ ihn ganz in Ruhe, selbst in seinen Träumen tauchte er nicht mehr auf. Tief im Herzen jedoch wusste er, dass dies falsche Hoffnungen waren.

Ged fragte die Meister aus und forschte in den alten Büchern der Zauberkunde nach einem Wesen wie diesem Schatten, den er freigesetzt hatte, aber er fand sehr wenig darüber. Nirgends gab es eine Beschreibung eines solchen Dinges, nirgends wurde es direkt erwähnt. Hie und da stieß er in den alten Büchern auf Andeutungen über Wesen, die dem Schattenungeheuer ähnlich sein konnten. Es handelte sich nicht um den Geist eines Verstorbenen und es gehörte auch nicht zu den Urmächten der Erde, aber irgendwie schien es doch mit ihnen verbunden zu sein. In den *Drachengeschichten*, die Ged sehr sorgfältig las, stieß er auf eine Erzählung über einen uralten Drachenfürsten, der unter den Einfluss einer der Urmächte geriet, eines sprechenden Steines, der sich hoch oben im Norden befand. *»Der Stein gebot ihm«*, so hieß es im Buch, *»den Geist eines Toten aus dem Totenreich zu rufen. Seine Zauberkraft war aber durch den Willen des Steins verfälscht worden, und mit dem Geiste des Toten erhob sich ein Anderes, das nicht gerufen wurde, und dies Andere zerstörte sein Wesen und behielt seine Gestalt, und über die Menschen brachte es großes Unheil und Leid.«* Aber das Buch beschrieb nicht, was für ein Ding es war, noch wie die Geschichte endete. Auch den Meistern war unbekannt, woher solch ein Ding kommen konnte. Von Bereichen außerhalb des Lebens, hatte der Erzmagier gesagt; von der falschen Seite der Welt, sagte der Meister der Verwandlung; und der Meister des Gebietens sagte: »Ich weiß es nicht.« Als Ged krank war, hatte der Meister oft an dessen Krankenlager gesessen. Sein Blick war ernst und streng wie immer, aber Ged wusste nun, dass eine tiefe Anteilnahme dahinter verborgen war, und er war diesem Meister sehr zugetan. »Ich weiß es nicht. Das aber kann ich über dieses Ding sagen: Nur eine große Macht konnte es rufen, vielleicht nur eine einzige Macht –

nur eine einzige Stimme – deine Stimme. Was dies wiederum bedeutet, das weiß ich auch nicht. Du wirst es herausfinden. Du musst es herausfinden oder sterben, oder sogar etwas Schlimmeres als der Tod ...« Seine Stimme war gütig und seine Augen ruhten ernst auf Ged. »Als du jung warst, da dachtest du, dass ein Magier alles tun kann. Auch ich dachte einmal so. Wir alle dachten einmal so. Die Wahrheit sieht aber ganz anders aus. Je mehr die Macht eines Menschen wächst, je weiter sein Wissen reicht, desto enger wird der Pfad, auf dem er wandeln kann. Bis er schließlich nichts mehr wählt, sondern ausschließlich das tut, was er tun muss ...«

Nach seinem achtzehnten Geburtstag wurde Ged vom Erzmagier zu dem Meister der Formgebung gesandt. Was dort im Inneren Hain gelehrt wird, bleibt meist verborgen. Zauber wird dort nicht gewirkt, der Ort selbst ist verzaubert. Manchmal sind die Bäume sichtbar, manchmal sind sie unsichtbar. Sie befinden sich auch nicht immer an der gleichen Stelle. Es wird behauptet, dass die Bäume des Haines selbst weise sind und dass der Meister der Formgebung seine hohe Magie dort inmitten des Haines lernt. Sollten die Bäume je sterben, so würde auch seine Weisheit verkümmern. Dann würde das Meer wieder aufsteigen und die Inseln der Erdsee verschlingen, die Segoy in vormythischen Zeiten aus der Tiefe hatte aufsteigen lassen, den Menschen und Drachen zur Wohnstätte. Aber all dies sind Gerüchte und kein Zauberer wird darüber sprechen.

So vergingen die Monate und endlich, an einem Frühlingstag, kehrte Ged zum Großhaus zurück. Er hatte keine Ahnung, was nun von ihm verlangt werden würde. An der Tür, die sich auf den Pfad öffnet, der über die Felder zum Hügel von Rok führt, traf er auf einen alten Mann, der dort auf ihn gewartet hatte. Ged erkannte ihn zunächst nicht, aber nachdem er sich etwas besonnen hatte, fiel ihm ein, dass ihn der alte Mann damals vor fünf Jahren in die Schule eingelassen hatte.

Der alte Mann begrüßte ihn freundlich lächelnd mit seinem Namen und fragte: »Kennst du mich?«

Ged fiel ein, wie er schon öfter über die Meister nachgegrübelt hatte, die man die Neun nennt, von denen er aber nur acht kannte: Windschlüssel, Hand, Sänger, Gebieter, Formgeber, Verwandler, Namensgeber und Kräutermeister. Er hatte angenommen, dass der Erzmagier der neunte war, aber wenn ein neuer Erzmagier gewählt wird, dann treten neun Meister zusammen, um zu beraten.

»Ich glaube, Sie sind der Meister Türhüter«, sagte Ged.

»Ja, der bin ich. Ged, du wurdest in Rok eingelassen, weil du deinen Namen genannt hast. Nenne nun meinen, und du wirst von der Schule entlassen werden.« So sprach der alte Mann und lächelte. Ged starrte ihn sprachlos an.

Selbstverständlich kannte er hunderte von Mitteln und Wegen, um die Namen von Menschen und Dingen herauszufinden. Dies Wissen war ein Grundbestandteil seines Studiums gewesen, denn wenig Magie käme zustande, wenn es daran mangeln würde. Aber den Namen eines Magiers oder Meisters herauszufinden war wieder eine ganz andere Sache. Er war schwerer herauszufinden als ein Hering im Meer und besser beschützt als die Höhle eines Drachen. Der Versuch, den Namen durch Zauberei herauszufinden, würde durch einen stärkeren Zauber zunichte gemacht werden, listige Anfragen würden genauso listig abgebogen werden, und der Einsatz von Gewalt würde sich katastrophal auf den sie Einsetzenden auswirken.

»Meister, Ihre Tür ist sehr schmal«, sagte Ged schließlich. »Ich glaube, ich muss hier draußen auf dem Acker sitzen und fasten, bis ich dünn genug bin, um durch die Tür zu schlüpfen.«

»Setz dich hin, solang du willst«, antwortete der Türhüter lächelnd.

Ged entfernte sich ein paar Schritte und setzte sich unter eine Erle am Thwilbach. Er ließ seinen Otak im Wasser planschen und im Schlamm des Ufers nach Flusskrebsen jagen. Die Sonne strahlte hell und ging spät unter, denn der Frühling war schon weit fortgeschritten. Laternen und Werlichter brannten hinter den Fenstern des Großhauses, unten am Berg breitete sich in den Straßen von Thwil Dunkelheit aus. Über den Dächern erklangen die Schreie der Eulen und noch immer saß Ged da und zerbrach sich den Kopf, wie er den Namen des Türhüters herausfinden könne. Er erwog Gewalt, List und Zauberei. Aber je länger er grübelte, desto sicherer wurde er, dass es unter all den Künsten, die er in den vergangenen fünf Jahren auf Rok gelernt hatte, keine gab, die einem so mächtigen Magier solch ein Geheimnis entreißen konnte.

Er streckte sich auf der Wiese aus und schlief unter den Sternen ein. Nach Sonnenaufgang, immer noch fastend, ging er zur Tür des Hauses und klopfte an. Der Türhüter öffnete.

»Meister«, sagte Ged, »ich kann Ihren Namen nicht mit Gewalt herausfinden, denn ich bin zu schwach dazu, ich kann ihn auch nicht mit Zauberei herausfinden, denn ich bin nicht weise genug. Ich bin daher gewillt, hier zu bleiben, um zu lernen oder Ihnen zu dienen, wie Sie wünschen; außer Sie sind bereit, mir eine Frage zu beantworten.«

»Frage!«

»Meister, wie heißen Sie?«

Der Türhüter lächelte und nannte seinen Namen und ihn wiederholend betrat Ged zum letzten Mal das Großhaus.

Als er es verließ, trug er einen schweren, dunkelblauen Umhang, die Gabe des Stadtkreises von Untertorning, seines Reiseziels, denn dort brauchte man einen Zauberer. In der Hand hielt er einen bronzebeschlagenen Stab aus Eibenholz, so groß wie er selbst. Der Türhüter bot ihm den Abschiedsgruß und öffnete die Hintertür des Großhauses für ihn. Es war die Tür aus poliertem Horn und Elfenbein und Ged schritt die Straße von Thwil hinunter zu dem Schiff, das im klaren Wasser des Hafens auf ihn wartete.

Der Drache von Pendor

Westlich von Rok, zwischen Hosk und Ensmer, den zwei großen Ländern, liegen die Neunzig Inseln. Von Rok kommend, stößt man zuerst auf Serd, während Seppisch, am weitesten von Rok entfernt, fast schon im Pelnischen Meer liegt. Ob es wirklich neunzig Inseln sind, blieb bis heute eine Streitfrage. Zählt man nur die Inseln mit Süßwasserquellen, dann kommt man auf siebzig; zählt man aber jeden Fels, der aus dem Wasser ragt, dann kommt man auf weit über hundert. Rechnet man mit der Ebbe und Flut, dann ändert sich die Zahl wiederum, denn schmal sind die Wasserstraßen zwischen den Inseln, und der Gezeitenwechsel, der sich im Innenmeer nur schwach auswirkt, ist hier draußen viel ungezügelter und mächtiger, sodass es Stellen gibt, wo bei Flut drei Inseln liegen, während bei Ebbe eine große Insel sichtbar wird. Aber trotz all der Gefahren, die der Gezeitenwechsel in sich birgt, hat jedes Kind, das laufen kann, sein eigenes kleines Ruderboot. Hausfrauen paddeln zur Nachbarin auf der anderen Insel, um eine Tasse Kräutertee mit ihr zu trinken, und Hausierer preisen ihre Ware im Rhythmus des Ruderschlags an. Alle Straßen dort bestehen aus Salzwasser und ab und zu wird die Durchfahrt von Netzen blockiert, die von Haus zu Haus gespannt sind, um die kleinen Fische, die sie Turbies nennen, zu fangen. Das aus den Turbies gewonnene Öl stellt den Reichtum der Neunzig Inseln dar. Brücken gibt es wenige und große Städte überhaupt nicht. Auf jeder Insel drängen sich Bauernhäuser und Fischerhütten aneinander. Zehn bis zwanzig Inseln bilden jeweils ein Gemeinwesen. Unter diesen ist Untertorning das westlichste. Von dort aus sieht man nicht das Innenmeer, sondern den weiten Ozean, den einsamsten Teil der Erdsee, in dem nur Pendor, die Dracheninsel, liegt; und dahinter erstreckt sich das endlose, öde Meer des Westens.

Das Haus für den neuen Zauberer des Gemeinwesens war gerichtet. Es stand auf einem Hügel, inmitten grüner Gerstenfelder, und eine Gruppe von Pendickbäumen, die im Schmuck ihrer roten Blüten standen, schützte es vor dem Westwind. Vom Eingang aus sah man die Strohdächer anderer Häuser, Gärten und Lauben und andere Inseln, wo es wiederum Häuser mit Strohdächern, Felder und Hügel gab. Dazwischen wanden sich zahlreiche helle Meeresstraßen. Das Haus selbst war armselig, ohne Fenster, mit einem Lehmboden, aber besser als das Haus, in dem Ged geboren war. Die Inselleute von Torning schauten ehrfürchtig auf den Zauberer von Rok und entschuldigten sich für die Armseligkeit der Behausung. »Bei uns gibt es keine Steine zum Bauen«, sagte der eine. »Keiner ist reich, aber verhungern tut niemand«, sagte ein anderer und ein Dritter fügte hinzu: »Es ist wenigstens trocken, denn ich habe selbst für das Strohdach gesorgt, Herr.« Kein Palast hätte Ged besser gefallen können. Er dankte den Vertretern der Gemeinde für das Haus so offen und ehrlich, dass die achtzehn Männer, als sie in ihren eigenen Booten nach Hause ruderten, den Fischern und Hausfrauen erzählten, dass der neue Zauberer ein gar ungewöhnlicher junger Mann sei, wortkarg, mit verschlossenen Zügen, aber dass er das Herz auf dem rechten Fleck habe.

Es mag manchem scheinen, dass wenig Grund vorlag, auf diese erste offizielle Stelle stolz zu sein. Gewöhnlich gingen die Zauberer, die auf der Schule in Rok studiert hatten, in die Städte oder auf die Schlösser, um den Fürsten dort zu dienen, die sie sehr schätzten. Wäre alles normal gewesen, dann hätte man in Untertorning auch nur eine Hexe oder einen einfachen Zauberer gehabt, was auch völlig genügt hätte, um Fischernetze zu besprechen und neue Boote gegen Unheil zu feien oder Tiere zu heilen und Menschen von ihren Gebrechen zu befreien. Während der letzten Jahre jedoch hatte ein Drache Junge geworfen, man sprach von neun Drachen, die in den Türmen der ehemaligen Seefürsten von Pendor hausten und auf ihren schuppigen Bäuchen die Marmortreppen auf und ab rutschten und sich durch die Portale zwängten. Es war zu erwarten, dass sie eines Tages, wenn sie voll ausgewachsen waren, auf Nahrungssuche fliegen würden, denn die verwüstete Insel bot wenig Futter. Vier von ihnen, so hörte man bereits, wurden über der südwestlichen Küste von Hosk gesichtet. Sie landeten zwar nirgends, aber man war sicher, dass sie Schafherden, Scheunen und Dörfer auskundschafteten. Der Hunger eines Drachen entwickelt sich langsam, aber einmal geweckt ist er kaum zu stillen. Aus diesem Grund baten die Inselleute von Untertorning, dass man ihnen einen Zauberer von Rok schicke, der sie vor dem Unheil, das ihnen hinter dem westlichen Horizont drohte, schützen konnte. Der Erzmagier hatte ihre Bitte erwogen und entschieden, dass ihre Furcht nicht grundlos war. »Bequemlichkeit findest du dort nicht«, hatte er zu Ged gesagt, als er ihn zum Zauberer machte, »auch keinen Ruhm und keinen Reichtum, vielleicht nicht einmal Gefahr. Willst du trotzdem gehen?«

»Ja, ich will gehen«, hatte Ged geantwortet, und nicht nur der Gehorsam bewog ihn dazu. Seit der schicksalhaften Nacht auf dem Hügel von Rok stieß ihn alles, was mit Ruhm oder Schaustücken zu tun hatte, genauso stark ab, wie es ihn früher angezogen hatte. Immerfort begleiteten ihn Zweifel an seiner Stärke und er fürchtete sich vor einer Probe seiner Macht. Doch die Gerüchte über Drachen übten eine eigenartige Anziehungskraft auf ihn aus. Auf Gont gab es seit hunderten von Jahren keine Drachen mehr, und keinem Drachen würde es einfallen, in Riech-, Sicht-

oder Bannweite von Rok zu fliegen, sodass man sie selbst dort nur aus Büchern kennt. Kurzum, es waren Wesen, über die es viele Lieder gab, aber die keiner je gesehen hatte. Alles, was er in der Schule über Drachen finden konnte, hatte Ged zusammengetragen, aber es ist doch ein Unterschied, ob man über Drachen liest oder ob man sie wirklich sieht. Die Gelegenheit lag nun zum Greifen nahe vor ihm und er antwortete mit Überzeugung: »Ja, ich will gehen.«

Der Erzmagier hatte genickt, aber sein Blick war umwölkt. »Sag mir«, fragte er schließlich, »hast du Angst, Rok zu verlassen? Oder freust du dich aufs Fortgehen?«

»Beides, ehrwürdiger Herr.«

Wiederum nickte Genscher. »Ich weiß nicht, ob ich richtig handle, wenn ich dich aus der Sicherheit hier fortlasse«, sagte er mit kaum hörbarer Stimme. »Ich kann deinen Weg nicht erkennen. Alles ist in Dunkelheit gehüllt. Und im Norden ist eine Macht, die es darauf abgesehen hat, dich zu zerstören, aber was es ist und ob es in deiner Vergangenheit oder in deiner Zukunft liegt, kann ich nicht sagen. Alles liegt unter einem Schatten. Als die Leute von Untertorning mit ihrer Bitte zu mir kamen, dachte ich sofort an dich, denn dort, so schien mir, an diesem entlegenen Ort, würdest du sicher sein und Kräfte sammeln können. Aber ich weiß im Grunde genommen nicht, ob du überhaupt irgendwo Sicherheit finden kannst. Ich weiß auch nicht, wohin dich dein Weg führen wird. Ich will dich nicht hinaus in die Dunkelheit schicken …«

Kein Schatten schien auf dem kleinen Haus unter den blühenden Bäumen zu liegen, als Ged es zum ersten Mal sah. Friedlich lebte er dort, oft ließ er seinen Blick über den westlichen Horizont schweifen und lauschte mit den Ohren eines Zauberers angestrengt auf das Rauschen schuppiger Flügel. Aber alles blieb ruhig, kein Drache ließ sich sehen. Manchmal angelte Ged von seiner Anlegestelle aus oder er arbeitete in seinem kleinen Gemüsegarten. Manchmal brütete er über einer Seite oder einer Zeile oder einem einzigen Wort in den alten Sagen- und Legendenbüchern, die er von Rok mitgebracht hatte. Er saß dann gewöhnlich im Schatten der Pendickbäume und las, während der Otak neben ihm döste oder in dem hohen Gras zwischen Butterblumen und Margeriten auf Mäusejagd ging. Wenn es die Einwohner von Untertorning wünschten, so half er ihnen als Heilkundiger oder als Wettermacher. Nie fiel es ihm ein, dass es unter der Würde eines Zauberers sein könnte, solch einfache Künste zu wirken, denn er war als Hexenkind unter ärmeren Leuten als diesen aufgewachsen. Es kam nicht häufig vor, dass sie ihn um Hilfe baten, denn teilweise hielt sie die Ehrfurcht vor dem Zauberer von der Insel der Weisen zurück, teilweise war es Furcht vor seinem wortkargen Wesen und seinem vernarbten Gesicht. Es umgab ihn ein gewisses Etwas, das den Menschen Scheu einflößte. Dennoch fand er einen Freund unter ihnen, und zwar einen Schiffsbauer, der auf dem benachbarten Eiland, östlich von Ged, wohnte. Er hieß Peckvarry. Sie lernten sich kennen, als Ged an Peckvarrys Bootssteg anhielt und ihm zuschaute, wie er den Mast an einem kleinen Segelboot festmachte. Peckvarry lachte und sagte zu dem Zauberer: »Ein Monat ist vorbei und meine Arbeit ist fast fertig. Sie hätten dies wahrscheinlich in einer Minute und mit einem Wort geschafft, nicht wahr?«

»Schon möglich«, meinte Ged. »Aber es würde in der nächsten Minute wieder sinken, außer ich würde die Illusion dauern lassen. Aber wenn Sie wollen ...« Er verstummte.

»Ja, mein Herr?«

»Das Boot, das Sie da haben, sieht wirklich gut aus. Nichts fehlt daran. Aber wenn Sie wollen, dann könnte ich es mit einem Bindespruch gegen Unheil feien, oder ich könnte es mit einem Findespruch festigen, das würde ihm helfen, den Weg wieder zurück nach Hause zu finden.«

Er sprach zögernd, denn er wollte den Schiffsbauer nicht beleidigen. Peckvarry aber strahlte: »Das kleine Schiff hier ist für meinen Sohn, mein Herr, und wenn Sie so gütig wären und es mit solchen Sprüchen stärken könnten, ich wäre Ihnen von Herzen dankbar und würde es Ihnen hoch anrechnen.« Und er kletterte hinauf auf den Bootssteg und ergriff Geds Hand, um ihm zu danken.

So begann ihre Zusammenarbeit, aus der beide Nutzen zogen. Ged wob seine Zaubersprüche über die Boote, die Peckvarry fertigte oder reparierte, und lernte dabei, wie Boote gebaut werden und wie man ohne magische Hilfe segelt, denn auf Rok kam das Üben in einfachem, gewöhnlichem Segeln etwas zu kurz. Häufig fuhren sie alle zusammen, Ged, Peckvarry und sein kleiner Sohn Joheth, hinaus aufs Meer, die Meeresstraßen entlang und in die Lagunen hinein, rudernd oder segelnd, jetzt mit diesem, dann mit jenem Boot. Mit der Zeit wurde Ged ein ganz tüchtiger Seemann und die Freundschaft zwischen ihm und Peckvarry war eine ausgemachte Sache ...

Im Spätherbst wurde der kleine Sohn des Schiffbauers krank. Die Mutter ließ die Hexe von der Insel Task kommen, die ziemlich erfolgreich war im Heilen von Krankheiten. Ein oder zwei Tage lang schien auch alles gut zu gehen. Dann aber, mitten in einer stürmischen Nacht, klopfte Peckvarry heftig an Geds Tür und flehte ihn an zu kommen und das Kind zu retten. Ged rannte mit ihm hinunter zum Boot und sie ruderten mit Windeseile durch die Finsternis und den Regen zum Haus des Schiffbauers. Dort sah Ged das Kind auf seiner Strohmatratze liegen und die Mutter schweigend neben ihm kauern, während die Hexe im Rauch der Korlywurzel den magischen Gesang angestimmt hatte, was wahrscheinlich ihr stärkster Heilzauber war. Sie flüsterte Ged zu: »Mein Herr, ich glaube, er hat Rotfieber und wird diese Nacht nicht mehr überstehen.«

Als Ged sich neben das Kind kniete und es mit seinen Händen berührte, durchfuhr ihn der gleiche Gedanke, und er schreckte zurück. Während der letzten Monate seiner eigenen schweren Krankheit hatte ihn der Meister der Kräuterkunde viel Heilkunde gelehrt, aber nie hatte er versäumt, ihm zu Beginn und Ende jeder Unterweisung einzuschärfen: Heile die Wunde, mache den Kranken wieder gesund, aber versuche nie, den Geist eines Sterbenden zurückzuhalten.

Die Mutter hatte seine Bewegung wahrgenommen und ihre Bedeutung erkannt. Sie schrie auf voll Verzweiflung. Peckvarry beugte sich über sie und versuchte sie zu beruhigen: »Frau, unser Herr Sperber wird ihm helfen. Weine nicht mehr! Hier steht er ja. Er wird es schaffen.«

Ged sah die Tränen der Mutter und hörte das Vertrauen, das in Peckvarrys Worten lag. Er brachte es nicht über sich, sie zu enttäuschen. Vielleicht hatte er sich geirrt, vielleicht konnte das Kind gerettet werden, er musste versuchen das Fieber herunterzubekommen. Er sagte: »Ich will alles versuchen, Peckvarry!«

Ged begann den kleinen Joheth in frischem, kaltem Regenwasser, das sie draußen aufgefangen hatten, zu baden und fing an eine Beschwörungsformel gegen das Fieber herzusagen. Der Spruch schlug nicht an und schloss sich nicht zu einem Ganzen, plötzlich war es ihm, als stürbe das Kind in seinen Armen.

Ohne Rücksicht auf sich selbst sammelte er seine ganze Macht und sandte seinen Geist dem enteilenden Geist des Kindes nach, um ihn zurückzuholen. Er rief den Namen des Kindes: »Joheth!« Sein inneres Gehör glaubte eine schwache Antwort zu vernehmen, und er folgte ihr, noch einmal Joheths Namen rufend. Plötzlich konnte er den Knaben sehen, der ihm weit voraus war und einen dunklen, weiten Abhang hinunterrannte. Kein Laut war vernehmbar. Die Sterne über dem Hügel waren seinen Augen unbekannt, doch er kannte die Namen der Sternbilder: die Garbe, die Tür, der Sich-Drehende, der Baum. Er erblickte die Sterne, die nie untergehen und nie vor dem Kommen eines neuen Tages verblassen. Er erkannte, dass er dem Kind zu weit gefolgt war. Plötzlich stand er allein und einsam an dem dunklen Abhang. Schwer war es, zurückzugehen, sehr schwer.

Langsam drehte er sich um. Mühsam setzte er einen Fuß vor den andern und bewegte sich den Berg hinan. Schritt folgte Schritt, jede Bewegung war eine Willensanstrengung und mit jedem Schritt wurde es schwerer.

Die Sterne standen regungslos. Kein Wind wehte über den trockenen, steilen Grund des Abhangs. In dem weiten Reich der Finsternis war er das Einzige, das sich bewegte, langsam, mühselig. Er erreichte den Kamm des Hügels und erblickte eine niedrige, aus Steinen errichtete Mauer. Auf der anderen Seite, ihm zugewandt, stand ein Schatten.

Der Schatten besaß weder menschliche noch tierische Gestalt. Er war formlos, kaum wahrnehmbar, und er flüsterte ihm zu, aber keine Worte waren zu vernehmen. Er streckte sich nach ihm aus und er stand auf der Seite der Lebenden, während Ged auf der Seite der Toten stand.

Ged musste sich entscheiden. Er konnte den Hügel hinuntergehen in die unfruchtbaren Gefilde und düsteren Städte der Toten oder über die niedere Mauer zurück ins Leben steigen, wo das unförmige, ungeheuerliche Ding auf ihn wartete.

Der Zauberstab lag schwer in seiner Hand und er hob ihn hoch. Mit dieser Bewegung erlangte er seine Kraft zurück. Als er sich zusammenraffte, um über die niedere Mauer auf den Schatten zuzuspringen, glühte der Stab plötzlich weiß auf, eine blendende Helle an diesem schattenhaften Ort. Er setzte zum Sprung an, fühlte, wie er hinfiel, und seine Sinne schwanden ihm.

Vor Peckvarry, seiner Frau und der Hexe spielte sich Folgendes ab: Der junge Zauberer hörte mitten im Zauberspruch zu reden auf und hielt das Kind in seinen Armen, ohne sich zu bewegen. Dann legte er Joheth sachte auf seine Matratze zurück, richtete sich hoch auf und stand schweigend, den Stab in der Hand haltend, da plötzlich hob er den Stab in die Höhe, der in weißem Feuer leuchtete, sodass es schien, als halte er den Blitz in seiner geballten Faust. Die Gegenstände in der Hütte sprangen in diesem momentanen grellen Licht seltsam eindringlich ins Auge. Vorübergehend geblendet, dauerte es eine kurze Weile, bis sie wieder sehen konnten, dann aber erblickten sie den jungen Mann, der vornübergefallen auf dem Boden lag, neben der Matratze, auf der das tote Kind lag.

Peckvarry schien es, als sei der Zauberer ebenfalls tot. Seine Frau heulte, er selbst war ganz verstört. Aber die Hexe hatte eine Ahnung von Magie und wusste etwas vom Hinscheiden eines wahren Zauberers. Sie veranlasste, dass Ged, der kalt und reglos dalag, nicht wie ein Toter behandelt wurde, sondern wie ein Kranker oder wie einer, der sich in einem Trancezustand befindet. Er wurde nach Hause getragen und eine alte Frau blieb bei ihm, die darauf achten musste, ob er aus dem Schlaf erwachen würde oder nicht.

Der kleine Otak hatte sich in den Dachbalken des Hauses versteckt, was er immer tat, wenn Fremde eintraten. Dort oben hockte er, während draußen der Regen gegen die Hauswände schlug und drinnen das Feuer langsam erlosch. In den Morgenstunden nickte die alte Frau neben der Feuerstelle ein. Dann kletterte der Otak herunter und rannte lautlos zu Ged, der steif und still auf seinem Bett lag. Er fing an ihm geduldig und ohne Unterlass Hände und Handgelenke mit seiner trockenen, braunen Zunge zu lecken, und sich neben Geds Kopf hinkauernd, begann er seine Schläfen, seine vernarbte Wange und ganz sachte seine geschlossenen Augen zu lecken. Und ganz allmählich, unter der leichten Berührung, regte sich Ged. Er wachte auf und wusste nicht, wo er gewesen war und wo er sich befand. Er sah ein schwaches Licht und ahnte nicht, dass es einen neuen Tag ankündigte. Der Otak beobachtete Ged, rollte sich darauf an seiner Schulter zusammen, wie er es immer tat, und schlief friedlich ein.

Später, als Ged über die Ereignisse dieser Nacht nachdachte, wurde ihm bewusst, dass er nicht mehr unter den

Lebenden weilen würde, wenn ihn nicht jemand berührt und auf irgendeine Weise zurückgerufen hätte, als er, von den Lebensgeistern verlassen, auf seinem Lager gelegen hatte. Nur das blinde, instinktive Wissen eines Tieres, das seinen verletzten Gefährten leckt, um ihm Erleichterung zu verschaffen, hatte ihn zurückgerufen, und Ged spürte in diesem Wissen etwas, das seiner eigenen Macht ähnlich war, etwas, das so tief reichte wie die Zauberkunst. Und seither war er überzeugt, dass der Weise sich nie von anderen lebenden Wesen absondert, ganz gleich, ob sie reden können oder nicht, und in späteren Jahren bemühte er sich oft darum, das zu lernen, was in der Stille von den Augen der Tiere, vom Flug der Vögel und von der langsamen majestätischen Bewegung der Bäume gelernt werden kann.

Zum ersten Mal hatte er die Welt der Lebenden verlassen und war unverletzt aus dem Land zurückgekehrt, das nur ein Zauberer mit offenen Augen betreten, was aber selbst der größte Magier nie ohne Gefahr unternehmen kann. Wohl war er unversehrt, aber Trauer und Furcht erwarteten ihn. Trauer erfüllte ihn für seinen Freund Peckvarry und den Verlust, den er erlitten hatte, Furcht hatte er um sich selbst. Jetzt wusste er, warum der Erzmagier ihn nicht wegschicken wollte und warum seine Zukunft dunkel und umwölkt vor den Augen des Magiers gelegen hatte. Die Dunkelheit selbst war es, die auf ihn gewartet hatte, dieses namenlose Ding, dieses Wesen, das nicht von dieser Welt stammte, dieser Schatten, den er freigesetzt oder geschaffen hatte. Als Geist hatte es auf ihn während all der Jahre gewartet, dort, an der Schwelle zwischen Leben und Tod. Und dort endlich hatte es ihn gefunden. Jetzt würde es sich an seine Fersen heften, jetzt würde es versuchen ihn an sich zu ziehen, um ihm seine Stärke zu nehmen, sein Leben auszusaugen und seinen Körper zu benutzen.

Bald begann er von diesem Ding als einem Bären ohne Kopf und Gesicht zu träumen. Er glaubte, es zu hören, wie es unbeholfen die Wände seines Hauses abtastete, um die Tür zu finden. Solche Träume hatten ihn verschont, seit die Wunden geheilt waren, die er von diesem Wesen empfangen hatte. Erwachte er, so fühlte er sich schwach und fror, und seine Narben an Gesicht und Schultern schmerzten.

Eine schlimme Zeit begann nun. Immer wenn er von dem Schatten träumte oder nur an ihn dachte, überkam ihn die gleiche klamme Furcht. Sein Verstand und seine Macht ließen nach und er fühlte sich dumm und verwirrt. Er war wütend auf seine Feigheit, aber das half ihm nicht weiter, er suchte Schutz, aber es gab keinen. Dieses Ding war weder Fleisch noch Geist, noch hatte es Leben in irgendeiner Form, namenlos war es, keine Gestalt besaß es außer der, die er ihm gegeben hatte – eine furchtbare Macht außerhalb der Gesetze dieser sonnenhellen Welt. Das nur wusste er: Es wurde von ihm angezogen und es würde versuchen ihm seinen Willen aufzuzwingen und durch ihn zu leben, denn es war seine Kreatur. Aber in welcher Form es sich ihm nähern würde, da es bis jetzt noch keine eigene

Gestalt hatte, und wie und wann es zu ihm kommen würde, das wusste er nicht.

So gut er vermochte, schützte er sich, indem er magische Wälle um sein Haus und um die Insel herum errichtete. Solche Wälle mussten dauernd durch Zaubersprüche erneuert werden und es wurde ihm bald klar, dass er, wenn er seine ganze Macht für seine eigene Sicherheit aufwenden musste, den Inselbewohnern wenig nützen würde. Gesetzt den Fall, ein Drache von Pendor würde die Insel heimsuchen: Was könnte er, von zwei Feinden bedroht, ausrichten?

Wiederum träumte er, doch dieses Mal war der Schatten im Haus neben der Tür und in der Dunkelheit fühlte er, wie er nach ihm griff, und er hörte ihn Worte flüstern, die er nicht verstand. Von Entsetzen geschüttelt, erwachte er und sandte ein Werlicht aus, das jede Ecke des Raumes erhellte, bis er nirgendwo mehr einen Schatten entdecken konnte. Dann legte er Holz auf die Glut des Herdes, setzte sich neben das Feuer und hörte dem Herbstwind zu, wie er im Stroh des Daches spielte und durch die kahlen Äste der großen Bäume pfiff, die über das Haus ragten. Ged saß und grübelte. Eine lang unterdrückte Wut flammte in ihm auf. Nein, er konnte es nicht ertragen, tatenlos auf dieser kleinen Insel wie in einer Falle herumzusitzen und sich mit zwecklosen Wehr- und Schutzsprüchen aufzuhalten. Aber er konnte auch nicht so einfach auf und davon gehen: Das käme den Inselbewohnern gegenüber einem Vertrauensbruch gleich und würde sie den drohenden Drachen schutzlos preisgeben. Nur einen Ausweg sah er vor sich.

Am nächsten Morgen ging er zu den Fischern hinunter, die sich am Hauptanlegeplatz von Untertorning sammelten, und suchte den Stadtältesten auf. Zu ihm sprach er: »Ich muss diese Gegend verlassen. Ich bin in Gefahr und bringe diese Gefahr hierher. Ich muss weggehen. Daher bitte ich Sie, mir Erlaubnis zu geben, nach Pendor zu segeln und die Angelegenheit mit den Drachen zu erledigen. Damit komme ich meiner Verpflichtung Ihnen gegenüber nach und bin dann frei, wieder zu gehen. Sollte mein Unternehmen fehlschlagen, dann würde dies nur bedeuten, dass es auch fehlgeschlagen wäre, wenn der Drache hierher gekommen wäre. Es ist besser, dies jetzt herauszufinden, als länger zu warten.«

Der Inselbewohner starrte ihn mit offenem Mund an: »Ehrwürdiger Herr Sperber«, sagte er, »dort gibt es neun Drachen!«

»Acht davon sollen noch ziemlich jung sein.«

»Aber der alte ...«

»Ich habe Ihnen klar gemacht, dass ich von hier fortmuss. Ich bitte Sie nur um Erlaubnis, Sie alle zuvor von der Drachengefahr zu befreien, wenn ich es kann.«

»Wie Sie wünschen«, antwortete der Älteste, düster blickend. Die Umstehenden hielten ihren jungen Zauberer für übergeschnappt oder tollkühn und blickten ihm wortlos nach. Keiner erwartete ihn je wieder zu sehen oder von ihm zu hören. Einige gaben zu verstehen, dass er wahrscheinlich über Hosk zurück zum Innenmeer segeln werde und sie hier in der Patsche sitzen ließ, andere glaubten, unter ihnen auch Peckvarry, dass er den Verstand verloren habe und seinen eigenen Tod herbeiwünsche.

Seit vier Generationen hatten die Männer den Kurs ihrer Schiffe stets so gewählt, dass er weit an Pendor vorbeiführte. Noch kein Magier hatte es mit dem Drachen dort aufgenommen, denn die Insel lag an keiner der bekannten Seerouten. Ihre Herrscher waren Piraten, Sklavenhändler und mordlustige Krieger gewesen, gehasst von allen Bewohnern im südwestlichen Teil der Erdsee. Aus diesem Grunde war es keinem eingefallen, Rache zu suchen für den Herrscher von Pendor, als der Drache plötzlich aus dem Westen gekommen war und ihn und seine Mannen beim Mahle im Turm überrascht, mit den Flammen aus seinem Schlund erstickt und die schreienden Stadtbewohner ins Meer getrieben hatte. Ungerächt blieb Pendor bis heute und der Drache hauste dort zwischen den Gebeinen, Türmen und Juwelen, die einst den Fürsten und Prinzen der Küstenländer Paln und Hosk gehört hatten.

All dies war Ged bekannt, denn seit seiner Ankunft in Untertorning hatte er sich alles, was er je über Drachen gehört und gelernt hatte, durch den Kopf gehen lassen und dachte darüber nach. Als er jetzt sein kleines Schiff nach Westen steuerte – er ruderte nicht und machte auch nicht von den Segelkünsten Gebrauch, die ihn Peckvarry gelehrt hatte, sondern zauberte einen magischen Wind herbei und hatte seinen Bug und Kiel mit einem Bannspruch auf den Kurs eingestellt –, beobachtete er, wie die Insel sich langsam über den Horizont hob. Eile trieb ihn, darum segelte er mit magischem Wind. Was hinter ihm lag, fürchtete er mehr als das, was vor ihm lag. Aber im Laufe des Tages verlor er allmählich seine Furcht und wurde von einer wilden Freude auf den bevorstehenden Kampf erfüllt. Er hatte sich entschieden und war ausgezogen die Gefahr zu suchen, und je mehr er sich ihr näherte, desto gewisser wurde er, dass er jetzt, vielleicht nur auf Stunden, bevor ihn der Tod ereilte, frei war. Denn der Schatten wagte es nicht, ihm in den Rachen des Drachen zu folgen. Weiße Schaumkronen stoben über das graue Wasser des Meeres, dunkle Wolken, vom Nordwind gejagt, stürmten gegen Süden. Er hielt sich westlich und mit dem kräftigen Zauberwind in dem Segel erblickte er bald die Felsen von Pendor, die ausgestorbenen Straßen der Stadt und die staubbedeckten Turmruinen.

An der Einfahrt zum Hafen, in einer sichelförmigen, seichten Bucht löste Ged den Windzauber auf, und sein kleines Boot lag still, nur die Wellen schaukelten es leicht.

Dann erhob er seine Stimme und gebot dem Drachen: »Usurpator von Pendor, erscheine und verteidige deinen Hort!«

Seine Stimme wurde von den Brandungswellen erstickt, die an die aschgraue Küste schlugen; aber Drachen haben feine Ohren. Nicht lange, und aus einer Ruine erhob sich ein Drache, gleich einer riesigen schwarzen Fledermaus mit dünnen Flughäuten und einem mit langen Stacheln besetzten Rückgrat. Er stieg in den Nordwind und flog auf Ged zu. Sein Herz frohlockte beim Anblick dieses Geschöpfes, das seinen Landsleuten nur aus Legenden und Mythen bekannt war, und er lachte und rief: »Geh und sag dem Alten, dass er kommen soll, du Windwurm!«

Denn dies hier war einer der jungen Drachen, einer aus der Brut des weiblichen Drachen aus dem Westbereich, die, wie es die Art weiblicher Drachen ist, ein Nest voll großer, zählederner Eier in einem der sonnigen, zerstörten Räume des Turmes hinterlassen hatte und wieder davongeflogen war. Dem alten Drachen von Pendor fiel anheim, auf die Jungen aufzupassen, die wie Unheil bringende Eidechsen aus ihren Schalen krabbelten.

Der junge Drache antwortete nicht. Zog man seine Gattung in Betracht, so war er nicht groß; er hatte ungefähr die Länge eines Schiffes mit vierzig Rudern, und trotz der immensen Spannweite seiner hauchdünnen Flügel war er so dünn wie ein Wurm. Er war noch nicht ausgewachsen, hatte auch noch keine Stimme, und an Drachenlist fehlte es ihm ebenfalls. Er wich nicht von seinem Kurs ab und brachte Geds Boot heftig ins Schwanken, sein Rachen voll scharfer Zähne war weit aufgerissen, als er pfeilschnell aus der Luft auf Ged herabstieß: Ein scharfer Bannspruch machte seine Glieder steif, er verfehlte sein Ziel und fiel wie ein Stein ins Meer. Das graue Wasser schloss sich über ihm.

Zwei andere Drachen verließen das Fundament des höchsten Turmes. Wie der erste, so flogen auch sie direkt auf Ged zu, und wie er wurden sie von ihm gebannt und ertränkt. Ged hatte all dies vollbracht, ohne seinen Zauberstab in die Höhe heben zu müssen.

Minuten verstrichen, dann erhoben sich drei Drachen von der Insel und flogen ihn an. Einer davon war wesentlich größer als die vorherigen und Flammen züngelten aus seinem Schlund. Zwei kamen flügelschlagend direkt auf ihn zu, während der große einen weiten Kreis zog und von hinten auf ihn herabstieß, um ihn und sein Boot mit seinem feurigen Atem zu verbrennen.

Keinen Bannspruch gab es, der alle drei auf einmal hätte fassen können, denn zwei kamen aus dem Norden, einer aus dem Süden. Sofort, als er dies erkannt hatte, wirkte Ged einen Verwandlungszauber, und aus seinem Boot erhob sich ein vierter Drache.

Mit weit ausgebreiteten Flügeln und scharf ausgestreckten Krallen griff der Drache Ged die beiden kleineren Drachen von vorne an und vernichtete sie mit seinem Feuer, dann wandte er sich dem dritten zu, der größer war als er und ebenfalls Feuer spie. Vom Winde getragen, flogen sie über die grauen Wellen aufeinander zu, schnappten, spien und prallten aufeinander, flogen über-, unter- und nebeneinander vorbei, bis der vom Feuer ihrer offenen Rachen rötliche Rauch sie dicht umgab. Dann stieg Ged plötzlich hoch, der andere folgte sofort nach, aber mitten im Flug hielt Ged inne, und wie es den Falken eigen ist, stieß er mit ausgestreckten Krallen herab und packte den anderen beim Genick und an der Flanke und zog ihn abwärts. Die dunklen Schwingen flatterten und dickes, schwarzes Blut tropfte ins Meer. Der Drache von Pendor riss sich los und flog lahm und mühsam zurück auf die Insel, wo er sich in irgendeinem Schacht oder Verschlag in den Ruinen versteckte.

Sofort nahm Ged wieder seine eigene Gestalt an und ließ sich in seinem Boot nieder, denn es ist höchst gefährlich, die Drachengestalt länger als nötig zu behalten. Seine Hände waren schwarz vom heißen Blut des Wurmes und er hatte Verbrennungen am Kopf, doch das kümmerte ihn jetzt wenig. Er wartete nur ab, bis er nicht mehr außer Atem war, dann rief er laut: »Sechs sah ich, fünf schlug ich, neun soll es geben: Zeigt euch, ihr Riesenwürmer!«

Lange Zeit blieb alles ruhig. Keine Kreatur bewegte sich, keine Stimme erhob sich, nur die Wellen schlugen gleichmäßig ans Ufer.

Dann wurde Ged gewahr, wie der höchste Turm auf der Insel langsam seine Form veränderte, ein Auswuchs erschien und vergrößerte sich an der Seite, als wüchse ihm dort ein Arm. Er fürchtete, dass Drachenmagie am Werke war, denn Drachen sind sehr mächtig und tückisch und in einer Art Zauberei bewandert, die der menschlichen ähnlich und doch wieder nicht ähnlich ist. Es dauerte nur einen Augenblick, dann sah er, dass es kein Trick des Drachen, wohl aber ein Trick war, den ihm seine Augen spielten.

Was er als einen Teil des Turmes angesehen hatte, war in Wirklichkeit die Schulter des Drachen von Pendor, der langsam seine Glieder ausstreckte und sich gemächlich erhob.

Als er sich endlich zu seiner vollen Größe ausgestreckt hatte, ragte sein schuppiger, spitz zulaufender Kopf mit der dreifach gespaltenen Zunge über die Turmspitze hinaus, und die Krallen seiner Vorderfüße ruhten auf den Trümmern der Stadt unter ihm. Seine Schuppen waren schwarzgrau, im Tageslicht stumpf schimmernd wie bröckelndes Gestein. Er war sehnig wie ein Jagdhund und so groß wie ein Berg.

Ged war von Ehrfurcht ergriffen. Keine Geschichte und kein Gesang konnte diesem überwältigenden Eindruck gerecht werden. So beeindruckt war er, dass er beinahe in die Augen des Drachen geschaut hätte.

In letzter Minute ertappte er sich, denn in die Augen eines Drachen kann man nicht ungestraft blicken. Er kehrte seine Augen ab von dem öligen grünen Blick, der unverwandt auf ihm ruhte, und hob seinen Stab vor sich in die Höhe, der ihm jetzt nicht viel größer als ein Zweiglein oder ein Holzspan erschien.

»Acht Söhne hatte ich, kleiner Zauberer«, sprach der Drache mit mächtiger, trockener Stimme. »Fünf sind tot, der sechste stirbt. Das genügt. Du wirst meinen Hort nicht gewinnen, indem du sie tötest.«

»Ich begehre deinen Hort nicht.«

Gelber Rauch stieg aus den Nasenlöchern des Drachen: Das war seine Art zu lachen.

»Möchtest du nicht trotzdem an Land kommen und ihn in Augenschein nehmen? Es lohnt sich, glaube mir!«

»Nein, Drache.« Verwandtschaftliche Bande bestehen zwischen dem Drachen, dem Wind und dem Feuer; ungern kämpfen sie über Wasser. Ged nützte dies zu seinem Vorteil und war nicht gewillt ihn aufzugeben. Doch der Streifen Meereswasser, der ihn von den grauen Riesenkrallen trennte, schien kein allzu großer Vorteil mehr zu sein.

Es fiel ihm schwer, nicht in die grünen, wachsamen Augen zu blicken.

»Du bist noch jung für einen Zauberer«, sagte der Drache. »Ich wusste nicht, dass die Menschen so jung in den Besitz ihrer Macht kommen.« Er unterhielt sich mit Ged in der Ursprache, denn das ist noch immer die Umgangssprache der Drachen. Benutzt ein Mensch die Ursprache, so ist er zu unbedingter Wahrheit verpflichtet; ein Drache ist nicht an dieses Gesetz gebunden, denn es ist ihre ureigene Sprache und sie können darin lügen und Worte herumdrehen, wie es ihnen gefällt, sie können den Zuhörer mit Worten blenden und in ein Labyrinth leiten, in dem jedes Wort die Wahrheit widerspiegelt und doch keines zum Ziel führt.

Oft war Ged davor gewarnt worden, und als der Drache redete, spitzte er die Ohren, jedes Wort auf seine Wahrheit wägend. Doch die Worte, die er vernahm, schienen einfach und klar. »Bist du hierher gekommen, um mich um Hilfe zu bitten, kleiner Zauberer?«

»Nein, Drache.«

»Und doch könnte ich dir helfen. Bald wirst du nämlich Hilfe brauchen gegen das, was dich im Dunkeln heimsucht.«

Ged war wie vor den Kopf gestoßen.

»Was sucht dich heim? Nenne seinen Namen!«

»Wenn ich seinen Namen wüsste ...« Ged sprach nicht weiter.

Gelber Rauch stieg aus den Nasenlöchern des Drachen, die wie zwei runde Feuergruben wirkten.

»Wenn du es beim Namen nennen könntest, kleiner Zauberer, ja, dann könntest du es vielleicht beherrschen. Es ist möglich, dass ich dir seinen Namen sagen könnte, wenn ich es aus der Nähe betrachten könnte. Und es wird näher kommen, wenn du eine Weile hier auf der Insel bleibst. Wo du bist, dahin wird es auch kommen. Wenn du es nicht nahe bei dir haben willst, dann musst du weglaufen, weit weglaufen und immer weiter weglaufen ... Und trotzdem wird es dir folgen. Möchtest du seinen Namen wissen?«

Ged stand schweigend. Woher der Drache von dem Schatten wusste, den er, Ged, freigesetzt hatte, das konnte er nur ahnen. Auch woher er dessen Namen kannte, war ihm ein Rätsel. Der Erzmagier hatte gesagt, dass der Schatten keinen Namen hätte. Drachen jedoch haben ihr eigenes Wissen. Sie sind nämlich sehr viel älter als die Menschen. Wenige Menschen nur können ahnen, was ein Drache weiß und wie er dieses Wissen erwarb. Diese wenigen sind die Drachenfürsten. Eines nur war sicher und davon war Ged überzeugt: Wenn der Drache die Wahrheit sprach und ihm den Namen seines schattenhaften Peinigers nennen konnte, damit er, Ged, Macht über dieses Unding bekäme, so würde der Drache nur dann bereit dazu sein, dies zu tun, wenn es seinen eigenen Zwecken diente.

»Selten kommt es vor«, sagte der junge Mann endlich, »dass Drachen gewillt sind, den Menschen eine Gunst zu erweisen.«

»Aber es ist allgemein üblich«, antwortete der Drache, »dass Katzen mit Mäusen spielen, bevor sie sie töten.«

»Ich kam nicht hierher, um zu spielen oder um als Spielzeug zu dienen, sondern um zu verhandeln.«

Wie ein blankes Schwert, nur fünfmal länger als ein Schwert, richtete sich die Schwanzspitze des Drachen ganz wie bei einem Skorpion auf und verharrte, höher als der Turm, über seinem gepanzerten Rücken. Trocken war seine Stimme: »Ich verhandle nicht. Ich nehme nur. Was glaubst du denn zu besitzen, das ich, wenn es mir gefällt, nicht wegnehmen könnte?«

»Sicherheit. Und zwar deine Sicherheit. Schwöre, dass du von Pendor aus nie östlich fliegen wirst, und ich werde schwören, dass ich dir keinen Schaden mehr zufügen werde.«

Aus dem Rachen des Drachen kam ein prasselndes Geräusch. Wie eine weit entfernte Steinlawine klang es, wenn bröckelndes Felsgestein den Berg hinunterfällt. Das Feuer tanzte auf seiner dreifach gespaltenen Zunge. Er reckte sich noch höher, eine drohende Gestalt über den Ruinen.

»Du bietest mir Sicherheit an! Du wagst mir zu drohen! Womit?«

»Mit deinem Namen, Yevaud.«

Geds Stimme zitterte, als er den Namen aussprach, aber seine Stimme war laut und klar. Beim Klang des Namens erstarrte der Drache. Eine Minute verstrich, dann noch eine. Ged, in seinem lächerlich kleinen Boot stehend, lächelte. Sein Leben und den Erfolg seines Unternehmens hatte er aufs Spiel gesetzt um einer Vermutung willen, die er den alten Geschichtsbüchern und den Lehrbüchern über Drachen auf Rok entnommen hatte, dass nämlich der Drache auf Pendor derselbe war, der zu Zeiten Elfarrans und Morreds den Westen Osskils verwüstete, bis der in der Namenskunde erfahrene Zauberer Elt ihn aus Osskil vertrieben hatte. Ged hatte mit seiner Vermutung ins Schwarze getroffen.

»Wir können uns miteinander messen, Yevaud. Du hast die Stärke, ich habe deinen Namen. Können wir uns jetzt einigen?«

Noch immer schwieg der Drache.

Ungezählte Jahre lang hatte er hier auf der Insel gehaust, wo Edelsteine und goldene Harnische zwischen Staub, Steinen und Gebeinen verstreut lagen. Er hatte zugeschaut, wie seine schwarze Eidechsenbrut in den Hausruinen spielte. Lange, zu lange hatte er in der Sonne gelegen und geschlafen. Keine Stimme und kein Segel hatten ihn gestört. Yevaud war alt geworden. Nun fiel es ihm schwer, sich aufzuraffen und sich diesem knabenhaften Zauberer, diesem geringen, schwächlichen Feind zu stellen, vor dessen Stab er, der alte Drache, erzitterte.

»Neun Steine kannst du dir wählen aus meinem Schatz«, sagte er schließlich und seine Stimme kam zischend und winselnd zwischen seinen mächtigen Kiefern hervor. »Die besten kannst du dir nehmen. Wähle! Und dann geh fort!«

»Ich will deine Steine nicht, Yevaud.«

»Was ist aus der Gier des Menschen geworden? Früher, im Norden, begehrte man über die Maßen das funkelnde Gestein. Ich weiß, was du begehrst, Zauberer. Auch ich kann dir Sicherheit bieten, denn ich weiß, was dich retten kann. Ich allein weiß, was dich retten kann. Ein Ungeheuer folgt dir. Ich kann dir seinen Namen nennen.«

Ged hörte sein Herz klopfen. Er umklammerte seinen Stab und verharrte reglos wie der Drache. Er bezwang eine plötzliche, unerwartete Hoffnung.

Er war nicht ausgezogen, um Rettung für sich selbst zu suchen. Und nur einen einzigen Trumpf hielt er in seiner Hand. Er gab die flüchtige Hoffnung auf und tat das, was er tun musste.

»Das ist es nicht, was ich will, Yevaud.«

Als er den Namen aussprach, war es ihm, als halte er das

mächtige Tier an einer feinen, dünnen Leine, die seinen Hals eng umschloss. Im Blick des Drachen, der auf ihm ruhte, spürte Ged die uralte Tücke und das auf so reichlicher Erfahrung beruhende Wissen des Drachen. Vor seinen Augen sah er die stählernen Krallen, jede so lang wie eines Mannes Unterarm, und den steinharten Panzer, und er wusste um das vernichtende Feuer, das im Rachen des Drachen verborgen war; doch er spürte, wie sich die Leine immer enger zusammenzog.

Er sprach noch einmal: »Yevaud! Schwöre bei deinem Namen, dass du und deine Söhne nie ins Inselreich kommen werdet.«

Flammen schlugen plötzlich hell und laut aus dem Schlund des Drachen: »Ich schwöre es bei meinem Namen.«

Danach lag Stille über der Insel und Yevaud senkte sein mächtiges Haupt.

Als er wieder aufblickte, war der Zauberer bereits verschwunden. Sein Segel sah aus wie ein kleiner Fleck, der nach Osten über die Wellen flog, dahin, wo die üppigen, mit Schmuckstücken beladenen Inseln des Innenmeeres lagen. Wütend richtete sich der alte Drache von Pendor auf und zertrümmerte mit einer Körperbewegung den Turm. Heftig schlug er mit seinen ausgebreiteten Schwingen, aber sein Schwur hielt ihn gebannt und er flog weder damals noch je in der Zukunft hinüber zum Inselreich.

Gejagt

Als Pendor hinter dem Horizont verschwunden war, fühlte Ged, nach Osten schauend, wie der Schatten sich wieder in sein Herz schlich. Es war schwer, nach der offensichtlichen Gefahr, die der Drache dargestellt hatte, wieder diesem hoffnungslosen, körperlosen Grauen ausgeliefert zu sein. Er ließ den magischen Wind abflauen und segelte mit dem gewöhnlichen Wind weiter, denn nichts drängte ihn vorwärts. Was er nun tun sollte, wusste er nicht. Er musste fliehen, wie der Drache gesagt hatte, aber wohin? Nach Rok? Dort wäre er jedenfalls geschützt und vielleicht konnten ihm die Weisen einen Rat erteilen.

Zunächst aber musste er zurück nach Untertorning und den Leuten der Insel berichten, was sich zugetragen hatte. Als bekannt wurde, dass er wieder zurückgekehrt sei, schon fünf Tage nach seiner Abfahrt, kamen alle Männer und die halbe Stadt angerudert oder herbeigelaufen und standen und starrten, während sie ihm zuhörten. Er erzählte alles, genau wie es sich zugetragen hatte, und ein

Mann meinte: »Aber wer kann uns denn bezeugen, dass dieses Wunder wirklich geschehen ist, dass Drachen wirklich getötet und ihre Pläne vereitelt wurden? Was machen wir, wenn …?«

»Sei still!«, befahl ihm der Stadtälteste barsch, denn er und die meisten Leute dort wussten, dass ein Zauberer zwar auf listige Art wahr sprechen und doch die Wahrheit für sich behalten kann. Wenn aber ein Zauberer etwas sagte, dann war es so, wie er es sagte, denn das ist Teil seines Wesens. Die Leute standen und staunten und allmählich begriffen sie, dass sie nichts mehr zu fürchten hatten, und eine große Freude erfüllte sie. Sie umringten ihren jungen Zauberer und wollten alles noch einmal hören. Mehr Inselleute kamen herbeigelaufen und Ged musste alles noch einmal wiederholen. Aber als es Abend wurde, musste er seine Geschichte nicht mehr erzählen. Sie konnten das jetzt viel besser als er. Der alte Liedermacher sang bereits das *Sperberlied* zu einer altbekannten Melodie. Freudenfeuer erhellten die Nacht, nicht nur in Untertorning, sondern auch in den Städten östlich und südlich davon. Fischer riefen sich die Neuigkeit von Boot zu Boot zu und von Insel zu Insel hörte man es schallen: Kein Unheil droht mehr, nie wieder werden die Drachen von Pendor kommen!

In dieser Nacht, einer einzigen Nacht, war Ged glücklich. Kein Schatten würde es heute wagen, sich ihm durch das Licht der hellen Dankesfeuer zu nähern, die auf jedem Hügel und am Strand unten brannten, durch den Kreis der frohen und glücklichen Tänzer, die ihn umringten und sein Lob sangen und ihre Fackeln in der windigen Herbstnacht hin- und herschwangen, dass die Funken bündelweise aufstoben und vom Wind erfasst kurz aufglühten.

Am nächsten Tag traf er Peckvarry, der sagte: »Ich wusste nicht, mein Herr, dass Sie solch große Macht haben.« Furcht lag in diesen Worten, dass er, Peckvarry, es gewagt hatte, sich mit Ged zu befreunden, aber auch ein leiser Vorwurf war darin enthalten. Ged, der Drachen töten konnte, hatte nicht vermocht ein kleines Kind vor dem Tod zu bewahren. Nach diesem Zusammentreffen fühlte Ged wieder das Unbehagen und die Ungeduld, die ihn nach Pendor getrieben hatten und die ihn jetzt von Untertorning wegdrängten. Am nächsten Morgen verließ er sein Haus auf dem Hügel, obwohl man ihn in Untertorning gern bis an sein Lebensende behalten hätte, um ihn zu loben und zu preisen, aber auch, um ein bisschen mit ihm zu prahlen. Sein Gepäck bestand nur aus seinen Büchern, seinem Stab und dem Otak, der auf seiner Schulter saß.

Einige junge Fischer von Untertorning rechneten es sich als Ehre an, seine Ruderer zu sein. Wo immer sie sich befanden, in den engen Kanälen im Osten der Neunzig Inseln, unter den Fenstern und Balkonen der Häuser, die über den Wasserstraßen fast zusammenstießen, entlang den Lagerhallen von Neschun, den stinkenden Ölschuppen von Gehath oder den regennassen Weiden von Dromgau, die Kunde seiner Tat eilte ihm voraus. Die Menschen pfiffen das *Sperberlied*, wenn er vorbeikam, und sie rissen sich darum, ihn als Gast über Nacht zu behalten, damit er ihnen seine Drachengeschichte erzähle. Aber schließlich gelangten sie doch nach Serd und Ged bat einen Kapitän dort, ihn nach Rok mitzunehmen. Der verbeugte sich vor ihm und antwortete: »Es ist mir ein Vergnügen, mein Herr Zauberer, Sie mitzunehmen, und meinem Schiff widerfährt eine große Ehre!«

So geschah es, dass Ged den Neunzig Inseln den Rücken kehrte, aber bereits im Hafen von Serd, nachdem sie den Anker gelichtet und Segel gesetzt hatten, kam ein scharfer Ostwind auf und ergriff das Schiff. Das war seltsam, denn der winterliche Himmel war klar und der Morgen hatte einen milden Tag verheißen. Man störte sich nicht weiter daran, denn die Strecke zwischen Serd und Rok betrug nur etwa dreißig Meilen. Auch als der Wind an Stärke zunahm, wurde die Fahrt nicht unterbrochen. Wie die meisten Schiffe im Innenmeer, so hatte auch dieses kleine Schiff ein Toppsegel, das den Gegenwind auffangen konnte, und sein Kapitän war ein erfahrener Seemann, stolz auf sein Können. Sie kreuzten hart am Wind und bewegten sich langsam, aber stetig in östlicher Richtung vorwärts. Bald fing es an zu regnen und dunkle Wolken bedeckten den Himmel. Der Wind blies von der Seite und kam in so heftigen Böen, dass Gefahr bestand, das Boot könnte kentern. »Herr Sperber«, sagte der Kapitän zu dem jungen Mann, der neben ihm auf dem Ehrenplatz am

Heck stand, obwohl von würdigem Aussehen in diesem Wind und Regen, der sie durch ihre tropfnassen Umhänge bis auf die Haut durchnässte, nicht die Rede sein konnte, »wäre es nicht möglich, dass Sie diesem Wind Einhalt gebieten?«

»Wie weit ist es noch bis Rok?«

»Wir haben noch nicht die Hälfte zurückgelegt, während der letzten Stunde kamen wir überhaupt nicht vom Fleck, mein Herr.«

Ged sprach zu dem Wind und seine Stärke ließ nach, worauf sie eine ganze Weile recht gut vom Fleck kamen. Plötzlich aber erhoben sich heftige Windböen aus dem Süden, die sich kreischend gegen das Boot warfen und es zurück gegen Westen trieben. Die Wolken öffneten sich von neuem und ballten sich unheildrohend über ihnen zusammen. Der Kapitän rief voll Zorn: »Dieser idiotische Sturm bläst aus allen Ecken gleichzeitig. Nur ein magischer Wind kann uns jetzt noch weiterhelfen, mein Herr.«

Ged war nicht begeistert, aber er sah ein, dass Schiff und Besatzung sich seinetwegen in Gefahr begaben, und er füllte das Segel mit magischem Wind. Sofort begann das Schiff geradeaus nach Osten zu segeln und die Miene des Kapitäns hellte sich zusehends auf. Aber der Wind begann abzunehmen, und obwohl Ged den Windbann aufrecht hielt, wurde das Segel allmählich schlaff. Das Schiff bewegte sich immer langsamer und blieb endlich einen Augenblick lang regungslos auf den Wellen liegen. Regen und Wind nahmen an Stärke zu, und plötzlich, wie ein Donnerschlag, schwang der Großbaum herum, und das Schiff sprang wie eine aufgeschreckte Katze nach Norden.

Ged hielt sich an der Reling fest, denn das Schiff hatte starke Schlagseite, und rief: »Wenden Sie, zurück nach Serd, Kapitän!«

Der aber fluchte und brüllte, dass ihm das nicht einfiele. »Was, ein Zauberer an Bord, und ich soll umkehren, ich, der beste Seemann in der ganzen Zunft, und das hier das tüchtigste Schiff, mit dem ich je gesegelt bin – ich soll umkehren?«

Aber wieder wurde das Schiff gepackt und herumgeworfen und der Kapitän selbst musste sich am Mast festklammern, um nicht über Bord zu gehen. Ged sagte zu ihm: »Setzen Sie mich in Serd ab und dann können Sie segeln, wohin Sie wollen. Dieser Wind bläst nicht gegen Ihr Schiff, sondern gegen mich.«

»Gegen einen Zauberer von Rok?«

»Haben Sie noch nie vom Rokwind gehört, Kapitän?«

»Doch, natürlich; das ist der Wind, der alles Böse von der Insel der Weisen fern hält, aber was hat denn der Wind mit Ihnen, einem Drachenbezwinger, zu tun?«

»Das geht nur mich und meinen Schatten etwas an«, erwiderte Ged kurz, wie es Zauberer manchmal tun. Er sprach kein Wort mehr, als sie geschwind, mit anhaltendem Wind und unter einem sich aufhellenden Himmel nach Serd segelten.

Schwer war Geds Herz und mit Grauen erfüllt, als er an den Lagerschuppen vorbei hinauf in die Stadt ging. Die Tage waren schon winterlich kurz und Dämmerung umgab ihn bald. Mit dem Einbruch der Dunkelheit wuchs seine Bedrückung. Jedes Mal, wenn die Straße eine Biegung machte, fühlte er sich bedroht, und er musste seinen ganzen Willen aufbieten, um nicht zurückzuschauen, ob ihm etwas folge. Er ging zum Seeheim von Serd, wo Reisende und Kaufleute auf Kosten der Stadt ein Mahl erhalten und in dem großen Saal mit den mächtigen Dachbalken übernachten konnten. Ähnlich gastfreundliche Heime findet man auf all den blühenden Inseln im Innenmeer.

Ged hob ein bisschen von seinem Fleisch auf, und später, als er am Feuer saß, redete er seinem Otak zu, aus den Falten seiner Kapuze herauszukommen, in denen er sich den ganzen Tag lang versteckt hatte. Er versuchte ihn dazu zu bringen, etwas zu essen. Er flüsterte ihm zu: »Hög, Hög, mein kleiner, schweigsamer Gefährte …«, aber seine Bemühungen waren umsonst. Der Otak schlich zurück und verkroch sich in seiner Tasche. Das Verhalten des Tieres, seine eigene dumpfe Unsicherheit und die Schwärze in den Ecken des großen Saales bestätigten ihm, was er befürchtet hatte: Der Schatten hielt sich irgendwo in der Nähe auf. Hier kannte ihn niemand. Die Gäste waren meist Durchreisende, die von anderen Inseln kamen, auf denen das *Sperberlied* noch nicht gesungen wurde. Keiner sprach ihn an. Schließlich erhob er sich und suchte sich eine Strohmatratze, auf die er sich niederlegte; aber die ganze Nacht über lag er mit offenen Augen unter den mächtigen Dachbalken zwischen all den Fremden. Er versuchte Pläne zu schmieden, wo er hingehen solle, was er unternehmen könne. Aber jeden Plan, jede Wahl verwarf er wieder, überall sah er nur Unheil drohen. Auf jedem Weg, den er erwog, lag ein dunkler Schatten. Nur Rok war frei davon. Aber nach Rok konnte er nicht gehen, das starke, dicht gewobene, uralte Geflecht von Zaubersprüchen, von dem das gefährdete Eiland vor allem Bösen beschützt wurde, ließen ihn nicht nahe kommen. Dass der Rokwind sich gegen ihn erhoben hatte, war Beweis dafür, dass sein Verfolger nicht mehr weit von ihm entfernt war.

Körperlos war dieses Wesen, blind bewegte es sich im Sonnenlicht. Es kam aus einer Tiefe, wo Zeit und Raum aufgehoben sind, wo ewige Finsternis herrscht. Unbeholfen quälte es sich durch die Tage und über die Meere dieser sonnenhellen Welt. Nur in Träumen und in der Dunkelheit war es als Schatten erkennbar. Noch hatte es keinen Körper, noch war es kein Wesen, das vom Licht der Sonne erfasst werden konnte; wie es im *Hodlied* geschrieben steht:

»Der Tag begann und schuf Land und Meer,
aus der Schattenwelt löste er Wesen und Dinge,
Träume trieb er zurück in das Reich der Finsternis.«

Aber sollte es dem Schatten gelingen, ihn einzuholen, dann konnte er ihm seine Macht entwinden, dann konnte er ihm Wärme und Leben aus seinem Körper saugen und ihn zum willenlosen Werkzeug machen.

Am Ende des Pfades, den er einzuschlagen erwog, drohte ihm dieses Unheil und Ged wusste auch, dass er in sein Verderben gelockt werden konnte; denn der Schatten wurde immer mächtiger, je mehr er sich ihm näherte, und war vielleicht jetzt schon stark genug, um Unheil bringende Mächte oder böse Menschen in seine Dienste zu zwingen – indem er ihnen Falsches vorspiegelte oder durch die Stimme eines Fremden sprach. Es konnte sein, dass er schon jetzt, in diesem Augenblick, von einem der Männer Besitz ergriffen hatte, die in dem großen dunklen Saal des Seeheims schliefen; und dort, in irgendeiner finsteren Seele, wartete das Unding und beobachtete Ged und genoss seine Schwäche, seine Unsicherheit, seine Furcht.

Er konnte es nicht mehr aushalten. Er musste dem Zufall vertrauen und fliehen, wohin er ihn auch treiben möge. Im ersten Morgengrauen erhob er sich und ging unter den verblassenden Sternen hinunter zum Anlegeplatz von Serd, entschlossen, mit dem ersten Schiff, das ihn aufnahm, abzufahren. Eine Galeere wurde gerade mit Turbieöl beladen und sollte bei Sonnenaufgang nach Havnor ablegen. Ged fragte den Kapitän, ob er ihn mitnehmen könne. Ein Zauberer ist auf den meisten Schiffen willkommen und erhält freie Fahrt. Gern nahm man Ged an Bord und kurz darauf stach das Schiff in See. Beim ersten Heben der Ruder fühlte sich Ged schon erleichtert und die Trommelschläge, die den Ruderrhythmus bestimmten, waren Musik in seinen Ohren und füllten sein Herz mit neuem Mut.

Doch was er in Havnor tun und wohin er von dort aus fliehen sollte, das wusste er nicht. Sich nördlich zu halten schien ihm nicht das Schlechteste zu sein. Er war selbst vom Norden und vielleicht fand er ein Schiff, das nach Gont segelte, und er konnte Ogion besuchen. Vielleicht fand er auch ein Schiff, das in die Außenbereiche fuhr, so weit hinaus, dass der Schatten ihn verlieren würde und die Jagd aufgab. Außer diesen vagen Ideen hatte er keine Pläne, auch sah er keinen bestimmten Weg vor sich liegen. Er wusste nur, dass er fliehen musste.

Vor Sonnenuntergang des nächsten Tages hatten die vierzig Ruderer das Schiff hundertfünfzig Meilen über die winterliche See gebracht. Im Hafen von Orrimy an der Ostküste von Hosk legten sie an, denn diese Handelsschiffe des Innenmeers bleiben in Küstennähe und legen gern, wenn es sich einrichten lässt, über Nacht in Häfen an. Ged ging an Land und er wanderte ziellos und in Gedanken verloren durch die engen, steilen Gassen der Hafenstadt.

Orrimy ist eine sehr alte Stadt mit wuchtigen, aus Stein und Backstein gebauten Häusern. Sie ist mit einer Stadtmauer umgeben, die Schutz gegen die raubgierigen Fürsten des Inlandes bietet. Die Lagerschuppen gleichen Festungen und die Häuser der Kaufleute haben ebenfalls Türme und Mauern. Für Ged jedoch, der planlos durch die Straßen wanderte, waren die mächtigen Villen nur Schleier, hinter denen leeres Dunkel gähnte, und die geschäftigen Menschen, die ihm begegneten, schienen nicht aus Fleisch und Blut zu sein, sondern nur stumme Schatten in menschlicher Gestalt.

Als die Sonne untergegangen war, kehrte er zum Schiff zurück, und selbst dort, im roten Abendlicht und in der frischen abendlichen Brise, schien die Welt trübe und von dumpfer Lautlosigkeit zu sein.

»Wohin gehen Sie, Herr Zauberer?«

Die Worte wurden plötzlich von hinten an ihn gerichtet. Ged drehte sich um und sah einen grau gekleideten Mann vor sich stehen, der einen Stab trug, aber es war kein Zauberstab. Das Gesicht des Fremden war gegen das rote Abendlicht mit der Kapuze bedeckt, aber Ged spürte, wie ihn der Blick der verdeckten Augen traf. Er trat einen Schritt zurück und hob seinen Stab zwischen sich und dem Fremden hoch.

Der Mann fragte gütig: »Wovor fürchten Sie sich?«

»Vor dem, was mich verfolgt.«

»O ja? Aber ich bin nicht Ihr Schatten.«

Ged gab keine Antwort. Er wusste, dass dieser Mann bestimmt nicht das war, was er fürchtete. Er war weder ein Schatten noch ein Geist, noch ein Gebbethgeschöpf. Inmitten dieser Weit, die Ged lautlos und trübe umgab, hatte dieser Mann seine Stimme behalten, auch seine Gestalt schien feste Umrisse zu haben. Nun schlug er seine Kapuze zurück. Sein Haupt war seltsam kahl und zerfurcht und sein Gesicht trug verwitterte Züge. Obgleich seine Stimme nicht alt geklungen hatte, sah er aus wie ein alter Mann.

»Ich kenne Sie nicht«, sprach der Mann in Grau, »doch vielleicht ist es kein Zufall, der uns zusammenführt. Ich hörte einst vom Schicksal eines jungen Mannes mit vernarbtem Gesicht, der durch die Dunkelheit gehen musste, um zu einem großen Herrscher zu werden, ja sogar zum König. Ob es Ihre Geschichte ist, das weiß ich nicht. Aber das will ich Ihnen sagen: Gehen Sie an den Hof von Terrenon, wenn Sie ein Schwert brauchen, mit dem Sie gegen Schatten kämpfen können. Ein Stab aus Eibenholz wird Ihnen wenig nützen.«

Hoffnung und Misstrauen kämpften in Geds Seele, als er den Worten lauschte. Ein Zauberer lernt bald, dass er nur selten Leute aus Zufall trifft. Ein gutes oder böses Geschick hat dabei meist die Hand im Spiel.

»In welchem Land befindet sich der Hof von Terrenon?«

»In Osskil.«

Beim Klang dieses Namens sah Ged einen kurzen Augenblick lang vor seines Geistes Auge einen schwarzen Raben auf grünem Rasen hocken, der ihn aus blanken Augen von der Seite her ansah und zu ihm sprach. Die Worte jedoch hatte er vergessen.

»Dies Land hat einen unheilvollen Namen«, sagte Ged, und den Mann unverwandt im Auge behaltend, versuchte er ihn abzuschätzen. Es umgab ihn etwas, das auf einen Zauberer, selbst auf einen stabtragenden Zauberer, schließen ließ. Er sprach mit sicherer, fester Stimme, und doch lag etwas Gedrücktes, Unbestimmtes in seinem Wesen, fast wie ein Kranker sah er aus, oder wie ein Gefangener oder Sklave.

»Sie sind von Rok«, antwortete er. »Die Zauberer dort nennen alle Zaubereien, die nicht von ihnen kommen, unheilvoll.«

»Wer sind Sie?«

»Ein Reisender, ein Handelsvertreter aus Osskil. Ich bin geschäftlich hier«, sagte der Mann in Grau. Als Ged keine weiteren Fragen an ihn richtete, wünschte er ihm freundlich eine gute Nacht und stieg die Stufen der engen Gasse oberhalb der Piers hinauf.

Ged wandte sich um, unentschlossen, ob er dem Ratschlag folgen sollte oder nicht. Er blickte nach Norden. Das rote Licht auf den Bergen und über der windigen See war erloschen. Graue Dämmerung hüllte alles ein und die Nacht folgte ihr auf den Fersen.

Plötzlich entschlossen, lief Ged am Ufer entlang zu einem Fischer, der in seinem kleinen Boot stehend Netze zusammenlegte, und rief ihm zu: »Wissen Sie, ob hier im Hafen ein Schiff liegt, das nach Norden fährt – nach Semel oder in die Enladen?«

»Das Langschiff dort drüben ist von Osskil, vielleicht hält es irgendwo in den Enladen an.«

Ged eilte weiter. Er rannte auf das Schiff zu, auf das der Fischer gezeigt hatte. Es war ein Langschiff mit sechzig Rudern und lang wie eine Schlange auf dem Wasser. Der hohe Bug war mit Schnitzereien und eingelegten Lotosmuscheln verziert; die Ruderluken waren rot gestrichen und auf jeder war die Rune *Sifl* schwarz eingeschnitzt. Gefährlich und schnell sah es aus, abfahrbereit lag es am Kai und die Mannschaft war schon an Bord. Ged suchte den Kapitän auf und fragte ihn, ob er nach Osskil mitfahren könne.

»Haben Sie Geld?«

»Ich bin im Wind- und Wettermachen bewandert.«

»Ich bin selbst Wettermacher. Haben Sie nichts? Kein Geld?«

Die Inselleute von Untertorning zahlten Ged, so gut sie es vermochten, mit den Elfenbeinstücken, die bei den Händlern des Inselreichs in Umlauf waren. Er hatte nur zehn davon genommen, obwohl sie ihm mehr geben wollten. Diese bot er nun dem Mann von Osskil an, aber der schüttelte den Kopf. »Dieses Zahlungsmittel benutzen wir nicht. Wenn Sie nichts anderes zu zahlen haben, kann ich Sie nicht mitnehmen.«

»Brauchen Sie noch Ruderer? Ich habe Erfahrung, ich habe schon auf einem Schiff gerudert.«

»Ja, das ginge. Uns fehlen zwei Leute. Suchen Sie sich

Ihren Platz auf der Bank«, sagte der Kapitän und kümmerte sich nicht weiter um Ged.

So kam es, dass Ged, nachdem er seinen Stab und seine Bücher unter dem Sitz verstaut hatte, zehn bittere Wintertage lang Ruderer auf diesem Schiff des Nordens wurde. Bei Tagesanbruch verließen sie Orrimy, und an diesem ersten Tag war Ged fast sicher, dass er den Anstrengungen nicht gewachsen sein würde. Sein linker Arm war von den alten Wunden in seiner Schulter etwas gelähmt, und obwohl er viel in den Kanälen von Untertorning herumgerudert war, konnte man das nicht mit dem anstrengenden, unaufhörlichen Ziehen an der langen Ruderstange zum gleichmäßigen Takt der Trommel vergleichen. Alle zwei bis drei Stunden wurden sie von einer neuen Schicht abgelöst, aber das Ausruhen schien Ged gerade lang genug zu sein, um seine Muskeln völlig erstarren zu lassen, bevor es ans Weiterrudern ging. Der zweite Tag war fast noch schlimmer als der erste, aber dann gewöhnte er sich an die harte Arbeit und sie fiel ihm etwas leichter.

Die Geselligkeit, die auf der *Schatten* die Fahrt nach Rok damals so unterhaltend gemacht hatte, fehlte auf diesem Schiff. Die Männer, die auf gontischen oder andradischen Schiffen arbeiten, sind am Handel beteiligt und arbeiten auf einen gemeinsamen Gewinn hin. Die Handelsschiffe von Osskil dagegen verwenden Sklaven oder Lehnsleute oder sie stellen Leute ein, denen sie ihre Löhne in kleinen Goldstücken auszahlen. Gold gilt nämlich als etwas ganz

Besonderes in Osskil. Aber das Gold macht sie nicht froh und es kommt nie eine Kameradschaft unter ihnen auf, genauso wenig wie unter den Drachen, die ja ebenso goldgierig sind. Da die Hälfte der Mannschaften aus Unfreien bestand, die zur Arbeit gezwungen wurden, waren die Schiffsoffiziere meist nichts anderes als Sklaventreiber, die sich keineswegs durch Milde auszeichneten. Ihre Peitschen vermieden zwar die Rücken der Leute, die für Besoldung ruderten, aber zwischen Menschen, die ausgepeitscht, und solchen, die davon verschont werden, kann keine Freundschaft aufkommen. Sie redeten nur sehr wenig untereinander, und zu Ged sprachen sie überhaupt nicht. Die meisten kamen aus Osskil und sprachen kein reines Hardisch wie am Innenmeer, sondern hatten ihren eigenen Dialekt. Es waren meist mürrische Gesellen mit bleichen Gesichtern, dünnen, schwarzen Schnurrbärten und fettigem Haar. Ged nannten sie ***Kelub***, übersetzt heißt das »der Rote«. Obwohl sie wussten, dass er ein Zauberer war, erwiesen sie ihm keinerlei Respekt, sondern waren eher auf eine heimtückische Weise gehässig. Ihm selbst lag nichts daran, Freunde zu gewinnen. Selbst wenn er auf der Bank saß und an dem gewaltigen Rhythmus des Ruderns teilnahm, einer unter sechzig, die das Schiff pfeilschnell über das öde graue Meer dahinjagten, selbst dann fühlte er sich seinem Schicksal schutzlos preisgegeben. Kamen sie abends in einen fremden Hafen, so wickelte er sich todmüde in seinen Umhang und versuchte zu schlafen, aber gequält von Träumen wachte er immer wieder auf. Es waren schlimme Träume, an die er sich, wenn er wach wurde, nicht mehr erinnern konnte, aber sie schienen mit dem Schiff und den Menschen auf dem Schiff zusammenzuhängen, sodass er jedermann gegenüber misstrauisch war.

Die Freien auf Osskil trugen lange Messer an der Seite, und eines Tages, als Ged mit seiner Schicht zu Mittag aß, fragte ihn einer: »Was bist du, Sklave oder Eidbrüchiger?«

»Keines von beiden.«

»Warum hast du dann kein Messer? Bist du zu feige zum Kämpfen?«, höhnte der Mann, der Skihor hieß.

»Nein.«

»Kämpft dein kleiner Hund für dich?«

»Otak«, sagte einer der Zuhörer, »ist nicht Hund, ist Otak.« Und er fügte etwas auf Osskilisch hinzu, worauf sich Skihors Gesicht verdunkelte und er sich zur Seite drehte. Als er sich abwandte, glaubte Ged in seinem Gesicht eine Veränderung wahrzunehmen, ein Verzerren und Verziehen der Miene, als ob etwas in ihm vor sich ginge, ihn lenke und aus seinen Augen Ged von der Seite her musterte. Aber gleich darauf sah Ged ihn wieder von vorne und er sah genauso aus, wie er immer ausgesehen hatte, sodass Ged glaubte, seine eigene Furcht und sein eigenes Grauen in den Augen des anderen gesehen zu haben. Aber in der folgenden Nacht träumte Ged wieder, und Skihor kam in diesen Träumen vor. Von nun an versuchte er Skihor zu meiden, und es schien, als ob der sich um das Gleiche bemühte. Es kam zu keinem Wortwechsel mehr zwischen ihnen.

Die schneebedeckten, im Nebel des frühen Winters leicht verschwommenen Berge von Havnor versanken am südlichen Himmel hinter ihnen. Sie ruderten an der Mündung der Éasee vorbei, dort, wo vor vielen, vielen Jahren Elfarran ertrunken war, und sie passierten die Enladische Inselgruppe. Zwei Tage verbrachten sie in Berila, der Elfenbeinstadt, die sich im Westen der sagenumwobenen Insel Enlad weiß schimmernd über die Bucht erhebt. Die Mannschaft durfte in keinem der Häfen, an denen sie anlegten, an Land gehen. Als sich die rote Morgensonne erhob, ruderten sie hinaus auf das Osskilische Meer gegen die Nordwinde, die, von keiner Insel behindert, ungestüm aus der endlosen Weite des Nordbereiches bliesen. Aber sie brachten ihre Fracht unbeschädigt durch die stürmische See und erreichten, zwei Tage nachdem sie Berila verlassen hatten, den Hafen von Neschun, der Handelsstadt von Ostosskil.

Ein starker Wind trieb den kalten Regen über das flache Küstenland. Eine graue Stadt drängte sich hinter der niedrigen, aus Steinen gebauten Hafenmauer und dahinter erhoben sich kahle, baumlose Berge unter dunklen, schneebeladenen Wolken. Die Sonne des Innenmeeres lag weit hinter ihnen.

Die Hafenarbeiter der Schiffszunft von Neschun kamen an Bord und begannen die Ladung zu löschen. Sie bestand aus Gold, Silber, Geschmeide, wertvollen Seidenstoffen und Wandteppichen aus dem Süden, alles Dinge, die von den Fürsten auf Osskil gehortet wurden. Die Freien unter der Mannschaft wurden entlassen. Ged hielt einen von ihnen an und fragte ihn nach dem Weg. Sein Misstrauen gegenüber der Mannschaft war so groß gewesen, dass er bis jetzt noch keinem gesagt hatte, wo er hinwolle, aber jetzt, allein und auf fremdem Boden stehend, musste er doch um Auskunft bitten. Der Mann aber zuckte nur ungeduldig die Achseln und sagte ohne anzuhalten, dass er ihm nicht helfen könne, aber Skihor, der Geds Frage gehört hatte, antwortete: »Der Hof von Terrenon? Der liegt am Keksemtmoor, ich gehe auch in diese Richtung.«

Skihor wäre der Letzte gewesen, den Ged als Gefährten gewählt hätte, aber da er weder der Sprache noch des Weges kundig war, blieb Ged keine andere Wahl, als mit ihm zu gehen. Im Grunde war es ja auch egal, dachte er, denn es war nicht sein Entschluss gewesen, hierher zu kommen. Etwas hatte ihn hierher getrieben und trieb ihn nun weiter. Er zog seine Kapuze über den Kopf, griff nach Stab und Bündel und folgte dem Mann von Osskil durch die Straßen der Stadt hinauf in die schneebedeckten Hügel. Der kleine Otak hockte nicht auf seiner Schulter, sondern hatte sich in die Tasche seines Schafspelzwamses unter seinem Umhang verkrochen, was er immer tat, wenn es kalt war. Die Hügel verloren sich in dem düster und dunkel verhangenen Moor, das sich vor ihnen erstreckte, so weit das Auge reichte. Schweigend gingen sie den Pfad entlang und schweigend lag das Land unter dem winterlichen Himmel.

»Wie weit ist es noch?«, fragte Ged, nachdem sie einige Meilen zurückgelegt hatten, ohne ein Dorf oder ein Bauernhaus zu erblicken. Er war besorgt, denn sie hatten keine Nahrung bei sich. Skihor, seine Kapuze ebenfalls hochziehend, drehte sich kurz um und sagte: »Nicht weit.« Sein Gesicht war bleich und abstoßend hässlich, mit groben, rohen Zügen, aber Ged fürchtete sich vor keinem Menschen, höchstens vor dem Ort, an den ihn ein solcher Mensch führen konnte. Er nickte und sie gingen weiter. Der Weg war wie eine Narbe in der dünnen Schneedecke zwischen den kahlen Büschen dieser Öde. Ab und zu sah man Spuren im Schnee, die ihren Pfad überquerten oder zur Seite abbogen. Da der aus den Schornsteinen von Neschun aufsteigende Rauch von den Hügeln verdeckt wurde, die im späten Licht des Nachmittags hinter ihnen verschwammen, gab es keinen Anhaltspunkt mehr, wohin der Weg führte und woher sie gekommen waren. Nur der Wind blies ständig aus dem Osten. Als sie mehrere Stunden gewandert waren, glaubte Ged weit in der Ferne auf den Hügeln, die gegen Nordwesten vor ihnen lagen, eine winzige Schramme, weiß wie ein Zahn, wahrzunehmen, die sich vom Himmel abhob. Aber die Tage waren schon kurz und das Licht ließ rasch nach, und auf der nächsten Anhöhe sah Ged das Ding, ob Turm oder Baum oder sonst was, nicht klarer als zuvor.

»Gehen wir dorthin?«, fragte er und deutete auf den fernen Punkt.

Aber Skihor antwortete nicht, sondern trottete weiter in seinem grob gewebten Umhang. Ged schritt an seiner Seite. Sie waren schon weit gekommen und nun machte sich, infolge des langen Marsches und der harten Tage und Nächte auf dem Boot, die Müdigkeit in Ged breit. Es kam ihm vor, als sei er schon ewig neben diesem schweigsamen Wesen hergelaufen und als müsse er in alle Ewigkeit so weitergehen, in einem schweigenden Land, über das die Dunkelheit sich senkte. Seine Wachsamkeit erlahmte, der Zweck seiner Reise wurde unklar. Er ging wie in einem endlosen Traum, ohne Ziel.

Der Otak bewegte sich in seiner Tasche und eine leichte, vage Furcht begann sich in Ged zu regen. Er zwang sich zum Reden: »Dunkelheit kommt und Schnee. Wie weit noch, Skihor?«

Minuten verstrichen, dann antwortete der andere, ohne sich umzuwenden: »Nicht weit.«

Aber seine Stimme klang nicht menschlich, sondern wie die eines Tieres, das stimmlos und ohne Lippen versucht Laute auszustoßen.

Ged blieb stehen. Ringsum dehnten sich die kahlen Hügel im späten, dämmrigen Licht des Tages. Schnee fiel spärlich, lautlos. »Skihor!«, sagte er, und der andere hielt an und wandte sich ihm zu. Unter der spitzen Kapuze war kein Gesicht.

Bevor Ged ein Wort sprechen oder seine Macht sammeln konnte, sagte das Gebbeth in seiner tonlosen, rauen, knurrenden Stimme: »Ged!«

Nun konnte der junge Mann keinen Verwandlungszauber mehr wirken, sondern war in seinem eigensten Wesen gefangen und dem Gebbeth schutzlos preisgegeben. Auch Hilfe konnte er in diesem unbekannten Land, wo ihm alles und alle fremd waren, nicht herbeirufen, keiner würde zu ihm kommen. Hier stand er allein und nur der Stab aus Eibenholz, den seine rechte Hand umklammert hielt, war zwischen ihm und seinem Feind.

Das Wesen, das Skihors Geist vernichtet und seinen Körper angenommen hatte, machte einen Schritt auf Ged zu; seine Arme streckten sich suchend nach ihm aus. Entsetzen und Wut erfüllten Ged, er schwang seinen Stab in die Höhe und ließ ihn pfeifend auf die Kapuze, unter der das Schattenwesen verborgen war, heruntersausen. Kapuze und Umhang fielen unter diesem harten Schlag zusammen, als wären sie mit Wind gefüllt gewesen; sich krümmend und um sich schlagend, erhob es sich wieder. Der Körper eines Gebbeth besitzt keine greifbaren Substanzen, er ist nur eine Hülle oder ein Dunst in menschlicher Gestalt, ein unwirklicher Körper, der einen wirklichen Schatten umschließt. Ruckend und zuckend, wie vom Wind geschüttelt und aufgeblasen, breitete der Schatten seine Arme wieder aus und kam auf Ged zu, um ihn zu packen, wie er es damals auf dem Hügel von Rok getan hatte. Gelänge ihm das, dann würde er die Hülle von Skihor abwerfen und in Ged schlüpfen und ihn von innen heraus verschlingen, um ihn ganz zu besitzen, denn das war sein ausschließliches Trachten. Ged schlug wieder auf ihn ein mit dem schweren Stab, der Feuer gefangen hatte und glühte, und er trieb ihn zurück, aber er kam wieder vorwärts, und wiederum schlug ihn Ged, aber dann musste er den lodernden, rauchenden Stab fallen lassen, denn seine Hand war durch Brandwunden verletzt. Ged trat zurück, dann drehte er sich blitzschnell um und rannte davon.

Er rannte und nur ein paar Schritte hinter ihm rannte das Gebbeth, das ihn zwar nicht einholen, dem er aber auch nicht entkommen konnte. Ged blickte nicht einmal zurück. Er rannte unentwegt weiter durch das weite in der Dämmerung liegende Land, in dem es kein Versteck gab. Einmal hörte er, wie das Gebbeth ihn mit krächzender Stimme beim Namen rief, und er wusste, dass er diesem Ding gegenüber keine Zauberkräfte besaß. Das Gebbeth aber hatte keine Macht über seine körperlichen Kräfte und konnte ihn nicht zwingen, innezuhalten. Er rannte und rannte und die Lunge brannte ihm bei jedem Atemzug in der Brust.

Die Nacht senkte sich auf Verfolgten und Verfolger herab. Feiner Schnee deckte den Pfad zu, den Ged kaum mehr erkennen konnte. Sein Blut hämmerte hinter seinen Schläfen, sein Atem stach heiß in seiner Kehle, er konnte nicht mehr richtig laufen; er stolperte und strauchelte, doch sein unermüdlicher Feind schien nicht in der Lage zu sein, ihn einzuholen, er folgte ihm nur, hart auf den Fersen. Das Gebbeth hatte angefangen, ihm zuzuflüstern und zuzuraunen. Es rief ihn zu sich, und jetzt wusste er, dass diese Stimme sein ganzes Leben lang in seinen Ohren gewesen war, dass sie gerade unterhalb der Grenze des Hörbaren gelegen hatte, aber jetzt konnte er sie vernehmen, und er musste nachgeben, er musste auf sie hören, er musste anhalten. Aber er quälte sich weiter, er schleppte sich einen langen, kaum sichtbaren Hang hinauf. Dort, irgendwo vor ihm, glaubte er ein Licht wahrzunehmen, und es schien ihm, als riefe ihm eine Stimme von dort vorne, irgendwo über ihm, zu: »Komm, komm!«

Er versuchte zu antworten, aber seine Stimme versagte. Das schwache Licht wurde deutlicher, es fiel durch einen Torbogen, direkt vor ihm. Mauern konnte er nicht sehen, nur das Tor. Bei seinem Anblick hielt er an und das Gebbeth riss an seinem Umhang und griff nach ihm, um ihn von hinten zu packen. Ged raffte seine letzte Kraft zusammen und warf sich durch das schwach schimmernde Tor. Er versuchte noch, sich umzudrehen und das Tor hinter sich zuzuschlagen, damit das Gebbeth nicht hereinkomme, aber seine Kräfte verließen ihn. Er taumelte und griff nach einem Halt. Vor seinen Augen zuckten und blitzten Lichter. Er fühlte, wie er hinfiel, und im Fallen merkte er noch, wie er aufgefangen wurde; aber er war völlig erschöpft und seine Sinne schwanden ihm.

Der Falkenflug

Ged erwachte und blieb eine Weile liegen, ohne sich zu regen. Er genoss es, überhaupt wieder wach zu sein, und er genoss das Licht, das ihn umgab, das helle, einfache Licht des Tages. Irgendwie hatte er das Gefühl, als schwebe er auf diesem Licht oder als treibe er in einem Boot auf stillen Gewässern. Endlich aber merkte er, dass er in einem Bett lag. Allerdings war es ein Bett, das ihm völlig fremd und ungewohnt war. Es lag auf einem Rahmen, der auf vier hohen, geschnitzten Beinen stand. Die seidenen Matratzen waren mit Daunen gefüllt, daher rührte wohl das Gefühl des Schwebens, und über allem breitete sich ein karminroter Baldachin, wohl um den Luftzug abzuhalten. Zu beiden Seiten des Bettes waren die Vorhänge zurückgebunden. Ged sah einen Raum, dessen Wände und Boden aus Stein waren. Durch drei hohe Fenster sah er das kahle, braune Moor, stellenweise schneebedeckt, im gedämpften Licht der Wintersonne liegen. Hoch musste dieses Zimmer liegen, denn weit konnte er das Land überblicken.

Eine damastbezogene Daunendecke rutschte herunter, als Ged sich aufsetzte und das fürstliche Gewand aus silberschimmernder Seide wahrnahm, das man ihm angezogen hatte. Auf einem Stuhl neben dem Bett lagen Stiefel aus feinem Handschuhleder und ein mit Pellawipelz gefütterter Umhang. Eine Weile blieb er regungslos sitzen. Er fühlte sich benommen, als wäre er in einem Bann gefangen. Dann stand er auf und langte nach seinem Stab, aber er hatte keinen Stab mehr.

Seine rechte Hand, obwohl man sie mit Salbe bestrichen und verbunden hatte, war an der Innenfläche und an den Fingern verbrannt. Jetzt spürte er den Schmerz, und sein Körper kam ihm wie gerädert vor.

Er erhob sich und blieb eine Zeit lang regungslos stehen. Dann flüsterte er leise, und wenig Hoffnung lag in seiner Stimme: »Hög ... Hög ...«, denn auch das kleine, eigenwillige und treue Geschöpf war verschwunden, das schweigende Seelchen, das ihn damals aus dem Reich des Todes zurück ins Leben geführt hatte. War es noch bei ihm gewesen, als er gestern Nacht geflohen war? Er wusste es nicht. Verschwommen und dunkel nur konnte er sich an das Gebbeth, den flammenden Stab, das Rennen, das Flüstern und das Tor erinnern. Er versuchte sich alles ins Gedächtnis zurückzurufen, aber es blieb verschwommen. Noch einmal flüsterte er den Namen seines Gefährten, aber er wusste, dass er keine Antwort erhalten würde. Tränen traten ihm in die Augen.

In der Ferne läutete eine Glocke. Eine zweite Glocke vor seiner Tür antwortete mit melodischem Geläut. Hinter ihm, am anderen Ende des Zimmers, öffnete sich eine Tür und eine Frau trat ein. »Willkommen, Sperber«, sagte sie lächelnd.

Sie war jung, groß und schlank, in Weiß und Silber gekleidet, und ein Silbernetz schmückte ihr Haar, das wie eine schwarze Kaskade über ihre Schultern fiel.

Ged verbeugte sich steif.

»Ich glaube, Sie erinnern sich nicht mehr an mich.«

»Ich ... sollte mich an Sie erinnern?« Nur einmal in seinem Leben war ihm eine ähnlich schöne Frau in ebenso kostbaren Gewändern begegnet: die Herrin von O, die mit ihrem Gemahl zum Fest der Sonnenwende nach Rok gekommen und die ihm damals wie eine zarte, helle Kerzenflamme erschienen war; die Frau vor ihm war genauso schön, doch glich sie eher dem weiß schimmernden Neumond.

»Ich habe mir gedacht, dass Sie sich nicht mehr an mich erinnern«, sagte sie lächelnd. »Aber das macht nichts. Obwohl Sie vergesslich sind, heiße ich Sie hier als einen alten Freund willkommen.«

»Wo bin ich denn?«, fragte Ged, der noch immer steif dastand und dem das Sprechen schwer fiel. Es war nicht so einfach, sie anzusprechen und den Blick wieder von ihr abzuwenden. Die fürstlichen Kleider, die er trug, waren ihm auch fremd, der Steinboden, auf dem er stand, war ihm ungewohnt, sogar die Luft, die er atmete, war ungewohnt. Er war nicht er selbst, jedenfalls nicht derselbe, der er gewesen war.

»Diese Feste hier ist der Hof von Terrenon. Mein Gemahl, Fürst Benderesk, herrscht über dieses Land, vom Keksemtmoor bis zu den Bergen von Os im Norden. Er ist der Besitzer des wertvollen Steines, der Terrenon genannt wird. Mich nennt man hier Serret, das ist osskilisch und heißt Silber; und ich weiß, dass man Sie manchmal Sperber nennt und dass Sie auf der Insel der Weisen zum Zauberer gemacht wurden.«

Ged blickte auf seine verbrannte Hand und sagte nach einer Weile: »Ich weiß nicht, wer ich bin. Früher hatte ich Macht. Jetzt aber, glaube ich, habe ich sie verloren.«

»Keineswegs! Sie haben sie nicht verloren, es sei denn, um sie in zehnfacher Stärke wiederzugewinnen. Hier, mein Freund, sind Sie sicher vor dem, was Sie hierher getrieben hat. Die Mauern dieser Feste sind gar mächtig und nicht alle bestehen nur aus Stein. Hier können Sie sich erholen und Kraft schöpfen. Hier, wenn Sie wollen, können Sie eine andere Stärke erwerben und einen Stab, der nicht zu Asche zerfällt in ihrer Hand. Manchmal nimmt das Böse auch ein gutes Ende. Aber kommen Sie jetzt mit mir, ich zeige Ihnen unseren Besitz.«

Ihre Stimme war so lieblich, dass Ged kaum auf die Worte achtete, sondern allein von ihrem betörenden Klang angezogen wurde und ihr folgte.

Wie er vermutet hatte, lag sein Zimmer hoch in dem Turm, der sich wie ein scharfer Zahn auf dem Hügel erhob. Er folgte Serret die marmorne Wendeltreppe hinab, durch reich ausgestattete Säle und Räume, an hohen Fenstern vorbei, die südlich, östlich, nördlich und westlich den Blick freigaben über niedrige, braune Hügel, die sich in monotoner Gleichförmigkeit, ohne Haus und Baum, in weiter Ferne unter dem klaren, sonnigen Winterhimmel verloren. Nur im Norden sah man winzige, weiße Gipfel am blauen Horizont und weit im Süden lag unsichtbar das schimmernde Meer.

Bedienstete öffneten die Türen und traten zurück, um Ged und die Fürstin eintreten zu lassen. Es waren bleiche, griesgrämig aussehende Osskilianer. Auch Serret hatte eine helle Haut, doch im Gegensatz zu ihnen sprach sie fließend Hardisch, es schien Ged sogar, als habe sie manchmal den Akzent von Gont. Später am gleichen Tag führte sie ihn vor ihren Gemahl, Fürst Benderesk von Terrenon. Dieser war mindestens dreimal so alt wie seine Frau, knochendürr und knochenweiß. Er begrüßte Ged mit kalter, formeller Höflichkeit und schaute ihn durch halb geschlossene Lider prüfend an. Er lud ihn ein, sein Gast zu sein, solange es ihm gefiele. Mehr sprach er nicht. Er fragte Ged weder über seine Reise aus noch über den Feind, der ihn hierher gejagt hatte. Auch die Fürstin Serret berührte diese Dinge nicht.

Dies war merkwürdig, doch passte es zu den Merkwürdigkeiten dieses Fürstenhofs und zu Geds ungewöhnlicher Anwesenheit hier. Geds Sinne waren immer irgendwie umnebelt, er konnte die Dinge um sich herum nicht klar erkennen. Der Zufall schien ihn in diese Turmfeste geführt, doch dieser Zufall schien geplant, oder es war ein Plan, der ihn hierher gelockt hatte, und doch hatte auch hier der Zufall seine Hand im Spiel gehabt. Er hatte sich nach Norden gewandt, ein Fremder in Orrimy hatte ihn hierher geschickt, um Hilfe in seinem Kampf gegen den Schatten zu finden; ein osskilisches Schiff hatte auf ihn gewartet; Skihor war sein Führer gewesen. Wie viel davon war das Werk des Schattens, der ihn verfolgte? Nichts davon? Wurden sie beide, er und der Schatten, von einer anderen Macht geleitet? Er, Ged, ging in eine Falle und der Schatten folgte ihm nach und nahm Besitz von Skihor, als sich die Gelegenheit dazu bot? So musste es sich verhalten haben, denn der Schatten durfte bestimmt den Hof von Terrenon nicht betreten, das hatte Serret selbst gesagt. Seit er im Turm erwacht war, hatte er auch die lauernde Nähe des Schattens nicht gespürt. Aber was hatte ihn hierher geführt? Denn dies war ganz bestimmt kein Ort, der auf des Zufalls Wegen lag, selbst sein langsam arbeitendes Gehirn vermochte das zu erkennen. Kein anderer Fremder klopfte an dieses Tor. Der Turm stand abseits und abgelegen, kein direkter Weg führte von hier nach Neschun, der nächsten Stadt. Kein Mensch kam zu dieser Feste, kein Mensch verließ sie. Ihre Fenster blickten hinaus auf ödes, unbewohntes Land.

Durch diese Fenster blickte Ged, der sich in sein Zimmer zurückgezogen hatte, und hier stand er nun tagaus, tagein, kalt, mit wundem Herzen und mit betäubten Sinnen. In diesem Gemäuer schien es immer kalt zu sein, trotz der Teppiche und der Wandbehänge, trotz der teuren Pelze und der wuchtigen Kamine aus Marmor. Die Kälte zog bis in die Knochen und setzte sich im Mark fest. Und in Geds Herz zog eine kalte Scham ein, die er nicht vertreiben konnte, denn immer wieder musste er daran denken, wie er sich seinem Feind gestellt und wie er verloren hatte, denn er war vor ihm geflohen. Er bildete sich ein, dass alle Meister auf Rok versammelt waren, Genscher, der Erzmagier, stand mit gerunzelter Stirn in ihrer Mitte, auch Nemmerle war dabei und Ogion und selbst die Hexe, die ihn seine ersten Zauberworte gelehrt hatte. Sie alle standen und starrten ihn vorwurfsvoll an und er wusste, dass er ihren Erwartungen nicht entsprochen hatte. Dann begann er sich mit Worten zu verteidigen: »Wenn ich nicht weggerannt wäre, hätte der Schatten von mir Besitz ergriffen; er hatte ja schon Skihors Stärke und einen Teil meiner Kraft, und ich konnte meine Macht nicht gegen ihn gebrauchen, denn er kannte ja meinen Namen. Ich musste davonlaufen. Ein Gebbethzauberer wäre eine furchtbare Macht gewesen und hätte Schreckliches angerichtet. Ich musste davonlaufen.« Aber alle, die ihn umstanden, blickten ihn nur weiterhin stumm an. Dann blickte er wieder hinaus und sah den feinen Schneeflocken zu, die unaufhörlich fielen und das leere Land zu seinen Füßen zudeckten, und in seinem Herzen wuchs eine bleierne Kälte, und eine dumpfe Erschöpfung bemächtigte sich seiner, bis er nichts mehr fühlte.

So verbrachte er viele Tage elend und allein. Wenn er herunterkam von seinem Zimmer, war er schweigsam und förmlich. Die Schönheit der Fürstin verwirrte ihn, und an diesem vornehmen, geregelten, seltsamen Hof fühlte er sich wieder wie ein ganz einfacher, ungehobelter Ziegenhirte.

Sie ließen ihn in Ruhe, wenn er alleine sein wollte. Wenn er es nicht mehr aushielt, allein in seinem Zimmer zu grübeln und dem fallenden Schnee zuzuschauen, dann setzte er sich zu Serret in einem der halbrunden Säle weiter unten im Turm, die vom Kaminfeuer erhellt und mit Wandteppichen behangen waren, und unterhielt sich mit ihr. Ausgelassen fröhlich konnte die junge Fürstin nicht sein, noch nie hatte er sie laut lachen hören, aber lächeln sah er sie oft, und ein Lächeln genügte, um Geds Herz zu erwärmen … Wenn er mit ihr beisammen war, dann vergaß er seine Steifheit und seine Schmach. Es dauerte nicht lange und sie trafen sich jeden Tag und plauderten lange und ausführlich, während sie am Kamin oder an einem der Fenster in den hohen Räumen des Turms saßen, etwas entfernt von den Dienerinnen, die Serret überallhin begleiteten.

Der alte Fürst hielt sich meist in seinen Gemächern auf. Nur jeden Morgen konnte man ihn sehen, wie er im verschneiten Innenhof der Feste auf und ab ging. Er sah dann aus wie ein alter Zauberer, der die ganze Nacht damit verbracht hatte, Zaubersprüche auszuhecken. Manchmal nahm er die Abendmahlzeit gemeinsam mit Ged und Serret ein, schweigend saß er dann an der Tafel, doch hin und wieder warf er einen harten, begehrlichen Blick auf seine junge Frau. Ged fühlte dann immer Mitleid in sich aufwallen. Serret kam ihm dann vor wie ein eingesperrtes weißes Reh, wie ein weißer Vogel, dem man die Flügel beschnitten hatte, oder wie ein wunderbarer silberner Reif am gichtigen Finger eines alten Mannes. Für Benderesk war sie nichts weiter als ein Bestandteil seines Schatzes. War der dann gegangen, so versuchte Ged ihr die Einsamkeit erträglich zu machen, so wie es ihr bei ihm gelungen war.

»Was ist das für ein Edelstein, der diesem Turm den Namen gibt?«, fragte er sie, als sie nach dem Mahle vor ihren leeren Goldtellern und Goldbechern im Kerzenlicht des riesigen Speisesaales plaudernd beisammensaßen.

»Sie haben noch nie davon gehört? Er ist sehr bekannt.«

»Nein. Ich weiß nur, dass die Fürsten von Osskil berühmt sind für ihre Schätze.«

»O ja, das stimmt, aber dieser Stein übertrifft alle anderen. Möchten Sie ihn gerne sehen? Kommen Sie mit, ich zeige ihn Ihnen.«

Sie schaute ihn an und versuchte mutig und herausfordernd zu lächeln, und es schien Ged, als hätte sie ein wenig Angst vor dem, was sie jetzt tat. Sie führte den jungen

Mann aus dem Saal hinaus durch die engen Gänge des Erdgeschosses und weitere Treppen hinunter, die in unterirdische Gewölbe führten, bis vor eine verschlossene Tür, die er noch nie zuvor gesehen hatte. Mit einem Silberschlüssel öffnete sie die Tür und forderte Ged mit dem gleichen Lächeln auf, ihr zu folgen. Hinter der Tür lag ein kurzer Gang und eine zweite Tür, die sie mit einem Goldschlüssel aufschloss, und dahinter war eine dritte Tür, die sie mit einer der großen Öffnungsformeln aufmachte. Diese Tür öffnete sich in einen Raum, der so klein wie ein Verlies war: Wände, Decke und Boden waren aus roh behauenem Stein. Sonst war nichts darin zu sehen.

»Sehen Sie ihn?«, fragte Serret.

Als Ged den Raum mit den Augen eines Zauberers begutachtete, fiel sein Blick auf einen Stein, der zwischen den anderen im Boden eingelassen war. Er sah nicht anders aus als die übrigen Steine, er war genauso grob zugehauen und feuchtdunkel: Doch Ged fühlte die Macht, die von ihm ausging, so intensiv, als spräche der Stein zu ihm. Der Atem blieb ihm in der Kehle stecken und für einen Moment befiel ihn Übelkeit. Vor ihm lag der Grundstein des Turmes. Hier war der Mittelpunkt und es war kalt, bitterkalt, nichts konnte diesen kleinen Raum erwärmen. Uralt war dieses Ding: Ein alter, furchtbarer Geist war in diesem Steinblock gefangen. Ged gab Serret keine Antwort auf ihre Frage, sagte weder Ja noch Nein, sondern stand regungslos. Sie deutete auf den Stein, indem sie ihm einen raschen, seltsamen Blick zuwarf: »Das hier ist der Terrenon. Wundern Sie sich, weshalb wir einen so seltenen Stein in unserer tiefsten Schatzkammer aufbewahren?«

Noch immer gab Ged keine Antwort, sondern stand stumm und voller Argwohn da. Es konnte sein, dass sie ihn nur prüfte, es konnte aber auch sein, dass sie keine Ahnung von dem wahren Wesen dieses Steines hatte, denn sie sprach so leichtfertig davon. Sie wusste wahrscheinlich nicht genug, um diesen Stein zu fürchten. »Erzählen Sie mir mehr von seiner Macht«, sagte er schließlich.

»Der Stein entstand, noch bevor Segoy die Inseln dieser Welt aus dem Meer emporsteigen ließ. Er bestand schon, als die Welt geschaffen wurde, und er wird bis ans Ende dieser Welt bestehen. Zeit ist ohne Bedeutung für ihn. Wenn Sie Ihre Hand darauf legen und eine Frage an ihn richten, wird er Ihnen Antwort geben, gemäß der Macht, die Sie besitzen. Seine Stimme wird von denen vernommen, die ihn verstehen können. Er weiß um die Geschehnisse der Vergangenheit, der Gegenwart und der Zukunft. Er hat Ihr Kommen vorausgesagt, lange bevor Sie dieses Land betreten haben. Werden Sie ihn etwas fragen?«

»Nein.«

»Er wird Ihnen Antwort geben.«

»Es gibt nichts, was ich ihn fragen wollte.«

»Er könnte Ihnen zum Beispiel sagen«, sprach Serret mit melodischer Stimme, »wie Sie Ihren Feind besiegen können.«

Ged gab keine Antwort.

»Fürchten Sie sich vor dem Stein?«, fragte sie und schien ungläubig.

Er antwortete: »Ja.«

In der tödlichen Kälte und Stille dieser Zelle, die von dem stärksten magischen Geflecht umgeben und von Steinmauern umschlossen war, hier, im Licht einer einzigen Kerze, ließ Serret erneut einen Blick ihrer funkelnden Augen über ihn gleiten. »Sperber«, sagte sie, »Sie haben doch keine Angst!«

»Mit diesem Geist werde ich nicht sprechen«, sagte Ged. Dann fasste er Mut und blickte sie ernst und eindringlich an. »Fürstin, der Geist in diesem Stein ist eingeschlossen und gebunden in einem magischen Bann, der mit einem weiteren Bann verstärkt wurde. Er ist gebannt durch die großen Formeln des Verschließens und Verwahrens, er ist umgeben von dreifach verstärkten Festungswällen in einem leeren Land, nicht weil er wertlos ist, sondern weil er unsäglich Böses wirken kann. Ich weiß nicht, was man Ihnen sagte, als Sie hierher kamen. Aber Sie, die jung und großherzig sind, sollten dieses Ding niemals berühren noch Ihren Blick darauf ruhen lassen. Es kann Ihnen nichts Gutes bringen.«

»Ich habe ihn berührt. Ich habe auch mit ihm gesprochen und habe ihn reden hören. Er tat mir nichts.«

Sie wandte sich zum Gehen, und sie gingen zurück durch die Türen und Gänge, bis sie an die von Wandfackeln beleuchtete große Wendeltreppe des Turmes kamen.

Hier blies Serret ihre Kerze aus und sie trennten sich mit wenigen Worten.

Ged schlief nicht viel in dieser Nacht. Nicht der Gedanke an den Schatten hielt ihn wach, diese Furcht war verdrängt von dem Bild des Steines. Immer wieder tauchte es vor seinen Augen auf und er grübelte über diesen Stein nach, der Grundstein dieses Turmes war. Und dazwischen sah er Serrets Gesicht, das ihm zugewandt war, das im Licht der flackernden Kerze abwechselnd hell und dunkel schien. Er spürte wiederum ihren seltsamen Blick auf sich ruhen, als er sich geweigert hatte den Stein zu berühren. War es Verachtung, was er in ihrem Blick gesehen hatte, oder hatte er sie verletzt? Als er sich endgültig zum Schlafen umdrehte, schienen ihm die seidenen Bettbezüge noch kälter als gewöhnlich, und er wachte wiederholt in der Dunkelheit auf, von dem Bild des Steines und dem Ausdruck in Serrets Augen beunruhigt.

Am nächsten Tag suchte er die Fürstin in dem halbrunden Saal aus grauem Marmor auf. Hier hielt sie sich beim Spiel oder am Webrahmen gern mit ihren Dienerinnen auf. Er sprach sie an: »Frau Serret, ich habe Sie gestern beleidigt und möchte mich entschuldigen.«

»Nein«, sagte sie nachdenklich und wiederholte: »Nein.« Dann schickte sie ihre Dienerinnen fort, und als sie allein waren, wandte sie sich zu Ged: »Mein Gast, mein

Freund«, sagte sie, »Sie schauen weiter und sehen mehr als andere Menschen, aber vielleicht erkennen Sie doch nicht alles, was gesehen werden kann. In Gont, in Rok, dort werden hohe Zauberkünste gelehrt. Hier aber befinden wir uns in Osskil, dem Land der Raben: Dies ist kein hardisches Land. Magier haben hier wenig zu sagen, man kennt sie auch kaum. Und hier geschieht manches, worüber die Zaubermeister im Süden schweigen, und Dinge gibt es hier, die nicht auf der Liste des Meisters Namengeber stehen. Was man nicht kennt, fürchtet man gewöhnlich. Aber Sie haben hier, am Hof von Terrenon, nichts zu fürchten. Ein Mann mit geringerer Macht, der hätte wohl Grund zur Sorge. Sie nicht – Ihnen ist die Macht angeboren, mit der Sie sich das, was sich im verborgenen Raum befindet, unterwerfen können. Dessen bin ich ganz gewiss. Darum sind Sie ja hier.«

»Das verstehe ich nicht.«

»Weil Fürst Benderesk, mein Gemahl, nicht ganz offen mit Ihnen sprach. Aber ich werde Ihnen alles sagen. Kommen Sie, setzen Sie sich zu mir.«

Er ließ sich neben ihr auf der niedrigen, gepolsterten Fensterbank nieder. Die untergehende Sonne warf ihre Strahlen schräg durchs Fenster und alles war in einen goldenen Glanz getaucht, der keine Wärme verbreitete. Auf dem schon halb im Dunkel versinkenden Moor lag der ungeschmolzene Schnee der vergangenen Nacht wie ein stumpfweißes Leichentuch auf der Erde.

Noch weicher als gewöhnlich war der Klang ihrer Stimme, als Serret jetzt zu ihm sprach. »Benderesk ist Herr und Erbe des Terrenon, aber er kann sich seiner nicht ganz bedienen, er kann ihn nicht ganz beherrschen. Auch ich kann es nicht, weder allein noch zusammen mit ihm. Ihm und mir, uns fehlt es an Geschick und an der Macht. Sie aber verfügen über beides.«

»Woher wissen Sie das?«

»Von dem Stein selbst natürlich! Ich habe Ihnen doch gesagt, dass er Ihr Kommen vorausgesagt hat. Er weiß, wer sein Meister ist. Er hat auf Ihr Kommen gewartet. Noch bevor Sie geboren wurden, hat er schon gewartet, weil Sie ihn beherrschen können. Und derjenige, dem der Terrenon antwortet, der wird zum Meister seines eigenen Schicksals. Er wird so stark sein, dass er jeden Feind, ob menschlich oder übermenschlich, überwinden kann. Wissen, Reichtum, Macht und die Gabe des Sehens wird er gewinnen und über eine Zauberkraft verfügen, die selbst die Kraft des Erzmagiers in den Schatten stellt. Sie können alles gewinnen oder nur ganz wenig davon nehmen, das liegt ganz in Ihrer Hand, Sie müssen nur danach fragen.«

Sie hob ihre rätselhaften, funkelnden Augen und durchbohrte ihn mit einem Blick, der ihn innerlich erschaudern ließ, als ob ihm kalt sei. Doch Furcht lag auch in ihrem Blick, so als suche sie Hilfe bei ihm und sei zu stolz, ihn darum zu bitten. Sie hatte ihre Hand leicht auf die seine gelegt, er spürte sie kaum, schmal und zart lag sie auf seiner dunklen, starken Hand. Er blickte sie eindringlich an und sprach: »Serret! Solche Macht, wie Sie glauben, besitze ich nicht, was ich einmal besaß, habe ich weggeworfen. Ich kann Ihnen nicht helfen, ich nütze Ihnen nichts. Das aber kann ich Ihnen versichern: Die uralten Mächte der Erde, die dürfen nicht von den Menschen gebraucht werden. Sie wurden uns niemals anvertraut, sie richten nur Unheil an in unseren Händen. Und wie Sie wissen: Schlechte Mittel führen zu einem schlechten Ende. Mich zog nichts hierher, ich wurde getrieben, und was mich trieb, will mich zerstören. Ich kann Ihnen nicht helfen.«

»Derjenige, der seine Macht wegwirft, erlangt oft eine Macht, die weit stärker ist«, sagte sie lächelnd, als wären seine Furcht und sein Bedenken kindisch. »Vielleicht weiß ich besser als Sie selbst, was Sie hierher brachte. Sprach nicht ein Mann mit Ihnen in den Straßen von Orrimy? Er war ein Bote, gesandt vom Terrenon. Vor Zeiten war er selbst ein Zauberer, aber er warf seinen Stab fort, um einer Macht zu dienen, die weit größer ist als die eines Magiers; und als Sie nach Osskil kamen, versuchten Sie, mit Ihrem Stab aus Holz gegen einen Schatten zu kämpfen; und nur mit Mühe konnten wir Sie noch retten, denn das Ding, das Ihnen folgte, ist verschlagener, als wir dachten, und hatte Ihnen schon viel von Ihrer Stärke weggenommen … Mit Schatten nur kann man gegen Schatten kämpfen, mit der Dunkelheit nur kann man das Dunkle besiegen. Sperber, was brauchen Sie, um den Schatten zu bezwingen, der außerhalb dieser Mauern auf Sie lauert?«

»Ich brauche das, was mir zu wissen versagt ist: seinen Namen.«

»Der Terrenon, der jede Geburt und jedes Sterben, der alle Namen vor und nach dem Tode, das Ungeborene und Unsterbliche, die helle und die dunkle Welt kennt, der wird auch diesen Namen wissen.«

»Und welchen Preis muss ich dafür bezahlen?«

»Keinen Preis, glauben Sie mir. Er wird Ihnen gehorchen, er wird Ihnen als Ihr Sklave dienen.«

Aufgewühlt und im Innersten zerrissen, blieb Ged stumm. Sie hatte seine Hand mit beiden Händen ergriffen und schaute ihm ins Gesicht. Die Sonne war hinter den grauen Nebeln am Horizont verschwunden, die Luft war trüb geworden, doch das Lob, das sie auf ihn häufte, und der Triumph, den sie in sich fühlte, als sie seinen Willen wanken sah, verliehen ihrem Gesicht einen hellen Glanz: »Der mächtigste der Menschen werden Sie sein, ein König unter ihnen. Herrschen werden Sie – und ich mit Ihnen ...«

Plötzlich erhob sich Ged und tat einen Schritt vorwärts, sodass er um die Biegung der langen Wand blicken konnte. Dort, neben der Tür, stand der Fürst von Terrenon, der alles mit angehört hatte, und lächelte.

Wie Schuppen fiel es Ged von den Augen. Er blickte auf Serret hinab: »Licht überwindet die Dunkelheit«, stammelte er, »... nur *Licht* ...«

Seine eigenen Worte leuchteten ihm wie ein Licht, und während er sprach, erkannte er, wie er hierher gezogen, hierher gelockt worden war, wie sie sich seine Furcht zunutze gemacht hatten, wie sie ihn, wenn er sich hätte fangen lassen, behalten hätten. Natürlich hatten sie ihn vor dem Schatten gerettet, denn sie wollten nicht, dass der Schatten von ihm Besitz ergriffe, bevor er Sklave des Steines geworden war. Wenn die Macht im Stein ihn aber gefangen hielte, dann würden sie den Schatten hereinlassen, denn ein Gebbeth war ein viel besserer Sklave als ein Mensch. Hätte er auch nur einmal den Stein berührt oder zu ihm gesprochen – er wäre unrettbar verloren gewesen. Doch – genau wie es dem Schatten nicht gelungen war, ihn ganz einzuholen, genauso wenig war es dem Stein möglich gewesen, ihn an sich zu ziehen – jedenfalls nicht ganz. Fast hätte er nachgegeben – er war nahe daran gewesen. Aber er war nicht dazu bereit. Und dem Bösen fällt es schwer, sich einer Seele zu bemächtigen, die nicht dazu bereit ist.

Er stand zwischen den beiden, die nachgegeben, die bereit dazu gewesen waren, und er schaute von einem zum anderen. Benderesk trat vor.

»Ich habe es dir ja gesagt, Serret«, sagte der Fürst des Terrenon trocken zu seiner Frau, »dass er dir durch die Finger schlüpfen wird. Die Zauberer von Gont sind schlaue Narren. Und du bist auch eine Närrin, du Weib von Gont. Du wolltest ihn *und* mich in deine Schlinge ziehen, uns beide wolltest du durch deine Schönheit blenden und beherrschen und dann den Terrenon für deine eigenen Zwecke nutzen. Doch noch immer bin ich Herr des Steines, und das ist die Strafe, die ich über dich ungetreues Eheweib verhänge: ›*Ekavror oe Oelwantar* …‹« Er begann den Verwandlungszauber und hatte seine langen Hände erhoben, um die angstvoll vor ihm kauernde Frau in irgendein Scheusal, ein Schwein oder einen Hund oder eine sabbernde alte Hexe zu verwandeln. Ged trat auf ihn zu und schlug die ausgestreckten Hände des Fürsten mit seinen Händen nieder. Er sprach ein kurzes Wort. Obwohl er keinen Stab besaß und auf fremdem, unheilvollem Boden stand, im Bereich einer finsteren Macht, trotzdem siegte sein Wille. Benderesk rührte sich nicht. Seine umwölkten, hasserfüllten Augen blickten unverwandt auf Serret.

»Kommen Sie, Sperber«, sagte diese mit bebender Stimme, »kommen Sie, schnell, bevor er nach den Dienern des Steines ruft.« Doch wie ein Echo zu ihren Worten eilte ein Wimmern durch den Turm, durch die Steine des Bodens, an den Wänden entlang, ein trockenes, zitterndes Gemurmel, als ob die Erde selbst spräche.

Serret ergriff Geds Hand und rannte mit ihm durch die Gänge und Säle, die lange Wendeltreppe hinunter, hinaus in den Burghof. Letztes, silbernes Tageslicht lag über dem schmutzigen, zertretenen Schnee. Drei finster blickende Bedienstete des Schlosses verstellten ihnen den Weg, als ob sie diese beiden eines Anschlags auf ihren Herrn verdächtigten. »Es wird dunkel, Fürstin«, sagte der eine, und der andere fügte hinzu: »Sie können nicht mehr ausreiten.«

»Geht mir aus dem Weg, Gesindel!«, schrie Serret in der an Zischlauten reichen osskilischen Sprache. Die Männer wichen zurück und duckten sich, und sich zusammenkrümmend fielen sie auf den Boden, der eine schrie laut auf.

»Wir müssen durch das Tor, einen anderen Weg gibt es nicht. Können Sie es erkennen, Sperber? Können Sie es finden?«

Sie zerrte an Geds Hand, doch er zögerte: »Mit welchem Bann haben Sie die Männer geschlagen?«

»Ich ließ heißes Blei in ihr Knochenmark rinnen, sie werden daran sterben. Beeilen Sie sich, ich sagte Ihnen doch, er wird die Diener des Steines auf uns hetzen, und ich kann das Tor nicht erkennen ... darauf liegt nämlich ein starker Zauberbann. Schnell!«

Ged wusste nicht, was sie meinte, denn das verzauberte Tor lag so klar wie der Torbogen des Hofes, hinter dem es sich befand, vor seinen Augen. Er führte Serret durch den ersten Torbogen, dann über den unberührten Schnee des Vorhofes ans Tor, dort sprach er ein Zauberwort des Öffnens und führte sie durch das Tor, das in die Zauberwälle eingelassen war.

Serret verwandelte sich, als sie durch das Tor gingen

und das silberne Dämmerlicht des Hofes von Terrenon hinter sich ließen. Sie war nicht weniger schön im trüben Abendlicht, das über dem Moor lag, doch etwas Wildes, Hexenhaftes hatte sich jetzt in ihre Züge gemischt. Endlich erkannte Ged das Mädchen – es war die Tochter des Fürsten von Re Albi und der Zauberin von Osskil, die damals – es schien ihm schon ewig lange her zu sein – auf der grünen Wiese oberhalb Ogions Haus über ihn gespottet und ihn veranlasst hatte, den Zauberspruch zu lesen, der den Schatten freisetzte. Aber er verweilte nicht lange bei diesen Gedanken, sondern schaute wachsam und mit angespannten Sinnen umher. Er suchte den Schatten, der irgendwo außerhalb der magischen Wälle auf ihn wartete. Vielleicht hatte er sich in die immer düster werdenden Schatten verzogen und wartete auf den Augenblick, da er seine Formlosigkeit mit Geds Leben vertauschen konnte. Ged spürte seine Nähe, doch konnte er ihn nicht sehen. Aber als er seine Blicke umherschweifen ließ, sah er ein kleines dunkles Ding, halb verdeckt vom Schnee, ein paar Schritte vom Tor entfernt liegen. Es war der Otak, dessen feines, kurzhaariges Fell mit Blut besudelt war und dessen kleiner, leichter Körper steif und kalt in seinen Händen lag.

»Verwandeln Sie sich! Verwandeln Sie sich, sie kommen!«, schrie Serret, und nach seinem Arm greifend, deutete sie auf den Turm, der sich wie ein großer, weißer Zahn in der Dämmerung hinter ihnen erhob. Aus den schmalen

Mauerluken am Fundament krochen schwarze Geschöpfe, breiteten ihre Schwingen aus, erhoben sich mit wuchtigen Flügelschlägen über die Mauern und flogen auf Ged und Serret zu, die ungeschützt am Hang standen. Das hohle Wimmern, das sie in der Feste gehört hatten, war lauter geworden, war angeschwollen zu einem Beben und Seufzen der Erde, auf der sie standen.

In Ged stieg Wut hoch. Ein unbändiger Zorn packte ihn gegen das grausame, tödliche Getier, das ihn verführte, verfolgte und in Fallen lockte. »Verwandeln Sie sich!« Serret schrie ihm laut zu und haspelte selbst schnell eine Verwandlungsformel herunter: Sie erhob sich als eine graue Möwe und flog davon. Ged aber beugte sich zur Erde und riss einen Halm des wilden Grases aus, der trocken und zart aus dem Schnee ragte, dort, wo der tote Otak gelegen hatte. Diesen Halm hob er in die Höhe, und als er in der Ursprache zu ihm redete, wurde er immer länger und stärker. Als er geendet hatte, hielt er einen langen Stab, einen Zauberstab, in seiner Hand. Kein heiß loderndes rotes Feuer flackerte an diesem Stab entlang, als Ged auf das schwarze, flügelschlagende Getier vom Hof des Terrenon, das auf ihn niederstieß, einschlug: Weiß glühte dieser Stab in kaltem magischem Feuer, das nicht verbrennt, sondern das Dunkle vertreibt.

Das Getier setzte von neuem zum Angriff an: misslungene Geschöpfe, aus einer Zeit stammend, die vor Drachen, Vögeln und Menschen lag, vom Tageslicht längst vergessen, doch nicht von der uralten, arglistigen, boshaften, allwissenden Macht im Stein. Sie drangen auf Ged ein, stießen auf ihn herab. Er fühlte ihre Krallen wie Sensen über seinem Kopf und Übelkeit stieg in ihm hoch von ihrem Aasgestank. Grimmig parierte er ihre Stöße und schlug auf sie ein mit seinem Furcht einflößenden Stab, der aus Zorn und einem Grashalm gewachsen war. Plötzlich, wie Raben, die man vom Aas aufscheucht, stoben sie in die Höhe und wandten sich flügelschlagend in die Richtung, die Serret, in der Gestalt der Möwe, eingeschlagen hatte. Ihre Riesenflügel schienen sich gemächlich zu bewegen, doch das täuschte, mit jedem Schlag ihrer mächtigen Schwingen schossen sie gewaltig vorwärts. Keine Möwe konnte bei dieser Schnelligkeit mithalten.

So schnell wie damals auf Rok nahm Ged die Gestalt eines mächtigen Falken an. Nicht den Sperber wählte er, dessen Namen er trug, sondern den Wanderfalken, der wie ein Pfeil, wie ein Gedanke dahinschießen kann. Mit gespreizten, scharfen und starken Schwingen flog er davon, die Verfolgenden verfolgend. Der Himmel verdunkelte sich und Sterne begannen zwischen den Wolken zu funkeln. Vor sich sah er den schwarzen, elenden Schwarm auf einen Punkt in der Luft herabstoßen. Jenseits des schwarzen Flecks sah er das Meer fahl im aschgrauen Licht des Tages liegen. Blitzschnell und pfeilgerade stieß der Falke Ged auf das Getier des Steins zu und es zerstob wie Wassertropfen von einem geworfenen Stein. Doch es hatte schon seine Beute erreicht: Blutig war der scharfe Schnabel des einen und weißgraue Federn waren in den Klauen eines andern. Keine Möwe schwebte mehr über der bleichen See.

Die Untiere wandten sich gegen Ged. Schnell und unförmig kamen sie auf ihn zu, ihre scharfen Schnäbel geöffnet. Er aber schwang sich in Spiralen in die Höhe und stieß den wilden Kampfschrei des Falken aus, dann schoss er über den flachen Strand von Osskil, über die Brandung des Meeres davon.

Das Getier vom Stein kreiste noch eine Weile krächzend, dann flog eins nach dem andern unbeholfen zurück über das Land. Die Urmächte überqueren nämlich keine Meere, sie sind an einen bestimmten Ort, eine Insel, Höhle, einen Stein oder sprudelnden Quell gebunden. Die schwarzen Missgeburten flogen zurück zur Turmfeste, wo Benderesk, der Fürst des Terrenon, auf sie wartete. Vielleicht vergoss er Tränen bei ihrer Rückkehr, vielleicht auch lachte er. Ged flog weiter, falkenbeschwingt, falkenberauscht, wie ein zielsicherer Pfeil, wie ein Gedanke, der nicht vergessen werden kann. Er flog über das Meer von Osskil, immer weiter nach Osten, dem Wind des Winters und der Nacht entgegen.

Ogion der Schweigsame war spät im Jahr von seinen Herbstwanderungen nach Re Albi zurückgekehrt. Noch schweigsamer, noch einsamer war er in den vergangenen

Jahren geworden. Dem neuen Fürsten, der in der Stadt unten wohnte, war es nicht gelungen, auch nur ein einziges Wort aus Ogion herauszubekommen, obgleich er bis zu dessen Falkennest hinaufgeklettert war, um ihn um Hilfe bei einer Piratenaktion gegen die Andraden zu ersuchen. Ogion, der mit den Spinnen in ihren Netzen sprach, den man beobachten konnte, wie er die Bäume höflich grüßte, sprach kein einziges Wort zu dem Fürsten der Insel und ließ ihn unzufrieden wieder hinuntergehen. Vielleicht bedrückten Sorgen und Kummer sein Gemüt, denn Ogion verbrachte den ganzen Sommer lang bis spät in den Herbst hinein allein hoch oben in den Bergen, erst jetzt, zur Wintersonnenwende, kehrte er an den eigenen Herd zurück. Am Morgen nach seiner Rückkehr stand er spät auf und ging zur Quelle unterhalb seines Hauses, um Wasser für eine Tasse Kräutertee zu holen. Eine dünne Eisschicht bedeckte die Ränder des kleinen munteren Quells und das zarte Moos zwischen den Felsen war mit Eisblumen überzogen. Der Tag war schon voll angebrochen, und doch würde es noch eine Stunde dauern, bis die Sonne sich über den mächtigen Berggipfel erhob. Kein Sonnenstrahl traf auf das westliche Gont, vom Strand bis hinauf zum Gipfel, schweigend und klar umrissen lag das Land im morgendlichen Licht des Winters vor ihm. Als der Magier an der Quelle stand und seinen Blick über das sich neigende Land, den Hafen und die graue Ferne des Meeres schweifen ließ, hörte er Flügelschlag über seinem

Haupt. Er blickte auf und hob den Arm etwas in die Höhe. Ein mächtiger Falke, laut mit den Flügeln schlagend, kam herunter und ließ sich auf sein Handgelenk nieder. Dort klammerte er sich fest wie ein abgerichteter Edelfalke, doch trug er keine zerrissene Kette, keinen Reif, keine Glocke. Die Klauen pressten sich tiefer in Ogions Gelenk; die Federn der Flügel zitterten, das runde, goldene Auge blickte stumpf und wild.

»Bist du ein Bote oder eine Botschaft?«, fragte Ogion den Falken behutsam. »Komm mit mir ...«. Als er zu ihm redete, schaute ihn der Falke an. Ogion stand einen Augenblick, ohne zu reden. »Ich glaube, ich gab dir einst deinen Namen«, sagte er, schritt auf sein Haus zu und trat ein, den Vogel auf seinem Handgelenk mit sich tragend. Er setzte ihn in der Nähe des Herdes in der Wärme des Feuers ab und bot ihm Wasser zum Trinken an. Doch der Vogel wollte nicht trinken. Dann begann Ogion, ganz behutsam, eine magische Formel zu wirken. Er wob sie mehr mit seinen Händen als mit Worten, und als der Zauber vollendet und gewoben war, sagte er sanft: »Ged ...«, ohne den Falken beim Feuer anzuschauen. Er wartete eine Weile, dann wandte er sich um, stand auf und ging auf den jungen Mann zu, der zitternd und stumpf blickend vor dem Feuer stand.

Ged war in kostbare, fremdartige Gewänder gehüllt, in Pelz, Seide und Silber, doch die Kleider waren zerrissen und steif vom Salz des Meeres. Er stand hager und gekrümmt, mit strähnigem Haar um sein vernarbtes Gesicht da.

Ogion nahm ihm den königlichen Umhang von den Schultern und führte ihn in das kleine Gemach, in dem er als Lehrling geschlafen hatte; dort legte er ihn auf das Bett, und leise einen Schlafzauber murmelnd, verließ er ihn. Kein Wort hatte er zu ihm gesprochen, denn er wusste, dass er jetzt keine menschliche Sprache besaß.

Als er ein Junge war, hatte Ogion, wie alle Jungen, geglaubt, dass es großartig wäre, sich durch die Kunst der Magie in jede Gestalt zu verwandeln, die einem gerade einfiel, Mensch, Tier, Baum oder Wolke, und ein Spiel der tausend Verwandlungen zu treiben. Aber als Zauberer kannte er den Preis dieses Spieles, nämlich die Gefahr, sich selbst zu verlieren, die Wahrheit zu verspielen. Je länger ein Mensch in einer anderen Gestalt bleibt, desto größer wird diese Gefahr. Jeder Zauberlehrling lernt die Geschichte des Zauberers Bordscher von Weg, dem es so großen Spaß gemacht hatte, sich in einen Bären zu verwandeln, dass er dies immer häufiger tat, bis der Bär in ihm so mächtig wurde, dass der Mensch in ihm abstarb. Als Bär im Wald tötete er seinen eigenen kleinen Sohn und wurde gejagt und schließlich erlegt. Und niemand weiß, wie viele Delfine, die sich im Innenmeer tummeln, einst weise Männer waren, die Weisheit und ihren eigenen Namen über dem Spiel im ruhelosen Meer vergaßen.

Ged schlüpfte in die Falkengestalt in letzter Not und in

rasendem Zorn, und als er Osskil verließ, trieb ihn ein einziger Gedanke: dem Stein und Schatten zu entfliehen, die kalte, unheilvolle Gegend hinter sich zu lassen, den Weg nach Hause zu suchen. Das wilde, trotzige Wesen des Falken war wie sein eigenes und wurde sein eigenes, sein Wille fortzufliegen wurde der Wille des Falken. So war er über Enlad geflogen, nur kurz ließ er sich an einem einsamen Weiher im Wald nieder, um zu trinken, aber getrieben von der Furcht vor dem Schatten, der ihm folgte, hob er sich sofort wieder in die Höhe. Über die große Meerenge, die man den Rachen von Enlad nennt, immer weiter und weiter war er geflogen, sich südöstlich haltend. Rechts sah er blau die Hügel von Oranéa liegen und blasser links die Hügel von Andrad, vor ihm lag nur das Meer; bis schließlich aus den Wellen sich eine erhob, die sich nicht änderte, die immer höher wuchs – der weiße Berggipfel von Gont. Im Sonnenlicht und in der Nacht, ununterbrochen hatte er auf diesem Flug die Schwingen des Falken getragen, durch die Augen des Falken geschaut, bis er schließlich keine eigenen Gedanken mehr hatte und nur noch die des Falken kannte: Hunger, Wind und Flugziel.

Er flog zum richtigen Hafen. Nur wenige in Rok, nur einer in Gont konnte ihm helfen wieder ein Mensch zu werden.

Als er erwachte, war er benommen und redete nicht. Ogion sprach nicht mit ihm, sondern gab ihm Fleisch und

Wasser und ließ ihn am Feuer sitzen, zusammengekrümmt wie ein großer, grimmiger, trotziger Falke. Bei Nachteinbruch schlief er wieder. Am dritten Morgen kam er zur Herdstelle, wo Ogion saß und in die Flammen schaute, und sagte: »Meister ...«

»Willkommen, Junge«, sagte Ogion.

»Ich kam wieder als der Gleiche zurück, als der ich ausgezogen bin: ein Tölpel«, sagte der junge Mann und seine Stimme war rau und zögernd. Der Magier lächelte ein wenig, deutete mit dem Kopf auf den Sitz gegenüber am Herd und begann Tee aufzugießen.

Draußen fiel Schnee, der erste Schnee auf den unteren Hängen von Gont. Ogions Fensterläden waren fest geschlossen, aber man hörte den nassen Schnee aufs Dach fallen und man fühlte die Stille des Schnees überall im Haus. Lange saßen sie am Feuer und Ged erzählte Ogion alles, was sich seit seiner Abfahrt auf der *Schatten* zugetragen hatte. Ogion stellte keine Fragen, und als Ged fertig war, blieb er eine lange Weile nachdenklich sitzen. Dann erhob er sich, stellte Brot, Wein und Käse auf den Tisch, und sie aßen zusammen. Als sie gegessen und aufgeräumt hatten, sprach Ogion:

»Bittere Narben trägst du, mein Junge«, sagte er.

»Ich hab dem Ding gegenüber keine Macht«, antwortete Ged.

Ogion schüttelte den Kopf und schwieg lange. Schließlich sagte er: »Seltsam, deine Macht war groß genug, einen Zauberer in seiner eigenen Domäne in Osskil zu übertreffen. Du warst mächtig genug, den Lockungen und Angriffen einer Urmacht der Erde zu widerstehen. Und in Pendor hast du dich gegen einen Drachen behauptet.«

»In Osskil hatte ich Glück, nicht Macht«, sagte Ged und schauderte beim Gedanken an die tödliche Kälte am Hof von Terrenon. »Was den Drachen anbelangt, so wusste ich seinen Namen. Das furchtbare Ding, das mich verfolgt hat, hat keinen Namen.«

»*Alles* hat einen Namen«, sagte Ogion mit solcher Überzeugung, dass Ged nicht zu widersprechen wagte und die Worte des Erzmagiers Genscher nicht wiederholte, dass derartig unheimliche Wesen wie das, welches Ged freigesetzt hatte, keinen Namen tragen. Der Drache von Pendor hatte zwar angeboten, ihm den Namen des Schattens zu sagen, aber er schenkte den Worten eines Drachen wenig Vertrauen; genauso wenig hatte er Serrets Versprechungen geglaubt, dass ihm der Stein sagen könnte, was er wissen musste.

»Wenn der Schatten auch einen Namen hat«, sagte er endlich, »glaube ich nicht, dass er bereit sein wird, ihn mir mitzuteilen.«

»Nein«, sagte Ogion, »genauso wenig wie du bereit warst, ihm den deinen zu nennen. Und doch kannte er ihn. Auf dem Moor in Osskil hat er dich bei deinem Namen gerufen, bei dem Namen, den ich dir gab. Es ist seltsam, seltsam.«

Wiederum grübelte er lange. Ged sagte schließlich: »Ich kam hierher, um Rat zu suchen, nicht um eine Zuflucht zu finden, Meister. Ich will nicht, dass der Schatten diesen Ort heimsucht. Wenn ich hier bleibe, wird er bald wieder hier sein. Einmal haben Sie ihn aus diesem Raum hier vertrieben …«

»Nein, das war nur die Vorahnung davon, der Schatten eines Schattens. Ich könnte ihn jetzt nicht mehr vertreiben. Nur du kannst das tun.«

»Aber gegen ihn bin ich machtlos. Gibt es keinen Ort …?« Seine Stimme verlor sich, bevor er die Frage vollendet hatte.

»Einen sicheren Ort gibt es nicht«, sagte Ogion gütig. »Verwandle dich nicht mehr, Ged. Der Schatten ist darauf aus, dein wahres Wesen zu zerstören. Fast wäre es ihm gelungen, als er dich dazu brachte, Falkengestalt anzunehmen. Nein, wohin du dich wenden sollst, weiß ich nicht. Doch habe ich eine Ahnung, was du tun sollst. Es ist schwer, dir das zu sagen.«

Geds Schweigen forderte zur Wahrheit auf, und Ogion sprach schließlich: »Du musst umkehren.«

»Umkehren?«

»Wenn du weiter vorwärts gehst, wenn du weiter wegläufst, dann wird, wohin du dich auch wendest, Gefahr und Unheil auf dich warten, denn der Schatten treibt dich, er wählt den Weg, den du beschreitest. Du musst den Jäger jagen.«

Ged sagte nichts.

»An der Quelle der Ar gab ich dir deinen Namen«, sagte der Magier, »an einem Fluss, der vom Berg herunter ins Meer fließt. Ein Mann sollte das Ziel kennen, dem er entgegengeht, das aber kann er nur, wenn er umkehrt und zurückgeht zum Anfang und diesen Anfang in seinem Wesen festhält. Wenn er nicht wie ein Ast sein will, der vom Strom gedreht und gewirbelt wird, dann muss er selbst zum Strom werden, und zwar der ganze Strom, von der Quelle bis zur Mündung ins Meer. Nach Gont kamst du zurück, zu mir kamst du zurück, Ged. Jetzt beende es und geh zurück zum Ursprung und suche, was vor dem Ursprung liegen mag. Dort nur kannst du hoffen, Stärke zu finden.«

»Dort, Meister?«, fragte Ged, und seine Stimme bebte vor Furcht. »Wo?«

Ogion antwortete nicht.

»Wenn ich umkehre«, sagte Ged nach einer Weile, »wenn ich, wie Sie mir raten, den Jäger jage, dann, glaube ich, wird die Jagd nicht lange dauern. Sein ganzes Trachten ist ja nur, mich dazu zu bringen, dass ich mich ihm stelle. Zweimal gelang es ihm, und zweimal habe ich verloren.«

»Im dritten Mal liegt die magische Kraft«, sagte Ogion.

Ged ging ruhelos auf und ab, vom Herd zur Tür, von der Tür zum Herd. »Und wenn es mich ganz besiegt«, hielt er Ogion oder sich selbst vor, »dann nimmt es meine ganze Macht, mein ganzes Wissen und wird davon Gebrauch machen. Jetzt droht es mir nur. Aber wenn es in mich dringt und mich besitzt, dann wird es großes Unheil durch mich anrichten.«

»Das stimmt. Wenn es dich besiegt.«

»Doch wenn ich jetzt wieder davonlaufe, dann wird es mich ganz sicherlich wieder finden ... und ich verschwende meine ganze Kraft darauf, davonzulaufen.« Ged ging noch eine Weile im Zimmer auf und ab, dann wandte er sich plötzlich um, und sich vor dem Magier niederkniend, sagte er: »Auf der Insel der Weisen habe ich große Zauberer kennen gelernt. Sie aber, Ogion, sind mein wahrer Meister.« So sprach er, und Liebe und eine tiefe, ernste Freude lag in seinen Worten.

»Gut«, sagte Ogion, »jetzt weißt du es. Besser jetzt als niemals. Aber am Ende wirst du mein Meister werden.« Er stand auf und schürte das Feuer, dass es hell aufglühte, und hängte den Kessel über die Flammen, damit das Wasser koche. Dann zog er seinen Schafspelz über und sagte: »Ich muss nach meinen Ziegen schauen. Pass auf den Kessel auf, Junge!«

Als er zurückkam, bestäubt mit Schnee, und seine Stiefel aus Ziegenleder vom Schnee freistampfte, hielt er in seiner Hand einen langen, rauen Stab aus Eibenholz. Den Rest des kurzen Nachmittags und nach dem Abendessen saß er beim Licht der Lampe und bearbeitete den Stab mit Messer und Bimsstein und Zauberworten. Wiederholt ließ er seine Hand den Stab entlanggleiten und suchte nach Unebenheiten. Manchmal sang er leise vor sich hin. Ged, der noch immer erschöpft war, hörte zu, und als er schläfrig wurde, kam es ihm vor, als sei er wieder ein Kind in der Hütte der Hexe in Zehnellern. Draußen war alles verschneit und drinnen brannte das Feuer in der Dunkelheit, die Luft war angefüllt vom Duft der Kräuter und von Rauch. Die Träume kamen und gingen, als er den langen Gesängen von Zaubereien und den Taten der Heiden zuhörte, die gegen dunkle Mächte kämpften und gewannen oder verloren, auf fernen Inseln vor unendlich langen Zeiten.

»Nimm ...«, sagte Ogion und gab ihm den fertigen Stab. »Der Erzmagier gab dir Eibenholz, das war eine gute Wahl, und ich blieb dabei. Aus dem Stab wollte ich erst einen Bogen machen, aber nun fand er bessere Verwendung. Schlaf gut, mein Sohn.«

Als Ged, der keine Worte fand, um ihm zu danken, sich abwandte und in sein Schlafgemach ging, sah Ogion ihm nach und sagte so leise, dass Ged ihn nicht hören konnte: »Oh, mein junger Falke, fliege wohl!«

Im kalten Morgengrauen, als Ogion aufwachte, war Ged bereits verschwunden. In echt zauberischer Weise hatte er einige silberne Runen auf dem Stein beim Herd hinterlassen. Sie verblassten, noch während Ogion sie las: »Meister, ich gehe auf die Jagd.«

Die Jagd

Ged verließ Re Albi vor Sonnenaufgang, als die dunkle Winternacht noch über dem Land lag, und schlug den Weg ein, der hinunter zur Hafenstadt Gont führte, die er noch vor Mittag erreichte. Ogion hatte ihn mit praktischer gontischer Kleidung versehen, Gamaschen, Hemd und Weste aus Leder und Leinen, die er anstelle des osskilischen Seidenzeugs trug, aber den fürstlichen, mit Pellawipelz gefütterten Umhang hatte er auf seine Winterreise mitgenommen. So bekleidet, mit leeren Händen, denn außer seinem dunklen Stab, der so groß wie er selbst war, führte er nichts mit sich, näherte er sich dem Landtor von Gont. Die Soldaten, die sich an die geschnitzten Drachen lehnten, erkannten ihn sofort als einen Zauberer und zogen ihre Lanzen zurück. Sie ließen ihn ungefragt eintreten und blickten ihm nach, als er die Straße von Gont hinunterschritt.

An den Piers und bei der Seezunft erkundigte er sich nach Schiffen, die nördlich oder westlich nach Enlad, Andrad oder Oranéa fuhren. Überall wurde ihm das Gleiche mitgeteilt: Kein Schiff verließ jetzt, so nahe der Wintersonnenwende, den Hafen von Gont, und bei der Seezunft sagte man ihm, dass selbst Fischkutter bei diesem unbeständigen Wetter nicht durch die Festungsklippen hinaus aufs offene Meer führen.

Im Speisesaal der Seezunft lud man ihn zum Essen ein. Ein Zauberer muss selten um eine Mahlzeit bitten. Er setzte sich zu den Hafenarbeitern, Werftarbeitern und Wettermachern und hörte mit Vergnügen zu, wie sie sich bedächtig in langsam rollendem Gontisch miteinander unterhielten. Er fühlte ein großes Verlangen, hier auf Gont zu verweilen, alle Zauberei und Abenteuerlust an den Nagel zu hängen, seine Macht und all das Schreckliche zu vergessen und friedlich, wie andere Männer, hier auf dem Boden seiner geliebten Heimat zu leben. Das war sein Wunsch, sein Wille gebot ihm anders. Er hielt sich nicht lange im Haus der Seezunft und in der Stadt Gont auf, nachdem er herausgefunden hatte, dass keine Schiffe den Hafen in absehbarer Zeit verlassen würden. Sich nördlich haltend, folgte er dem Ufer der Bucht, bis er ins erste der kleinen Fischerdörfer kam, die sich an der Küste entlang erstreckten. Er fragte herum, bis er einen Fischer fand, der ein Boot zu verkaufen hatte.

Es war ein mürrischer, alter Mann. Sein Boot, das ungefähr drei Meter lang und in Klinkerbauweise gezimmert war, sah ganz verzogen aus und leckte, sodass es kaum als seetüchtig betrachtet werden konnte. Trotzdem wollte der Alte einen hohen Preis dafür: einen Bann, der sein eigenes Boot, ihn selbst und seinen Sohn ein Jahr lang gegen alle Unbillden des Meeres feie, denn die Fischer hier fürchten nichts so sehr wie die Tücken des Meeres.

Dieser gegen Stürme feiende Bann, auf den sie im nördlichen Inselreich so großen Wert legen, hat noch keinen Menschen vor Wind und Wellen des Sturmes gerettet, aber wenn er von einem Zauberer gewoben wird, der das Meer in der Gegend kennt und der über das Boot und die Geschicklichkeit des Kapitäns Bescheid weiß, dann gewährt der Bann einen täglichen Schutz. Ged wirkte ihn sorgfältig und gewissenhaft, er arbeitete die ganze Nacht und den folgenden Tag daran, nichts ließ er aus, geduldig und sicher wob er ihn, obwohl seine von Furcht beschwerten Gedanken dunklen Pfaden folgten und ihm keine Ruhe ließen. Wiederholt versuchte er sich vorzustellen, welche Gestalt der Schatten jetzt angenommen haben mochte und wann und wo er auf ihn treffen würde. Als der Bann fertig und geschlossen war, fühlte sich Ged erschöpft. Die kommende Nacht schlief er in einer Hängematte aus Walfischdärmen und roch am nächsten Morgen wie ein getrockneter Hering. Er ging hinunter in die Bucht unterhalb des Katnordkliffs, wo sein neues Boot lag.

Er schob das Boot ins ruhige Wasser des seichten Ufers, und sofort stieg das Wasser im Innern des Bootes höher. Geschmeidig wie eine Katze sprang Ged ins Boot und begann die verzogenen Planken gerade zu ziehen und die verfaulten Holznägel zu erneuern. Er arbeitete mit Werkzeug und Zauberformel, wie er es damals bei Peckvarry in Untertorning getan hatte. Die Bewohner des Dorfes sammelten sich um ihn, nicht zu nahe, schauten schweigend auf seine flinken Hände und hörten seiner ruhigen Stimme zu. Auch diese Arbeit verrichtete er sorgfältig und gewissenhaft, bis alles fertig war und das Boot abgedichtet und fahrbereit auf dem Wasser lag. Dann setzte er den Stab, den Ogion für ihn gemacht hatte, als Mast und befestigte ihn mit Zauberformeln. Quer dazu brachte er eine kräftige meterlange Holzstange an, von der aus er auf dem Webrahmen des Windes ein viereckiges Segel wob, das so weiß wie der Schnee auf dem Gipfel von Gont war. Die zuschauenden Frauen seufzten vor Neid. Dann stellte er sich neben den Mast und zauberte einen leichten magischen Wind herbei. Das Boot bewegte sich hinaus aufs Meer und hielt auf die beiden Festungsklippen am Ende der großen Bucht zu. Als die Fischer, die Ged schweigend bei der Arbeit zugeschaut hatten, sahen, wie das Boot sich so sicher und geschwind bewegte wie ein Strandvogel auf seinen Schwingen, klatschten sie stürmisch Beifall, lachten und stampften mit den Beinen im kalten Wind, der über den Strand blies. Ged blickte kurz zurück und sah, wie sie ihm unter dem dunklen, vorspringenden Katnordkliff zuwinkten, über dem sich die Schneefelder des Berges hoch in die Wolken erstreckten.

Er segelte über die Bucht, durch die Festungsklippen, hinaus aufs Gontische Meer. Er schlug einen nordwestlichen Kurs ein, der ihn an Oranéa vorbeiführte und ihn zum Ausgangspunkt seiner letzten Reise zurückführte. Er folgte keinem Plan, er hatte kein festes Ziel, es sei denn, den Weg wieder zu finden, der ihn hierher geführt hatte. Wenn er seinen Falkenflug von Osskil zurückverfolgte, musste er auf den Schatten stoßen, entweder direkt oder auf einem Umweg. Der Schatten konnte ihn, der so sichtbar übers offene Meer dahersegelte, nicht übersehen – außer er hatte sich wieder völlig ins Traumreich zurückgezogen.

Auf der offenen See wäre Ged ein Zusammentreffen am liebsten gewesen – wenn es schon dazu kommen musste. Er war nicht sicher, warum er das vorzog, aber jedes Mal, wenn er sich ein Zusammentreffen auf trockenem Land vorstellte, erfasste ihn ein noch größeres Grauen. Das Meer gebiert Stürme und Ungeheuer, aber keine bösen Mächte: Das Böse entspringt der Erde. Und in dem finsteren Land, das Ged einst betreten hatte, gab es weder ein Meer noch Flüsse oder sprudelnde Quellen. Trockenes Land verheißt den Tod. Obwohl das Meer in dieser stürmischen, bitteren Jahreszeit gefährlich war, betrachtete Ged diese Gefahren, den schnellen Wetterumschlag, die Unbeständigkeit, die Stürme, nicht als Drohung, sondern eher als einen Schutz. Und wenn er dann am Ende dieses ganzen unsinnigen Unternehmens mit dem Schatten zusammentreffen würde, dann, so malte Ged sich aus, würde er dieses Unding mit seinem Körpergewicht hinunter in die Finsternis des Meeres ziehen und dort mit dem Gewicht seines Todes für immer festhalten, damit es nie wieder emporsteigen konnte. Dann würde er wenigstens im Tod dem Bösen, das er freigesetzt hatte, ein Ende bereiten.

Ged segelte über das vom Sturm wild bewegte Wasser unter tief hängenden, treibenden Wolken, die wie riesige Trauerschleier aussahen. Er hatte keinen magischen Wind gerufen, sondern segelte mit dem Wind der Welt, der kräftig aus dem Nordosten blies. Solange er sein magisches Segeltuch aufrecht hielt – ein geflüstertes Wort ab und zu genügte –, musste er sich nicht weiter ums Segeln kümmern: Das Segel wendete und drehte sich von selbst immer in den Wind. Hätte er keine Magie verwendet, so wäre ihm das Segeln in diesem störrischen kleinen Boot auf dieser stürmischen See schwer gefallen. Immer weiter entfernte er sich von Gont, scharf spähte er nach allen Seiten aus. Die Frau des Fischers hatte ihm zwei Laibe Brot und einen Krug voll Wasser mitgegeben und nach einigen Stunden Fahrt, als er Kameberfels, die einzige Insel zwischen Gont und Oranéa, sichtete, aß und trank er und gedachte dankbar der schweigsamen Frau von Gont, die ihn mit Nahrung versorgt hatte. Ganz in der Ferne sah er Land liegen, aber er hielt nicht darauf zu, sondern kreuzte mehr in westlicher Richtung. Ein feiner, alles durchdringender Regen begann zu fallen, der über dem Land sicher als Schnee herunterkam. Außer dem Knarren des Bootes und dem

Geräusch der Wellen unter dem Kiel war es still. Kein anderes Schiff, keine Vögel waren zu sehen, nichts Lebendiges, nur das ewig ruhelose Meer und die fliehenden Wolken, an die er sich dunkel erinnerte, wie sie um ihn gewogt hatten, als er sie im schnellen Falkenflug, auf der gleichen Bahn, durchstoßen hatte; damals war er in östlicher Richtung geflogen, jetzt hielt er gen Westen; damals hatte er hinuntergeblickt aufs graue Meer, jetzt schaute er hinauf in den grauen Himmel.

Ged spähte scharf umher, doch die See um ihn herum war leer. Er stand auf, durchfroren und nass, er hatte das dauernde Starren ins leere, dunkle Nichts satt. »Dann komm doch her«, brummte er, »komm doch, worauf wartest du denn, Schatten?« Er erhielt keine Antwort, kein dunkleres Wesen hob sich von den dunklen Wellen im trüben Licht ab. Doch er spürte, dass das Unding nicht weit entfernt war, dass es sich blind an seiner kalten Fährte entlangbewegte. Plötzlich rief er laut: »Da bin ich, Ged, der Sperber, und ich gebiete meinem Schatten zu erscheinen!«

Das Boot knarrte, die Wellen lispelten, der Wind zischelte im weißen Segel. Die Minuten verstrichen. Ged wartete. Mit der Hand hielt er sich am Stab aus Eibenholz fest, seine Augen durchbohrten den eisig kalten Regen, der in verzerrten Bahnen vom Nordwind übers Meer gepeitscht wurde. Die Minuten verstrichen. Dann sah er, im Regen über dem Wasser, den Schatten von weitem auf sich zukommen.

Er trug nicht mehr den Körper des osskilischen Ruderers Skihor, aber auch als Gebbeth war er Ged nicht durch Wind und Wetter gefolgt, auch nicht in der Tiergestalt, in der er auf dem Hügel von Rok erschienen war und Ged in seinen Träumen heimgesucht hatte, und doch hatte er eine Gestalt, er war jetzt selbst im Tageslicht sichtbar. Während der Verfolgung von Ged und im Kampf mit ihm hatte er ihm von seiner Macht entwendet und in sich aufgesogen; möglich ist auch, dass Geds lautes Gebieten im hellen Tageslicht ihm einen Körper, oder doch die Spur eines Körpers, verliehen oder aufgezwungen hatte. Nun war er unbestreitbar menschenähnlich, obwohl er, als Schatten, selbst keinen Schatten warf. Und so bewegte er sich übers Wasser, aus dem Rachen von Enlad kommend und auf Gont zustrebend, ein kaum sichtbares, ungefüges Wesen, das unsicher und halb blind über die Wellen tappte, das kein Hindernis für den Wind darstellte, der ungehindert durch dieses Wesen blies.

Weil der Schatten vom Tageslicht geblendet war und weil er ihn gerufen hatte, sah ihn Ged zuerst. Er erkannte ihn, genau wie der Schatten Ged erkannte und wie sie sich beide immer erkennen würden, überall, unter lebendigen und schattenhaften Wesen.

In der trostlosen Einsamkeit des winterlichen Meeres stand Ged und sah das, was er so sehr fürchtete. Der Wind schien es vom Boot wegzublasen, die Wellen eilten unter ihm dahin und verwirrten Geds Augen, doch stetig kam es übers Wasser näher. Ged konnte nicht feststellen, ob es stillstand oder sich bewegte. Jetzt hatte es ihn gesehen. Obgleich alle seine Sinne mit Entsetzen und Grauen vor einer Berührung erfüllt waren, obgleich er den kalten, schwarzen Schmerz wieder fühlte, der das Leben aus ihm sog, verharrte Ged unbeweglich und wartete. Dann, plötzlich, rief er den magischen Wind herbei, der sofort sein Segel aufblähte, und sein Boot schoss über das bleierne Wasser direkt auf das Wesen zu, das schief im Wind hing.

Der Schatten hing noch einen kurzen Augenblick da, dann – zögernd – drehte er sich um und floh.

Gegen den Wind eilte er, in nördlicher Richtung. Gegen den Wind raste Geds Boot, Schattenhuschen gegen Magierkunst. Dem Regen waren beide ausgesetzt. Ged feuerte sein Boot, sein Segel, den Wind und die Wellen mit lauten Worten an wie ein Jäger, der seine Meute hetzt, wenn der Wolf in Sichtweite davonläuft. Er beschwor einen magischen Wind herauf, der so stark war, dass er jedes von Menschenhand gewobene Segel zerrissen hätte, und der sein Boot wie einen Schaumfetzen übers Wasser jagte; er kam dem Gejagten immer näher.

Jetzt wandte sich der Schatten um und beschrieb einen Halbkreis; er sah plötzlich unbestimmter und undeutlicher aus, weniger menschlich, mehr wie Rauch, der vom Wind zerblasen wurde und der mit dem Wind im Rücken auf Gont zutrieb.

Mit Hand und Zauberwort wendete Ged sein Boot. Wie

ein Delfin sprang es aus dem Wasser und rollte bei der schnellen Drehung. Schneller als zuvor jagte er dahin, aber der Schatten vor ihm wurde immer schwächer. Regen, Hagel und Schnee schlugen Ged auf den Rücken und auf seine linke Wange, er konnte keine hundert Meter weit sehen. Es dauerte nicht lange und er verlor den Schatten aus den Augen. Doch Ged war seiner Fährte so gewiss, als folge er einer Tierspur im Schnee anstatt einer Spukgestalt übers Wasser. Obwohl er den Wind im Rücken hatte, behielt Ged den magischen Wind im Segel, der Schaum sprühte vom stumpfen Bug und das Schiff schoss pfeilschnell durch die Wellen.

Lange hielten sie, Verfolger und Verfolgter, ihren spukhaften, rasenden Lauf durch. Der Tag war kurz, die Dunkelheit kam schnell. Ged vermutete, dass sie bereits südlich von Gont waren und sich jetzt auf Spevy oder Torheven zu bewegten oder vielleicht schon an diesen Inseln vorbeigeeilt waren und sich im Außenbereich befanden. Er konnte nicht feststellen, wo sie waren. Es war ihm auch einerlei. Er jagte, er verfolgte und die Furcht eilte ihm voraus.

Doch plötzlich sah er den Schatten ganz kurz, und nicht weit entfernt, vor sich. Der Wind der Welt hatte nachgelassen, der Hagel hatte aufgehört, stattdessen kamen kalte, immer dichter werdende Nebelfetzen auf ihn zu. Dazwischen sah er ab und zu den Schatten, der rechts abgebogen war. Ged sprach zu dem Wind in seinem Segel, während er das Steuerruder herumdrehte, und folgte dem Fliehenden, aber es wurde eine blinde Jagd: Der Nebel wurde immer dichter, er brodelte und wogte, und wenn er auf den magischen Wind traf, dann teilte er sich und schloss sich umso fester um das Boot, eine bleiche Masse ohne Anhaltspunkte, die Licht und Sicht ausschloss. Als Ged schon im Begriff war, Worte des Lösens und Teilens zu sprechen, sah er wieder den Schatten. Er war noch weiter nach rechts abgebogen und bewegte sich jetzt langsamer vorwärts. Der Nebel blies durch die gesichtslose, verschwommene Form seines Kopfes, doch war er jetzt gestaltet wie ein Mensch, nur änderte er sich stetig, wie es menschliche Schatten tun. Ohne die Geschwindigkeit seines Bootes zu verringern, drehte auch Ged weiter nach rechts, überzeugt, dass er nun seinen Feind in Grund und Boden gefahren habe, aber jählings spürte er, dass sein Boot auf Grund gelaufen war und an den flachen Felsen, die der Nebel verdeckt hatte, zerschellte. Ged wurde beinahe über Bord geworfen, aber er klammerte sich an seinen Mast, bevor die nächste Welle über ihm zusammenschlug. Sie war riesig; sie hob das kleine Boot aus dem Wasser empor und zertrümmerte es auf einem Felsen, wie ein Mensch ein Schneckenhaus hochhebt und zermalmt.

Stark und zauberkräftig war der Stab, den Ogion geschnitzt hatte. Er brach nicht entzwei, sondern schwamm trocken und leicht auf den Wellen. Ged hielt sich daran fest und wurde von den Wellen, die vom flachen, felsigen

Ufer zurückprallten, ins tiefe Wasser getragen und war bis zur nächsten Welle davor sicher, gegen die Felsen geschleudert zu werden. Vom Salzwasser halb blind und erstickt, versuchte er seinen Kopf über Wasser zu halten und sich gegen den ungeheuren Sog des Meeres zu stemmen. Neben den Felsen hatte er ein kleines Stück sandigen Ufers erspäht und versuchte, sich vom Sog freizuschwimmen, während die nächste Welle sich erhob. Mit seiner ganzen Kraft und mithilfe des Stabes mühte er sich, das sandige Ufer zu erreichen. Aber es kam nicht näher. Die an- und abschwellenden Wogen warfen ihn hin und her wie einen Fetzen Tuch. Die Kälte des offenen Meeres entzog seinem Körper die Wärme und schwächte ihn derart, dass er bald seine Arme nicht mehr bewegen konnte. Er sah weder Fels noch Strand und wusste nicht mehr, in welcher Richtung er trieb. Um ihn brandete das Wasser, es war unter und über ihm, es nahm ihm die Sicht, es würgte ihn, es zog ihn in die Tiefe.

Unter den Nebelfetzen schwoll eine Woge an, die ihn packte, ein paarmal herumrollte und wie ein Stück Treibholz ans Ufer warf.

Hier blieb er liegen. Mit beiden Händen hielt er den Stab aus Eibenholz umklammert. Kleinere Wellen spülten über ihn hin. Sie zogen und zupften und versuchten ihn vom Sand herunter zurück ins Meer zu schwemmen. Über ihm teilte sich der Nebel und schloss sich wieder. Kurz darauf trommelten Hagel und Regen auf ihn nieder.

Lange Zeit lag er so, dann begann er sich zu regen. Auf Händen und Füßen kroch er langsam den Strand hinauf, weg vom Wasser.

Es war pechschwarz, doch er flüsterte zu seinem Stab, und ein kleines Werlicht flackerte auf an seinem Ende. Bei seinem Licht schleppte er sich mühsam vorwärts, die Düne hinauf. Er war so erschlagen, so erschöpft und so durchfroren, dass das Kriechen im nassen Sand, in der heulenden, vom Donner des Meeres erfüllten Dunkelheit das Allerschwerste war, was er je in seinem Leben getan hatte. Ein- oder zweimal war es ihm, als sterbe der Wind ab, und der nasse Sand unter seinen Händen zerfiel zu trockenem Staub. Er fühlte fremde Sterne regungslos auf seinen Rücken starren: Er aber hob seinen Kopf nicht, sondern kroch weiter, und nach einer Weile hörte er wieder seinen eigenen keuchenden Atem, und er spürte den eisigen Wind, der den Regen in sein Gesicht peitschte.

Die Bewegung brachte etwas Wärme in seinen Körper, und als er zwischen den Dünen kroch, wo die Regenstöße weniger heftig waren, gelang es ihm, sich emporzuziehen und auf seinen Beinen zu stehen. Er sprach ein stärkeres Werlicht an seinen Stab, denn die Welt war stockfinster. Mithilfe seines Stabes, auf den er sich stützte, bewegte er sich langsam vorwärts, und stolpernd und strauchelnd, mit vielen Pausen, legte er eine halbe Meile zurück. Schließlich stand er auf einer Düne und hörte das Meer so laut wie zuvor rauschen, aber nicht von hinten kam das Geräusch, sondern von vorne: Die Düne neigte sich gegen einen anderen Strand. Er war auf keiner Insel gelandet, sondern auf einem Felsenriff, auf einer Hand voll Sand inmitten des weiten Ozeans.

Er war zu erschöpft, um zu verzweifeln. Er schluchzte einmal kurz auf, dann stand er, auf seinen Stab gestützt, eine lange Zeit regungslos und verloren da. Schließlich wandte er sich nach links, damit er den Wind im Rücken habe, und setzte beharrlich einen Fuß vor den anderen. So bewegte er sich die Düne hinunter und hielt Ausschau nach einer kleinen Vertiefung im hohen, eisbehangenen Schilf, die ihm wenigstens etwas Schutz gewähren würde. Als er den Stab hochhielt, um besser zu sehen, fiel sein Auge auf etwas stumpf Glänzendes am Rande des Lichtkreises: eine Wand aus regennassem Holz.

Es war eine Hütte oder ein Verschlag, klein und wackelig, als ob es ein Kind gebaut hätte. Ged klopfte mit seinem Stab an die niedrige Tür. Sie wurde nicht geöffnet. Er stieß sie auf und trat ein. Er musste sich tief bücken, und selbst drinnen konnte er nicht aufrecht stehen. Kohlen glühten rot im Feuer, und in ihrem schwachen Licht sah Ged einen alten Mann mit langem weißem Haar, der sich angstvoll zusammenkauerte und gegen die Wand presste. Ein anderer, ob Mann oder Frau, konnte Ged nicht feststellen, spähte unter einem Haufen alter Lumpen und Felle auf dem Boden hervor.

»Ich tu euch nichts«, flüsterte Ged.

Doch sie antworteten nicht. Als er seinen Stab niederlegte, zog der unter den Lumpen seinen Kopf zurück und wimmerte. Ged streifte seinen vom Wasser und Eis schweren Umhang ab, zog sämtliche Kleidung aus und setzte sich nahe ans Feuer. »Gebt mir etwas zum Anziehen«, bat er. Er war heiser und konnte kaum sprechen, seine Zähne klapperten und lange Schauer schüttelten seinen Körper. Ob sie ihn verstanden hatten, wusste er nicht, keiner von beiden antwortete. Er streckte seine Hand aus und nahm einen Lumpen von der Bettstelle. Vor vielen Jahren mochte es einmal ein Ziegenfell gewesen sein, jetzt war es zerrissen und starrte vor Schmutz. Der unter den Lumpen stöhnte vor Angst, doch Ged kümmerte sich nicht darum. Er rieb sich trocken und flüsterte dann: »Habt ihr Holz? Schür das Feuer, Alter! Ich komme zu euch in großer Not. Ich tu euch nichts.«

Der alte Mann rührte sich nicht. Vor Angst gelähmt starrte er Ged an.

»Verstehst du mich nicht? Sprecht ihr nicht Hardisch?« Ged hielt inne, dann fragte er: »Kargisch?«

Bei diesem Wort nickte der alte Mann sofort, einmal nur, wie eine traurige, alte Marionette. Da es das einzige Wort war, das Ged in dieser Sprache kannte, nahm die Konversation ein endgültiges Ende. Er fand Holz, das an einer Wand gestapelt war, und legte selbst Scheite auf das Feuer. Dann gestikulierte er und bat um Wasser, denn es war ihm schlecht geworden von dem vielen Salzwasser, das er geschluckt hatte, und jetzt war seine Kehle ausgetrocknet. Sich krümmend deutete der Alte auf eine große Muschel, die Wasser enthielt, und schob Ged eine andere Muschel mit Streifen von geräuchertem Fisch zu. Ged aß und trank ein wenig, und als er etwas gestärkt war und wieder klar denken konnte, begann er zu überlegen, wo er sich befand. Selbst unter magischem Wind konnte er nicht bis in die Länder von Kargad gesegelt sein. Dieses Felsenriff musste im Außenbereich liegen, östlich von Gont, aber immer noch westlich von Karego-At. Es war seltsam, dass Leute so weit draußen wohnten, so einsam, auf einem Streifen Sand nur, aber er war zu erschöpft, um weiter darüber nachzudenken.

Ged hielt seinen Umhang von allen Seiten gegen das Feuer. Das silbrige Pellawifell trocknete rasch und sobald der Wollstoff außen wenigstens warm – wenn auch nicht trocken – war, wickelte er sich in seinen Umhang und streckte sich beim Feuer aus. »Legt euch hin, ihr armen Leute«, sagte er zu seinen schweigsamen Gastgebern, und seinen Kopf auf den Sandboden legend, schlief er sofort ein.

Drei Nächte verbrachte er auf diesem namenlosen Eiland, denn als er am ersten Morgen erwachte, tat ihm alles weh und er hatte Schüttelfrost. Wie ein Klotz aus Treibholz lag er den ganzen Tag und die kommende Nacht neben der Feuerstelle. Am anderen Morgen wachte er auf, steif und mit schmerzenden Gliedern, aber er war wenigstens nicht mehr krank. Er zog seine vom Salz verkrusteten Kleider wieder an, denn es gab nicht genügend Wasser, um sie zu waschen, und er trat hinaus in den grauen, windigen Morgen und ließ seine Blicke über diesen Ort schweifen, an den ihn der Schatten gelockt hatte.

Die Insel war nichts weiter als ein halb mit Sand bedecktes Stück Fels, höchstens eine halbe Meile breit und nicht viel mehr in der Länge; sie war umgeben von Sandbänken und Felsenriffen. Die Hütte stand in einer Vertiefung zwischen den Dünen. Der alte Mann und die alte Frau lebten hier ganz allein in der erbarmungslosen Öde des weiten Meeres. Die Behausung war aus großen und kleinen Treibholzstücken gebaut oder vielmehr zusammengestapelt, das Trinkwasser kam aus einem kleinen, brackigen Brunnen neben der Hütte. Sie ernährten sich von frischem und geräuchertem Fisch und Binsenkraut. Die zerrissenen Felle in der Hütte, die paar Nadeln und Angelhaken aus Bein und die Sehnen für Angel und Feuerbohrer stammten nicht von Ziegen, wie Ged ursprünglich angenommen hatte, sondern von Seehunden, denn dies war offensichtlich ein Ort, an dem Seehunde im Sommer ihre Jungen aufzogen. Sonst aber kam niemand hierher. Die beiden Alten fürchteten sich vor Ged, nicht weil sie glaubten, er sei ein Geist, oder weil er ein Zauberer war, sondern ganz einfach, weil er ein Mensch war. Sie hatten vergessen, dass es noch andere Menschen auf dieser Welt gab.

Die dumpfe Furcht des alten Mannes blieb bestehen.

Wenn Ged so nahe kam, dass er ihn berühren konnte, humpelte er davon, und unter seinem strähnigen, schmutzig weißen Haarschopf warf er böse Blicke auf Ged. Die alte Frau, die zuerst gewimmert und sich unter ihren Lumpen versteckt hatte, als Ged gekommen war, hockte sich dann neben ihn, als er im Fieberhalbschlaf in der Hütte lag, und warf ihm seltsame, sehnsüchtige Blicke zu. Etwas später brachte sie ihm Wasser in einer Muschel zum Trinken. Als er sich aber aufsetzte und das Wasser von ihr nehmen wollte, bekam sie Angst und verschüttete alles; dann begann sie zu weinen und wischte sich mit ihren langen, weißgrauen Haarsträhnen die Augen.

Jetzt schaute sie ihm zu, wie er drunten am Strand Treibholz und Bretter von seinem angeschwemmten Boot mit der primitiven Steinaxt des Mannes und mit Zauberformeln zu einem neuen Boot formte. Was er hier machte, war weder eine Reparatur noch ein Bootsbau, denn es fehlte ihm an richtigem Holz, und was er benötigte, musste er durch Zauberkunst herbeischaffen. Doch die alte Frau blickte weniger auf seine Arbeit als auf ihn, mit dem gleichen sehnsüchtigen Ausdruck in ihren Augen. Nach einer Weile verschwand sie und kam mit einem Geschenk zurück: einer Hand voll Miesmuscheln, die sie an den Felsen gesammelt hatte. Ged aß sie so, wie die Alte sie ihm gab – roh und noch nass vom Meerwasser, und er dankte ihr für ihre Gabe. Das schien ihr Mut zu geben und sie ging in die Hütte zurück und brachte ein Bündel, das in Lumpen gehüllt war. Ged nicht aus den Augen lassend, begann sie schüchtern das Ding auszuwickeln und hielt es in die Höhe.

Es war ein Kinderkleid aus Seidenbrokat, ganz mit Perlen besetzt, befleckt vom Salz und vergilbt von den Jahren. Die Perlen des kleinen Oberteils waren in einem Muster gestickt, das Ged kannte: der Doppelpfeil der göttlichen Brüder des Kargadreiches, und darüber war eine Königskrone.

Die alte Frau, die verrunzelt und schmutzig in einem schlecht genähten Seehundfell vor ihm stand, deutete auf das Kinderkleid, dann auf sich und lächelte, unschuldig und ohne Falsch, wie ein Kind. Aus einer geheimen Tasche, die in den Rock des Kleides eingenäht war, zog sie einen kleinen Gegenstand hervor und hielt ihn Ged hin. Es war ein Stück dunkles Metall, ein Schmuckstück, die Hälfte eines zerbrochenen Ringes. Ged schaute es an, aber sie ließ ihm keine Ruhe und war erst befriedigt, als er es annahm, dann nickte sie und lächelte wieder: Jetzt hatte sie ihm ein Geschenk gemacht. Doch das Kleid wickelte sie wieder sorgfältig in die Lumpenhülle und humpelte zur Hütte zurück, um das prächtige Gewand wieder zu verstecken.

Ged steckte den zerbrochenen Ring mit der gleichen Sorgfalt in sein Wams. Sein Herz war voll Mitleid. Jetzt ahnte er, wer diese beiden sein konnten: die Kinder irgendeines königlichen Hauses des Kargadreiches, die ein

Tyrann oder ein Usurpator, der Angst gehabt hatte, königliches Blut zu vergießen, auf dieser winzigen Insel, die auf keiner Karte verzeichnet war, ausgesetzt und sie dort, weit weg von Karego-At, ihrem Schicksal überlassen hatte. Das eine war ein acht- oder zehnjähriger Junge, das andere ein rundliches Baby, eine kleine, in Seide und Perlen gehüllte Prinzessin gewesen, und sie waren nicht gestorben, sondern hatten weitergelebt, allein und einsam, vierzig oder fünfzig Jahre lang, auf einem Felsen mitten im weiten Ozean – ein Prinz und eine Prinzessin der Trostlosigkeit.

Aber erst Jahre später, als Ged auf seiner Suche nach dem Ring von Erreth-Akbe in kargische Lande und zu den Gräbern von Atuan kam, wurde seine Vermutung bestätigt.

Geds dritte Nacht auf der Insel lichtete sich zu einem ruhigen, bleichen Sonnenaufgang. Es war der Tag der Wintersonnenwende, der kürzeste Tag des Jahres. Sein kleines Boot aus Holz und Magie, aus Abfall und Zauberformeln lag bereit. Er hatte versucht, die beiden Alten zu bewegen, mit ihm zu kommen. Er hätte sie gerne in ein anderes Land, nach Spevy, Gont oder Torriklen, mitgenommen, er hätte sie sogar an irgendeiner einsamen Küste von Karego-At abgesetzt, wenn sie ihn darum gebeten hätten, obwohl es für einen Bewohner des Inselreiches gefährlich war, sich in kargische Gewässer zu wagen. Aber sie wollten ihr unfruchtbares Inselchen nicht verlassen. Die alte Frau schien seine Gesten und seine ruhigen Worte nicht zu verstehen, der alte Mann verstand ihn und schüttelte hartnäckig den Kopf. Seine Erinnerung an andere Länder und andere Menschen bestand aus den Angstträumen eines Kindes: Träumen aus Blut, Riesen und Angstschreien. Ged konnte es in seinem Gesicht, in seinen Augen lesen, als er sich beharrlich weigerte mitzukommen.

So kam es, dass Ged an diesem Morgen, nachdem er einen Behälter aus Seehundfell mit Wasser gefüllt hatte, allein das Felsriff verließ. Da er den Alten für Feuer und Nahrung nicht danken und der alten Frau – wie er es so gerne getan hätte – kein Geschenk geben konnte, sprach er ein Zauberwort über die salzige, unzuverlässige Quelle. Daraufhin sprudelte das Wasser so hell, klar und frisch aus dem Sand hervor wie ein Bergquell auf Gont und versiegte nie. Aus diesem Grund ist die Insel heute in den Karten eingetragen und hat einen Namen: Die Seeleute nennen sie die Quelleninsel. Aber die Hütte steht nicht mehr und die zahllosen Winterstürme hinterließen keine Spuren von den beiden, die einst hier wohnten und einsam und verlassen starben.

Sie blieben in der Hütte und versteckten sich, als hätten sie Angst zuzuschauen, wie Ged sein Boot vom sandigen Südende der Insel aus ins Wasser schob und davonfuhr. Er ließ den Wind der Welt, der stetig aus dem Norden blies, seine Segel aus magischem Tuch füllen und segelte hurtig über die See davon.

Diese Seefahrt Geds war eine merkwürdige Angelegenheit. Wohl wusste er, dass er der Jäger war, aber er wusste nicht, was er jagte und wo in der Erdsee sich das, was er jagte, aufhielt. Er war gezwungen, sich auf sein Glück, sein Gefühl, seine Ahnung zu verlassen, auf die gleichen Eigenschaften, auf die sich auch das Wesen, das er verfolgte, verließ. Denn beide waren sie blind füreinander; Ged war unsicher, wenn er körperlose Schatten sah, der Schatten war verwirrt, wenn er im Tageslicht vor greifbaren Wesen und Dingen stand. Eine Gewissheit aber hatte Ged. Er war der Jäger und nicht der Gejagte, denn der Schatten, der ihn in die Felsen gelockt hatte, hätte ohne weiteres Besitz von ihm ergreifen können, als er bewusstlos und halb tot am Ufer lag und sich in der Dunkelheit im Sturm durch die Dünen schleppte, aber er hatte die Gelegenheit nicht wahrgenommen. Er hatte Ged ans Felsgestade gelockt und war dann geflohen; er hatte nicht gewagt sich Ged zu stellen. Aus diesem Verhalten entnahm Ged, dass Ogion Recht gehabt hatte: Der Schatten konnte ihm nichts von seiner Macht wegnehmen, solange er, Ged, sich gegen ihn wandte. Und das musste er auch weiterhin tun, nach ihm, hinter ihm her musste er jagen, obwohl die Fährte, die über die weite See führte, jetzt kalt war und obwohl er keine Anhaltspunkte hatte, die ihm den Weg weisen konnten. Nichts hatte er, außer dem Wind der Welt, der ihn südwärts trieb, und einer dunklen Ahnung, dass er sich südlich oder östlich halten musste.

Vor Sonnenuntergang sah er linker Hand ganz schwach die Küste eines riesigen Landes liegen. Das musste Karego-At sein. Er musste sich mitten in den Seewegen dieser weißen Barbaren befinden. Scharf spähte er aus, ob sich kein Langschiff oder keine Galeere in der Nähe befand, und als er durch den roten Sonnenuntergang segelte, erinnerte er sich wieder an seine Jugend und den ereignisreichen Morgen in Zehnellern, an die federgeschmückten weißen Krieger, das Feuer und den Nebel. Und als die Erinnerung dieses Tages mächtig in ihm wurde, erkannte er mit einem flauen Gefühl im Magen, dass der Schatten ihn mit seinen eigenen Tricks hereingelegt hatte, als er auf dem Meer den Nebel um ihn wob. Der Schatten hatte ein Ereignis aus seiner Jugend wiederholt: Er hatte die gefährlichen Felsen mit Nebel verdeckt, um ihn in den Tod zu locken.

Er behielt weiterhin südöstlichen Kurs bei und das Land versank am Horizont, als die Nacht sich über den Ostrand der Welt erhob. Die Wellentäler lagen im Schatten, während die Kämme im rötlichen Glanz des Westens schillerten. Ged sang laut die Winterhymne und alle Strophen, an die er sich erinnerte, von den *Taten des jungen Königs*, denn diese Lieder werden beim Fest der Wintersonnenwende gesungen. Seine Stimme war hell und klar, doch sie verlor sich in der Weite des schweigenden Meeres. Die Dunkelheit breitete sich rasch aus und die Sterne begannen zu funkeln.

Die ganze Nacht, die längste des Jahres, blieb er wach. Er sah die Sterne zu seiner Linken aufgehen, sich über ihn bewegen und weit entfernt im dunklen Meer zu seiner Rechten wieder versinken, während die anhaltenden Winde des Winters ihn südlich über die unsichtbare See trieben. Nur ganz kurz nickte er ab und zu ein, wachte aber immer sofort wieder auf, denn das Boot, in dem er segelte, war eigentlich gar kein Boot, sondern ein Gebilde aus Zaubertricks und Zaubersprüchen mit einigen Brettern und Treibholz dazwischen, die sich schnell auflösen und als Treibgut auf dem Wasser davonschwimmen würden, wenn seine formgebenden Zauberworte nicht dauernd erneuert worden wären. Auch das Segel würde nicht lange Leinwand bleiben, wenn er einschliefe, sondern wie eine kleine Wolke vom Wind davongepustet werden. Geds Zauberworte waren gut gewählt und mächtig, aber wenn die Materie gering ist, dann muss die Macht, die sie zusammenhält, dauernd erneuert werden: Und daher konnte er in der Nacht nicht schlafen. Es wäre einfacher gewesen, sich in einen Falken oder in einen Delfin zu verwandeln, und er wäre schneller vom Fleck gekommen, aber Ogion hatte ihn davor gewarnt, und er schätzte Ogions Rat. So segelte er südlich, unter den nach Westen ziehenden Sternen, und die lange Nacht verstrich langsam, bis endlich der erste Tag des neuen Jahres sein Licht übers Wasser ausbreitete. Bald nach Sonnenaufgang sah Ged Land vor sich liegen, aber er näherte sich ihm nur sehr langsam. Der Wind der Welt war fast abgestorben. Er rief einen leichten magischen Wind in sein Segel und ließ sich auf die Küste zutreiben. Beim Anblick des Landes hatte sich die Furcht wieder in sein Herz geschlichen, das wachsende Grauen, das ihn zum Fliehen, zum Weglaufen trieb. Aber er folgte diesem Grauen, wie der Jäger einer Spur folgt, den breiten, wuchtigen, klauenbewehrten Abdrücken eines Bären, der jeden Augenblick aus dem Dickicht brechen konnte. Er wusste, dass sein Feind nahe war: Er spürte es.

Das Land, das er immer deutlicher vor sich liegen sah, hatte seltsame Konturen. Was von der Ferne wie eine große, steile Felsküste ausgesehen hatte, entpuppte sich beim Näherkommen als eine Anzahl steiler Felsen, einzelne Inseln vielleicht, die durch schmale Meeresstraßen getrennt waren. Ged hatte im Einsamen Turm bei Meister Namengeber viele Landkarten und Seekarten studiert, aber sie waren meist vom Inselreich und Innenmeer gewesen. Jetzt befand er sich aber im Ostbereich und diese Inseln waren ihm unbekannt. Doch das kümmerte ihn wenig. Das Fürchterliche versteckte sich dort, es wartete auf ihn, irgendwo an den Hängen und in den Wäldern der Insel, und er steuerte direkt darauf zu.

Jetzt ragten die von Wald gekrönten Klippen hoch über ihm auf, und die Gischt der an die Felsen brandenden Wellen zerstob an seinem Segel, als ihn der magische Wind zwischen zwei Vorgebirgen hindurch in eine Art Bucht trieb, die sich lang und schmal, nicht breiter als zwei Galeeren, tief ins Innere des Landes erstreckte. Das Meer, beengt und bedrängt von den Klippen, schlug ungestüm gegen die steilen Felswände. Kein Strand war zu sehen, denn die Felsen fielen steil ab ins Meer, das im kalten Schatten der hohen Felsen schwarz vor Ged lag. Kein Wind regte sich, kein Laut war zu hören.

Der Schatten hatte ihn in Osskil aufs Meer gelockt, im Nebel hatte er ihn zwischen die Felsen geführt, wär dies hier der dritte Trick? Hatte er, Ged, den Schatten hierher getrieben oder hatte der Schatten ihn in eine Falle gelockt? Ged wusste es nicht. Er litt nur unter dem Entsetzen und dem Grauen, das ihn folterte, und er wusste, dass er nicht aufgeben konnte, dass er vollenden musste, was er angefangen hatte: Dem Bösen musste er nachjagen, dem Entsetzlichen musste er bis zu seinem Ursprung folgen. Ganz vorsichtig steuerte er sein Boot, nach allen Richtungen hielt er Ausschau, seine Blicke glitten aufmerksam die Felswände auf und ab. Das Sonnenlicht des jungen Morgens lag hinter ihm auf der offenen See. Hier war alles dunkel. Die Öffnung zwischen den Vorgebirgen lag wie ein fernes, helles Tor weit hinter ihm. Die Felswände wurden höher, als er sich dem Berg näherte, von dem sie ihren Ursprung nahmen, und die Bucht wurde schmaler und schmaler. Er spähte in die dunkle Kluft vor sich und blickte links und rechts auf die steilen, von Felsbrocken übersäten und von Höhlen vernarbten Abhänge, an die sich knorrige Bäume klammerten, deren Wurzeln halb in der Luft hingen. Nichts rührte sich. Er hatte das Ende der Bucht erreicht. Das Meer, das hier nicht breiter als ein Bach war, schlug in kleinen, schwachen Wellen gegen eine hohe, leere, schrundige Felswand. Heruntergestürzte Felsen, verfaulte Baumstämme und die Wurzeln knorriger Bäume ließen nicht viel Raum zum Steuern. Es war eine Falle, eine dunkle Falle unter den Wurzeln des schweigsamen Berges, und er saß mittendrin. Nichts rührte sich vor ihm oder über ihm. Alles war totenstill. Er konnte nicht mehr weiter.

Vorsichtig wendete er das Boot – mit Zauberspruch und Ruder arbeitend, damit es nicht an einem vom Wasser verdeckten Felsen zerschelle oder an einer der Wurzeln oder einem der Zweige hängen bleibe –, bis er wieder dorthin schaute, woher er gekommen war. Er war gerade im Begriff, einen magischen Wind in sein Segel zu rufen, als die Worte auf seinen Lippen erstarben und das Herz in seiner Brust eiskalt wurde. Er blickte über die Schulter: Der Schatten stand hinter ihm im Boot.

Hätte er eine Sekunde gezögert, so wäre er verloren gewesen. Aber er war bereit. Er warf sich auf das Wesen, das in Armeslänge unbestimmt vor ihm wankte, um es zu packen und festzuhalten. Keine Zauberkraft konnte ihm jetzt helfen, nur seine eigene Stärke, sein eigenes Leben gegen das Unlebendige. Er sprach kein Wort, sondern stürzte sich darauf, das Boot rollte und schlingerte unter der plötzlichen Bewegung. Ein stechender Schmerz durchlief seinen Arm, erfüllte seine Brust und nahm ihm den Atem. Eiseskälte ergriff seine Glieder und er sah nichts mehr: Doch seine Hände, die nach dem Schatten gegriffen hatten, hielten nichts – nur Dunkelheit, nur Luft.

Er strauchelte und ergriff den Mast, um sich festzuhalten. Licht schoss zurück in seine Augen. Er sah, wie der Schatten vor ihm zurückschauderte und zusammenschrumpfte, dann wuchs er wieder an und streckte sich aus, riesig, über das Segel hinaus, aber nur einen Augenblick lang, dann ballte er sich wie schwarzer Rauch im Wind zusammen und floh, eine formlose Masse, übers Meer, auf den hellen Spalt zwischen den Felsen zu.

Ged fiel auf die Knie. Das kleine, aus Zauberworten geflickte Boot schwankte noch einmal, dann schaukelte es sich allmählich aus, bis es still lag und auf den ruhelosen Wassern dahintrieb. Er sank in sich zusammen, betäubt, halb bewusstlos, nach Atem ringend, bis er kaltes Wasser unter seinen Händen spürte, das ins Boot gedrungen war und ihn mahnte, seine inzwischen schwach gewordenen Zauberformeln zu erneuern. Er stand auf und hielt sich am Stab fest, er wirkte seine Bindeformeln, so gut er es vermochte. Er war durchfroren und todmüde, seine Hände und Arme schmerzten und er fühlte, dass er keine Kraft mehr besaß. Er sehnte sich danach, sich niederzulegen, tief unten, wo sich Berg und Meer trafen, und zu schlafen, immerfort zu schlafen, dort unten auf dem ewig schaukelnden Wasser.

Es war ihm nicht möglich festzustellen, ob seine Erschöpfung von dem vor ihm fliehenden Schatten ausging oder ob sie von der eisigen Berührung herrührte oder ob sie ganz einfach von Hunger, dem Verlangen zu schlafen und der Kraftlosigkeit kam, aber gleichgültig, woher sie stammte, er kämpfte dagegen an und zwang sich, einen leichten magischen Wind aufzubringen und dem Schatten über die schmale, dunkle Bucht zu folgen, durch die er geflohen war.

Aller Schrecken war vorbei, alle Freude war vergangen. Die Jagd war vorüber. Er war kein Verfolger und kein Verfolgter mehr. Zum dritten Mal waren sie zusammengestoßen und hatten sich berührt. Er hatte sich aus eigenem Antrieb gegen den Schatten gewandt und versucht ihn zu ergreifen und festzuhalten. Nun bestand zwischen ihnen ein unzerreißbares Band, eine Verbindung, die keine schwache Stelle besaß. Er brauchte dem Schatten nicht mehr nachzujagen, er musste seine Fährte nicht mehr suchen, auch der Schatten konnte nicht mehr davoneilen. Keiner von beiden konnte entfliehen. Zeit und Ort ihres letzten Zusammentreffens waren bestimmt, und wenn sie wieder aufeinander trafen, würde es zum letzten Kampf kommen.

Aber bis zu dem Zeitpunkt gab es keinen Frieden für Ged, weder bei Tag noch bei Nacht, weder auf dem Land noch auf der See. Jetzt wusste er, und das Wissen war bitter, dass seine Aufgabe nicht darin bestand, das, was er getan hatte, wieder gutzumachen, sondern das, was er begonnen hatte, zu vollenden.

Er segelte durch das dunkle Felsentor hinaus aufs Meer, auf dem der helle, weite Morgen lag.

Er trank das restliche Wasser, das noch im Seehundfell war, und steuerte um das westliche Vorgebirge herum und in eine breite Meeresstraße hinein, die das Vorgebirge von einer zweiten Insel weiter westlich trennte. Jetzt wusste er, wo er sich befand. Er erinnerte sich an die Seekarten des Ostbereiches. Dies hier waren die Hände, zwei Inseln, die ihre gebirgigen Finger nach Norden gegen Kargad streckten. Zwischen den beiden Inseln segelte er, und als sich gegen Nachmittag Wetterwolken im Norden zusammenzogen, ging er an der Südküste der westlichen Insel an Land. Er hatte ein kleines Dorf erspäht, das oberhalb des Strandes an einem Bach lag, der munter den Berg herunterplätscherte und sich in die See ergoss. Es war ihm gleichgültig, wie man ihn dort aufnahm. Er sehnte sich nur nach frischem Wasser, der Wärme des Feuers und nach Schlaf.

Die Dorfbewohner waren einfache, schlichte Leute, beeindruckt vom Zauberstab, misstrauisch jedem Fremden gegenüber, aber gastfreundlich zu einem, der allein übers Meer zu ihnen kam und vor einem Sturm Schutz suchte. Sie boten ihm Fleisch und Trank an, so viel er wollte, und sie gaben ihm einen Platz am Feuer, sprachen mit ihm in seiner eigenen Sprache, und was am allerbesten war, sie gaben ihm heißes Wasser, das die Kälte aus seinen Gliedern und das Salz von seiner Haut wusch, und sie bereiteten ihm ein Bett für die Nacht.

Iffisch

Ged verbrachte drei Tage in dem Dorf auf der Westhand, während deren er sich erholte und ein Boot fertig machte, diesmal nicht aus Treibholz und Zauberworten, sondern aus gutem Holz, das fest gefügt und abgedichtet war, das einen starken Mast mit einem Segel aus echter Leinwand hatte, das sich leicht segeln ließ und in dem er, wenn es Not tat, auch schlafen konnte. Wie fast alle Boote des Nordens war es klinkergebaut, mit sich überlappenden Planken, die dem Boot Stärke verliehen, sodass es auch auf hoher See gesegelt werden konnte; alles an dem Boot war gut und sorgfältig gezimmert. Ged verstärkte es mit magischen Worten, die er tief ins Holz einwob, denn er vermutete, dass er weit darin würde segeln müssen. Es war groß genug für zwei oder drei Erwachsene und der frühere Besitzer erzählte, dass das Boot ihn und seine Brüder auf hoher See und durch schwere Stürme sicher getragen hatte.

Ganz im Gegensatz zu dem habgierigen Fischer auf

Gont hatte dieser alte Mann, aus Ehrfurcht vor Geds Zauberkunst, ihm das Boot geschenkt. Doch Ged entschädigte ihn auf eines Zauberers eigene Weise: Er heilte ihn vom grauen Star, der ihm schon viel von seinem Sehvermögen geraubt hatte. Der alte Mann, dankbar und hocherfreut, sagte zu Ged: »Wir tauften das Boot *Sanderling*, Sie aber müssen es *Weitblick* nennen und auf jede Seite des Bugs ein Auge malen, und mein Dank wird aus dem blinden Holz aufs Meer blicken und wird Sie vor Fels und Riff bewahren. Denn ich habe ganz vergessen, wie hell und licht die Welt ist, und Ihnen habe ich es zu verdanken, dass mir das Licht wiedergeschenkt wurde.«

Als Ged seine Macht wieder zurückkehren fühlte, vollbrachte er noch andere magische Werke in dem Dorf, das am Fuße des steil ansteigenden Waldes der Insel lag. Diesen Menschenschlag kannte er: Sie waren nicht viel anders als die Leute des Nordtales in Gont, unter denen er aufgewachsen war, nur vielleicht noch ärmer. Er fühlte sich wohl unter ihnen, wohler, als er sich je an den Höfen der Reichen fühlen würde. Er wusste, wo sie der Schuh drückte, er brauchte nicht viel zu fragen. Über die Siechen und die kranken Kinder wob er die Formel des Heilens und des Schutzes, die kümmerlichen Schaf- und Ziegenherden bedachte er mit magischen Worten der Fruchtbarkeit, den Spinnrädern und Webstühlen, den Rudern und anderen Werkzeugen gab er die Rune Simm, damit sie ihre Arbeit gut verrichteten, in die Dachbalken der Hütten ritzte er die Rune Pirr, die das Haus und seine Bewohner vor Feuer, Wind und Wahnsinn schützt.

Als sein Boot *Weitblick* bereitlag und mit Wasser und geräuchertem Fisch wohl versehen war, blieb er noch einen Extratag, um dem jungen Dorfsänger die *Taten von Morred* und die Havnor-Lieder beizubringen. Es kam selten vor, dass ein Schiff des Inselreiches an den Händen anlegte: Lieder, die vor hundert Jahren gedichtet worden waren, waren den Dorfbewohnern neu, und sie waren begierig, von Heldentaten zu hören. Wäre Ged frei gewesen, so hätte er gerne eine Woche oder einen Monat unter ihnen geweilt und ihnen alles vorgesungen, was er kannte, damit die berühmten Gesänge auf einer neuen Insel heimisch würden. Aber er war ja nicht frei, und am folgenden Morgen zog er sein Segel hoch und verließ die Insel in südlicher Richtung. Er begab sich hinaus auf das weite, leere Meer des Außenbereiches, denn der Schatten war nach Süden geflohen. Es bedurfte keiner Findeformel, er war sich dessen so gewiss, als spule sich eine Schnur ab zwischen ihnen, die sie beide verband, egal wie viele Meilen, welche Länder und Meere zwischen ihnen lagen. So segelte er dahin, ohne Eile und ohne Hoffnung, auf einem Weg, den er nicht vermeiden konnte, und der Winterwind trug ihn nach Süden.

Einen Tag und eine Nacht lang segelte er über das einsame Meer. Am zweiten Tag kam er an eine kleine Insel, die von den Einwohnern dort Vemisch genannt wurde.

Die Leute am Hafen betrachteten ihn argwöhnisch und ihr Zauberer kam eilenden Schrittes herbeigelaufen. Er sah Ged prüfend an, dann verneigte er sich und sagte in anmaßendem und zugleich bittendem Ton: »Mein Herr Zauberer! Verzeihen Sie mir die kühnen Worte, aber tun Sie uns den Gefallen und nehmen Sie, was wir Ihnen zu bieten haben – Nahrung, Trank, Leintuch, Seile –, meine Tochter ist gerade unterwegs und wird Ihnen ein paar gebratene Hühner ins Boot legen, doch ich erachte es für weise, wenn Sie gleich, sobald es Ihnen genehm ist, weitersegeln. Die Leute hier sind etwas in Aufruhr, denn vor kurzem, vorgestern, genauer gesagt, beobachteten einige unter ihnen, wie ein Mensch unsere Insel von Norden nach Süden zu Fuß durchquerte. Sie sahen kein Boot, das ihn hierher brachte, und auch keines, das ihn wieder fortnahm, und man will gesehen haben, dass er keinen Schatten warf. Und diejenigen, die ihn sahen, fanden, dass er Ihnen ähnlich sei.«

Als er dies vernahm, senkte Ged sein Haupt, kehrte um und ging zurück zu den Piers von Vemisch und segelte davon ohne zurückzublicken. Es war nicht nötig, die Inselbewohner noch mehr zu erschrecken und sich ihren Zauberer zum Feind zu machen. Lieber verbrachte er die Nacht auf See und dachte darüber nach, was der Zauberer ihm gesagt hatte, denn diese Nachricht war ihm selbst ein großes Rätsel.

Der Tag endete und die Nacht brachte einen kalten Regen, der leise wispernd ins Wasser fiel und den beginnenden Morgen in graues Dämmerlicht hüllte. Noch immer blies der Wind sachte aus dem Norden und trug *Weitblick* weiter nach Süden. Am Nachmittag hörte es auf zu regnen, der Nebel verflüchtigte sich und die Sonne schien ab und zu zwischen den Wolken. Am Spätnachmittag sah Ged rechts von seinem Kurs die niedrigen blauen Berge einer großen Insel liegen, die im wechselnden Licht der Wintersonne lag. Der blaugraue Rauch zahlreicher Herdfeuer schlängelte sich über die Schieferdächer der kleinen Städte, die zwischen den Hügeln lagen, ein friedlich-fröhliches Bild in der endlosen Monotonie des weiten Meeres.

Ged folgte einer Fischerflottille in den Hafen, und als er im goldenen Abendlicht die Straßen in die Stadt hinaufstieg, fand er einen Gasthof »Zum Herreki«, wo ein lustig flackerndes Feuer, Bier und geröstete Lammrippchen sein Herz und seinen Körper erwärmten. An den Tischen saßen Reisende, Kaufleute und Händler des Ostbereiches, aber die meisten Männer waren in der Stadt ansässig und kamen hierher, um ihr Bier zu trinken und Neuigkeiten auszutauschen. Sie waren nicht rau und schüchtern wie die Inselbewohner der Hände, sondern ebenso aufgeweckte wie bedächtige Bürger. Zweifellos hatten sie Ged als einen Zauberer erkannt, aber niemand sprach ihn daraufhin an. Nur der Besitzer erwähnte beiläufig (er redete unaufhörlich), dass diese Stadt hier, die im Übrigen Ismay heiße, unvergleichliches Glück habe, denn sie besitze einen Schatz, den sie allerdings mit den anderen Städten auf der Insel teilen müsse, und zwar habe sie einen wirklich hervorragenden Zauberer, der auf der Insel der Weisen, auf Rok selbst, ausgebildet worden sei und der seinen Stab vom Erzmagier persönlich erhalten habe, der zwar zurzeit nicht in der Stadt sei, aber sonst hier in Ismay wohne, in einem Haus, das schon lange im Besitz der Familie sei, dass die Stadt also bereits wohl versorgt und für einen, der auch in den hohen Künsten bewandert sei, nicht der richtige Ort sei. »Wie man so sagt, zwei Stäbe streiten stetig in einer Stadt, hab ich nicht Recht?«, sagte der Wirt freundlich lächelnd. Jetzt wusste Ged, dass er als wandernder Zauberer, der von Ort zu Ort ziehend sich seinen Unterhalt durch Zaubereien und Kunststücke verdiente, hier nicht erwünscht war. In Vemisch hatte man ihn ziemlich unumwunden abgewiesen, und hier in Ismay ging es ihm nicht viel besser. Er begann an der sprichwörtlichen Gastfreundschaft des Ostbereiches zu zweifeln. Die Insel hieß Iffisch, und Vetsch, sein Freund, war hier geboren. Aber so gastfrei, wie er sie beschrieben hatte, schienen die Einwohner der Insel doch nicht zu sein.

Als er um sich blickte, musste er feststellen, dass die Gesichter im Allgemeinen freundlich und gutmütig aussahen. Aber sie spürten, was er mit Gewissheit wusste: Er stand abseits von ihnen, er gehörte nicht zu ihnen, Unheil lastete auf ihm und er folgte einer dunklen Macht. Er war wie ein kalter Wind, der diesen vom Feuer erwärmten

Raum abkühlte, er war der schwarze Vogel, den ein Sturm aus fremden Landen hierher verschlagen hatte. Je früher er weiterzog und sein dunkles Schicksal mit sich nahm, desto besser für die Leute hier.

»Ich bin auf der Suche nach etwas«, sagte er zu dem Wirt. »Ich bleibe nur ein oder zwei Nächte hier.« Seine Stimme klang niedergeschlagen. Der Wirt verstummte und warf einen Blick auf den großen Stab, der in der Ecke des Raumes lehnte. Dann füllte er Geds Glas mit dem braunen Bier, bis der Schaum überlief.

Ged wusste, dass er nicht länger als eine Nacht in Ismay bleiben konnte. Er war hier nicht willkommen, nirgends war er willkommen. Dorthin musste er gehen, wohin sein Schicksal ihn trieb. Aber er hatte genug von der kalten, leeren See, von der Stille, in der es keine Stimmen gab, die mit ihm sprachen. Er nahm sich vor, einen Tag auf Ismay zu bleiben, morgen würde er weiterziehen. Er stand nicht sofort auf, als er aufwachte. Draußen schneite es leicht und er wanderte ziellos durch die Straßen und über die Plätze der Stadt, er sah den Leuten zu, die geschäftig bei der Arbeit waren, er beobachtete Kinder, die in pelzgefütterten Umhängen steckten und Schneeberge und Schneemänner bauten, er hörte, wie die Hausfrauen, unter ihren Türen stehend, sich über die Straße miteinander unterhielten, er sah einem Bronzeschmied zu, der über der Schmelzgrube arbeitete, während ein kleiner Junge, hochrot im Gesicht und schwitzend vor Anstrengung, den Blasebalg bediente.

Durch die Fenster, die in der frühen Dämmerung von innen beleuchtet wie rötliches Gold glänzten, sah er Frauen in der Wärme ihrer anheimelnden Stuben an ihren Webstühlen sitzen, die ab und zu lächelnd einen Blick auf Mann und Kind warfen oder mit ihnen sprachen. All dies sah er, ausgeschlossen und allein draußen in der Kälte stehend, und sein Herz wurde ihm schwer, doch er wollte nicht zugeben, dass er traurig war. Es wurde Nacht und noch immer wanderte er durch die Straßen und schob seine Rückkehr ins Wirtshaus hinaus. Er hörte einen Mann und ein Mädchen miteinander scherzen und an ihm vorbei auf den Marktplatz zugehen, und plötzlich drehte er sich um, denn er hatte die Stimme des Mannes erkannt.

Er ging den beiden nach, um sie einzuholen, und bald war er neben ihnen. Im späten Dämmerlicht war er nur schwach von entfernten Laternen beleuchtet. Das Mädchen wich einen Schritt zurück, aber der Mann starrte ihn an, dann riss er den Stab hoch und hielt ihn zwischen sich und den Fremden, als Schranke gegen das Böse und um Unheilvolles abzuwehren. Das war mehr, als Ged ertrug, seine Stimme brach, als er sagte: »Ich dachte, du würdest mich erkennen, Vetsch.«

Selbst jetzt zögerte Vetsch noch einen Augenblick.

»Gewiss kenne ich dich«, sagte er und senkte seinen Stab, dann ergriff er Geds Hände und legte seinen Arm um Geds Schulter, »... natürlich kenne ich dich! Willkommen, mein Freund, willkommen! Was für ein schlechter

Empfang, als ob du ein Geist wärst, der sich von hinten heranschleicht – und ich habe auf dich gewartet und habe so nach dir Ausschau gehalten ...«

»Dann bist du also der Zauberer, auf den sie hier so stolz sind in Ismay? Ich habe mich gewundert ...«

»O ja, ich bin ihr Zauberer, aber hör mir erst zu, ich will dir erzählen, warum ich dich nicht gleich erkannte, mein Junge. Vielleicht habe ich zu sehr auf dich gewartet und nach dir Ausschau gehalten. Vor drei Tagen – warst du vor drei Tagen in Iffisch?«

»Ich bin gestern gekommen.«

»Vor drei Tagen habe ich dich in Quor, das ist ein Dorf in den Bergen da oben, gesehen. Das heißt, es war eine Gestalt, die deiner ähnlich war, vielleicht dein Doppelgänger. Er lief vor mir her, aus dem Dorf hinaus, und er bog gerade in eine Straße ein, als ich ihn sah. Ich rief, doch er antwortete nicht, ich ging ihm nach, doch ich fand niemanden, ich sah auch keine Spuren, aber der Boden war gefroren. Es war ganz seltsam, und als ich dich jetzt so aus dem Schatten hervortreten sah, glaubte ich, es sei wieder eine Täuschung. Verzeih, Ged, es tut mir Leid!« Er redete Ged mit seinem wahren Namen an, aber so leise, dass das Mädchen, das ein wenig abseits stand, ihn nicht hören konnte.

Ged antwortete, ebenso leise, weil er den wahren Namen seines Freundes aussprach: »Das macht nichts, Estarriol. Aber das hier bin ich, und ich bin froh, dich wieder zu sehen.«

Vetsch hörte in seiner Stimme mehr als nur die Freude über ihr Wiedersehen. Er hielt Ged noch immer an der Schulter fest und sagte jetzt in der Ursprache: »Mit Sorgen und aus der Dunkelheit kamst du, Ged, doch dein Kommen bringt Freude in mein Herz.« Dann fuhr er in Hardisch, mit seinem Ostbereichakzent fort: »Komm, komm mit uns, wir sind auf dem Heimweg, es wird Zeit, dass wir aus der Dunkelheit herauskommen! – Das ist meine Schwester, die Jüngste in der Familie, hübscher als ich, wie du selbst sehen kannst, dafür weniger klug: Sie heißt Jarro. Jarro, das ist der Sperber, der Beste von uns allen und mein Freund.«

»Herr Zauberer«, sagte das Mädchen und begrüßte ihn, indem sie höflich den Kopf neigte und ihre Augen mit den Händen bedeckte, wie es Sitte ist unter den Frauen des Ostbereiches. Als sie ihre Hände hob, sah sie Ged aus hellen Augen schüchtern und auch etwas neugierig an. Sie musste ungefähr vierzehn Jahre alt sein; sie war so dunkel wie ihr Bruder, nur viel schmaler und zierlicher. Auf ihrem Ärmel hielt sich ein geflügelter Drache, nicht länger als eine Hand, mit seinen Krallen fest.

Zusammen gingen sie im Dämmerlicht die Straße hinunter, und Ged sagte, als sie nebeneinander herschritten: »Von den Frauen in Gont sagt man, dass sie mutig seien, aber ich habe dort noch kein Mädchen gesehen, das einen Drachen als Armband trug.«

Jarro musste daraufhin lachen und sie antwortete: »Das

ist doch nur ein Harreki, gibt es auf Gont denn keine Harrekis?« Dann wurde sie wieder schüchtern und bedeckte ihre Augen.

»Nein, aber es gibt auch keine Drachen. Ist dies Geschöpf denn kein Drache?«

»Nur ein kleiner, der in Eichen wohnt und Wespen und Würmer und Spatzeneier frisst – aber er wird nie größer werden. Oh, mein Bruder hat mir oft von dem kleinen wilden Tier erzählt, das Sie hatten, von dem Otak – haben Sie ihn noch?«

»Nein, ich habe ihn nicht mehr.«

Vetsch schaute ihn fragend an, aber er sagte nichts, erst viel später erfuhr er es, als sie beide allein an der aus Steinen gebauten Feuerstelle in Vetschens Haus saßen.

Obgleich er der oberste Zauberer auf der ganzen Insel Iffisch war, zog es Vetsch vor, hier in Ismay, in dieser kleinen Stadt, wo er geboren war, zusammen mit seinem jüngeren Bruder und seiner Schwester zu wohnen. Sein Vater war ein wohlhabender Überseekaufmann gewesen und das Haus war geräumig, aus starken Balken gebaut, und man sah den Wohlstand an den feinen Töpferwaren, den schönen gewebten Behängen und Decken, den Gefäßen aus Bronze und Messing, die auf geschnitzten Brettern und Truhen standen. In einer Ecke des großen Raumes stand eine mächtige taonische Harfe und in einer anderen Ecke stand Jarros Webstuhl, dessen hoher Rahmen mit Elfenbein eingelegt war. Man merkte, dass Vetsch trotz seines einfachen, biederen Wesens ein gar mächtiger Zauberer und Herr über einen stattlichen Haushalt war. Außer ihm gab es ein paar ältere Bedienstete, denen man ansah, dass es ihnen in diesem Haus wohl erging; dann waren noch sein jüngerer Bruder, ein munterer Knabe, und Jarro da, die sie flink und schweigsam wie ein kleiner Fisch beim Abendessen bedient hatte und auch mit ihnen gegessen hatte; sie war ihrer Unterhaltung aufmerksam gefolgt, später aber war sie in ihr eigenes Zimmer verschwunden. Alles hier war gediegen und friedlich und sicher. Ged blickte in dem vom Feuer erhellten Raum umher und seufzte: »So sollte man leben.«

»Ja, das ist eine Art zu leben, es gibt auch andere. Aber jetzt, mein Junge, erzähl mir, was du erlebt hast, seit wir uns das letzte Mal – zwei Jahre sind es jetzt schon her – gesehen haben, und was dich hierher geführt hat. Und sag mir, warum du herumfahren musst, denn ich merke wohl, dass du nicht lange hier verweilen wirst.«

Ged erzählte ihm alles, und als er geendet hatte, blieb Vetsch lange nachdenklich sitzen, ohne zu reden. Dann sagte er: »Ich werde dich begleiten, Ged.«

»Nein.«

»Doch, ich komme mit.«

»Nein, Estarriol, nicht über dir hängt dieses Unheil, nicht dir ist es auferlegt. Ich werde es allein vollenden, ich will nicht, dass ein anderer dadurch zu Schaden kommt – und du am allerwenigsten, denn du warst es, der damals, ganz am Anfang, versucht hatte meiner Hand Einhalt zu gebieten, Estarriol …«

»Stolz war schon von jeher dein vorherrschendstes Merkmal«, sagte sein Freund lächelnd, als handle es sich um eine Kleinigkeit. »Denk so: Es ist dein Schicksal, deine Aufgabe. Das steht fest, aber wenn es misslingt, sollte dann nicht einer da sein, der die Botschaft ins Inselreich trägt? Denn der Schatten wäre dann eine furchtbare Bedrohung. Und wenn du dieses Unding bezwingst, sollte nicht ein Zeuge da sein, der es im Inselreich verbreiten kann, damit dieser Tag gewürdigt und besungen wird? Ich weiß, dass ich dir nicht helfen kann, aber ich glaube, dass ich mitgehen sollte.«

Vetsch redete so überzeugend, dass Ged schließlich nachgab, aber er sagte: »Ich hätte heute nicht hier bleiben sollen. Ich habe es geahnt, aber ich blieb trotzdem.«

»Zauberer treffen sich nicht durch Zufall, mein Junge«, sagte Vetsch. »Und überhaupt, du hast es ja selbst gesagt, ich war ganz am Anfang dabei, und deswegen ist es nicht mehr als recht und billig, dass ich auch am Ende dabei bin.« Er legte neues Holz auf, und beide saßen da und blickten in die Flammen.

»Von einem habe ich seit jener Nacht auf dem Hügel von Rok nie mehr gehört und es hat mir der Mut gefehlt, jemanden nach ihm zu fragen: Ich meine Jasper.«

»Er hat nie den Stab erworben. Er hat im gleichen Sommer noch Rok verlassen und ging nach der Insel O als Zauberer des fürstlichen Haushalts von O-Tokne. Mehr weiß ich auch nicht.«

Wieder schwiegen sie, schauten in die Flammen und waren um die Wärme an ihren Beinen und Gesichtern froh, denn draußen war es bitterkalt. Sie rückten auf der breiten Steineinfassung noch näher ans Feuer, sodass ihre Füße fast die glimmenden Scheite berührten.

Schließlich sprach Ged leise: »Etwas fürchte ich, Estarriol. Ich fürchte es sogar noch mehr, wenn du mitgehst, als wenn ich allein ginge. Dort, in den Händen, in der schmalen Bucht, als ich mich dem Schatten zuwandte, war er nur eine Armeslänge weit weg von mir, und ich packte ihn – oder versuchte ihn zu packen. Und da war nichts, was ich halten konnte. Ich konnte ihn nicht überwältigen. Er floh, ich folgte. Und das kann wieder passieren, und immer wieder. Ich habe keine Macht über das Wesen. Und vielleicht ist am Ende kein Tod, kein Sieg, vielleicht gibt es nichts, was man besiegen kann, vielleicht gibt es kein Ende, vielleicht muss ich bis an mein Lebensende von Meer zu Meer, von Insel zu Insel eilen, auf einer ewigen, nutzlosen Jagd, auf der Jagd nach einem Phantom.«

»Hinweg!«, sagte Vetsch und führte mit der linken Hand die Geste aus, die die soeben ausgesprochene, schreckliche Möglichkeit beiseite wischen sollte. Trotz des Ernstes der Situation musste Ged insgeheim lächeln. Unter Kindern war diese Geste beliebt, erwachsene Zauberer bedienten sich ihrer selten, aber Vetsch hatte schon immer etwas Einfaches, Kindliches an sich gehabt und doch war er klug und gewitzt und traf immer den Nagel auf den Kopf. Jetzt sagte er: »Das ist ein schlimmer Gedanke und hoffentlich ein falscher. Ich glaube eher, dass ich auch das Ende von dem sehen werde, dessen Anfang ich sah. Irgendwie wirst du herausfinden, was es ist, sein Wesen, seine Art. Und dann kannst du es festhalten und überwinden. Doch es wird schwierig sein, herauszubekommen, was es ist ... Aber etwas verstehe ich nicht und es macht mir Sorgen. Es scheint, dass der Schatten jetzt in deiner Gestalt umhergeht oder zumindest in einer dir ähnlichen Gestalt. In Vemisch haben sie es gesehen, und ich habe es hier auf Iffisch ja selbst gesehen. Wie ist das möglich, und warum hat er das damals, als ihr noch im Inselreich wart, nicht getan?«

»Wie man so sagt: *In Außenbereichen gelten andere Gesetze.*«

»Das stimmt, da ist viel Wahres dran, das kann ich dir sagen. Auf Rok habe ich manch guten Zauberspruch gelernt, der hier überhaupt nicht wirkt, und andere gehen schief, und dann gibt es hier wieder Zaubersprüche, von denen ich auf Rok nie etwas gehört habe. Jedes Land hat seine eigenen Mächte, und je weiter man sich von den Ländern des Innenmeeres entfernt, desto schwerer wird es, herauszufinden, welcher Macht sie entspringen. Aber ich glaube nicht, dass dies der einzige Grund ist, der diese Änderung des Schattens bewirkt.«

»Ich glaube es auch nicht. Seit ich nicht mehr versuche, ihm zu entfliehen, und seit ich ihn verfolge und ihm meinen Willen aufzwinge, seither fängt er an, in meiner Gestalt einherzugehen; gleichzeitig hindert ihn das aber, mir meine Macht zu entwinden. Alles, was ich tue, findet sein Echo in ihm: Er ist mein Geschöpf.«

»In Osskil hat er dich bei deinem Namen gerufen, und damit hat er dir jegliche Zauberkraft ihm gegenüber genommen. Warum hat er das denn nicht wieder getan, als ihr euch in den Händen begegnet seid?«

»Das weiß ich nicht. Vielleicht kann er nur Kraft zum Reden schöpfen, wenn ich schwach bin. Er hat fast meine Stimme, meine Sprache, wenn er redet: Aber woher weiß er meinen Namen? Ich habe mir das Gehirn zermartert, seit ich Gont verlassen habe und über die Meere segelte, und die Antwort darauf weiß ich immer noch nicht. Vielleicht kann er in seiner eigenen Form oder Formlosigkeit gar nicht reden, sondern nur, wenn er ein Gebbeth ist. Ich weiß es nicht.«

»Dann musst du dich hüten, ihn wieder als Gebbeth zu treffen.«

»Ich glaube«, sagte Ged und streckte seine Hände gegen die glühenden Scheite, als fröre ihn von innen heraus, »ich glaube, die Gefahr besteht nicht mehr. Er ist jetzt an mich gebunden, genau wie ich an ihn gebunden bin. Jetzt kann er sich nicht mehr so weit frei machen, dass er einem anderen Menschen Gestalt und Geist, wie er es mit Skihor getan hat, aufzwingen kann. Er kann aber von mir Besitz ergreifen, sobald ich schwach werde und versuche ihm zu entfliehen und das Band zu zerreißen. Aber als ich versuchte ihn mit meinen Händen zu halten, so fest ich konnte, hat er sich wie Rauch verflüchtigt und entfloh ... Und das kann sich wiederholen, und trotzdem kann er mir nicht wirklich entfliehen, denn ich werde ihn immer finden. Ich bin an das grausame Scheusal gebunden und werde es ewig sein, außer ich finde das Wort, das mich erlösen kann: seinen Namen.«

Sein Freund saß ihm grübelnd gegenüber. »Gibt es überhaupt Namen in den dunklen Bereichen?«

»Erzmagier Genscher sagte, es gäbe keine, mein Meister Ogion sagte, es gäbe Namen.«

»Immer wird es Kontroversen zwischen Magiern geben«, zitierte Vetsch und lächelte resigniert.

»Diejenige, die der Urmacht auf Osskil diente, schwor, dass mir der Stein den Namen des Schattens sagen könne, aber ihren Worten traue ich wenig. Aber um mich loszuwerden, hat mir der Drache angeboten, mir den Namen des Schattens zu sagen, wenn ich den seinen nicht gebrauche. Ich dachte oft daran, dass Drachen weise sind, vielleicht gerade in Dingen, über die sich Magier streiten.«

»Weise, ja, aber auch herzlos. Aber von welchem Drachen redest du? Das hast du mir nicht erzählt, dass du dich, seit unserer letzten Begegnung, mit Drachen unterhalten hast.«

Sie blieben bis spät in die Nacht hinein sitzen und redeten miteinander, und obwohl sie immer wieder auf das Schwere, das vor Ged lag, zurückkamen, so wog die Freude, endlich wieder beisammen zu sein, doch alles auf, denn ihre Freundschaft war tief und stark. Zeit und Umstände konnten ihr nichts anhaben.

Ged wachte im Haus seines Freundes auf, und während er noch schlaftrunken war, fühlte er in sich ein Wohlbehagen, als befände er sich an einem sicheren, geschützten Ort, dem sich nichts Böses oder Übles nähern konnte. Den ganzen Tag über blieb etwas von diesem Traumgefühl an ihm haften, und er betrachtete es nicht als gutes Omen, sondern als ein Geschenk. Sehr wahrscheinlich würde er beim Abschied von hier den letzten, sicheren Hafen verlassen und er wollte diesen Traum genießen, solange er anhielt.

Vetsch musste vor seiner Abreise noch einige Angelegenheiten in anderen Dörfern der Insel in Ordnung bringen. Er verließ Iffisch mit dem Jungen, der als Zauberlehrling bei ihm arbeitete. Ged blieb bei Jarro und ihrem Bruder Murre, der im Alter zwischen Vetsch und Jarro stand. Murre, der weder Gabe noch Geißel einer magischen Macht in sich spürte, führte ein sorgloses Leben; er war noch nicht weit herumgekommen, außer Iffisch kannte er nur Tok und Holp. Ged beobachtete ihn mit Staunen und auch ein bisschen Neid, und die gleichen Gefühle bewegten Murre, wenn er Ged betrachtete. Beiden kam es seltsam vor, dass sie so verschieden sein konnten, da sie doch beide gleich alt waren, nämlich neunzehn Jahre. Ged schien es unfassbar, dass jemand, der neunzehn Jahre lang gelebt hatte, so sorglos sein konnte. Murres offenes, hübsches Gesicht gefiel ihm und er selbst kam sich linkisch und ungehobelt vor. Er wusste nicht, dass ihn Murre um die Narben in seinem Gesicht beneidete. Murre glaubte, dass sie von Drachenklauen herrührten, und sie waren ihm Rune und Siegel eines Helden.

Die beiden jungen Männer waren aus diesem Grund etwas gehemmt im Umgang miteinander, doch Jarro verlor bald alle Scheu vor Ged. Hier war sie daheim und Herrin des Hauses. Ged war sehr freundlich zu ihr und sie stellte viele Fragen, denn Vetsch, sagte sie, gäbe ihr nie richtig Auskunft. Während der zwei Tage war sie sehr geschäftig. Sie buk Weizenfladen für die Reisenden und wickelte getrocknete Fische und Fleisch und allen möglichen Proviant ein, bis Ged ihr Einhalt gebot, denn er hatte nicht vor, ohne anzuhalten bis nach Selidor zu segeln.

»Wo liegt Selidor?«, wollte sie wissen.

»Ganz weit draußen im Westbereich, wo Drachen so zahlreich sind wie Mäuse.«

»Dann bleibt besser hier im Osten. Unsere Drachen sind so klein wie Mäuse. Das ist Ihr Fleisch für die Reise, aber sind Sie sicher, dass es genug ist? Etwas verstehe ich ja nicht. Sie und Vetsch, Sie sind beide mächtige Zauberer, Sie müssen nur Ihre Hand bewegen, etwas murmeln, und schon ist es da. Warum werden Sie denn dann überhaupt hungrig? Wenn es Zeit zum Essen ist, warum sagen Sie denn nicht ganz einfach *Fleischpastete*, und dann kommt die Pastete, und Sie brauchen sie nur zu essen?«

»Das könnten wir schon tun. Aber wer schluckt schon gerne sein eigenes Gerede hinunter? *Fleischpastete* ist schließlich nur ein Wort ... Wir könnten sie wohlriechend, gewürzt und sogar sättigend machen, aber deswegen bleibt es doch ein Wort, es narrt den Magen und verleiht dem hungrigen Mann letztlich keine Kraft.«

»Zauberer sind also keine Köche«, sagte Murre, der an der anderen Seite des Herdes saß und an einem Stück weichem Holz herumschnitzte. Er hatte gelernt Holz zu bearbeiten, aber er war kein allzu fleißiger Geselle.

»Und Köche sind leider keine Zauberer«, sagte Jarro, die vor dem Ofen kniete und nachschaute, ob das letzte Blech voll Weizenkuchen durchgebacken war. »Aber es ist mir immer noch schleierhaft, Sperber. Ich habe zugeschaut, wie mein Bruder, und selbst sein Lehrling, in einem dunklen Raum Licht gemacht haben. Ein Wort genügt und ein *Licht*, kein Wort, ist erschienen, und es war so hell, dass man dabei wirklich sehen konnte.«

»Ja«, sagte Ged, »Licht ist eine Macht. Licht gibt uns Leben, aber es existiert nicht nur um unseretwillen. Es ist ein Ding, das für sich selbst da ist. Sonnen- und Sternenlicht ist Zeit, und Zeit ist Licht. Im Sonnenlicht, in den Tagen und Jahren, ist das Leben beschlossen. In der Dunkelheit kann ein lebendiges Wesen Licht herbeirufen, wenn es den Namen des Lichtes kennt. Aber im Allgemeinen, wenn Sie einem Zauberer zuschauen, der etwas – irgendetwas – herbeiruft, dann ist das nicht das Gleiche. Er ruft keine Macht herbei, die größer ist als seine eigene, und was erscheint, ist bloß Illusion. Will man etwas herbeirufen, das nicht da ist, dann ruft man es bei seinem wahren Namen – das ist eine große Kunst und nur im äußersten Falle zu gebrauchen, bestimmt nicht um des Hungers willen. Jarro, Ihr kleiner Drache hat ein Küchlein stibitzt.«

Jarro hatte so aufmerksam zugehört und Ged nicht aus den Augen gelassen, dass sie nicht bemerkt hatte, wie der Harreki sich vom Kesselhaken über dem Herd, an dem er gewöhnlich baumelte, heruntergeschlängelt und sich ein Küchlein geschnappt hatte, das größer war als er selbst. Sie nahm das kleine schuppige Geschöpf auf ihre Knie und fütterte es mit dem Küchlein krümelweise, während sie über Geds Worte nachdachte.

»Also deshalb würden Sie keine Fleischpastete bei ihrem wahren Namen herbeirufen, denn sonst würden Sie das durcheinander bringen, worüber mein Bruder immer redet – ich habe vergessen, wie es heißt ...«

»Das innere Gleichgewicht der Welt«, antwortete Ged ernsthaft, denn Jarro blickte ihn aufmerksam an.

»Aber als Sie Schiffbruch erlitten hatten, sind Sie in einem Boot gefahren, das fast nur aus Zauberformeln bestand, und es hat kein Wasser geleckt. War das auch Illusion?«

»Na, teilweise schon, denn ich wollte einfach nicht das Meer durch die Löcher im Boot sehen, deswegen habe ich sie zugezaubert. Aber die Stärke des Bootes war nicht Illusion, auch kein Gebieten war dabei, sondern das war eine andere Kunst, eine Bindeformel hielt es zusammen. Das Holz wurde zu einer Einheit, zu einem Etwas, zu einem Boot, denn schließlich, was ist ein Boot? Ein Etwas, das kein Wasser durchlässt.«

»Ich habe schon in manchem Boot geschöpft, das ganz schön Wasser durchließ«, sagte Murre.

»Oh, meines hat auch geleckt, wenn ich vergaß die Zauberformel zu erneuern.« Er beugte sich von seinem Eckplatz hinunter und nahm ein Küchlein von den Backsteinen und balancierte es auf seiner Hand. »Ich habe auch eins gestohlen.«

»Dann werden Sie sich die Finger verbrennen. Und wenn Sie auf dem Meer weit draußen bei den Fernen Inseln sind, werden Sie an dieses Küchlein denken und sagen: *Oh, hätte ich doch damals das Küchlein nicht gestohlen, dann hätte ich jetzt etwas zu essen, o weh* – Na, dann werde ich eben das Küchlein meines Bruders essen, und Sie können dann zusammen hungern.«

»Und damit wird das Gleichgewicht wiederhergestellt«, bemerkte Ged, während sie sich die heißen, braun gebackenen Küchlein schmecken ließen. Jarro musste kichern und verschluckte sich. Aber bald blickte sie wieder ernst drein und sagte: »Ich wollte, ich könnte alles ganz richtig verstehen, was Sie mir sagen. Ich bin zu dumm.«

»Die Schuld liegt bei mir, kleine Schwester«, sagte Ged. »Ich kann nicht gut erklären. Wenn wir mehr Zeit hätten ...«

»Wir werden mehr Zeit haben«, sagte Jarro. »Wenn mein Bruder wieder zurückkommt, dann kommen Sie auch mit und bleiben wenigstens eine Weile hier, nicht wahr?«

»Wenn ich kann«, antwortete er leise.

Eine Pause trat ein, dann fragte Jarro, während sie dem Harreki zuschaute, wie er wieder hinauf auf seinen Beobachtungsposten kletterte: »Sagen Sie mir nur noch eines, wenn es kein Geheimnis ist. Welche anderen großen Mächte, außer dem Licht, gibt es?«

»Das ist kein Geheimnis. Alle Kräfte, vom Ursprung bis ans Ende, beruhen auf einer Macht, glaube ich. Jahre und Entfernungen, Sterne und Kerzen, Wasser, Wind und Weisheit des Magiers, die Geschicklichkeit der Menschenhand und das Geheimnis einer Baumwurzel: Alle haben einen gemeinsamen Ursprung. Mein Name und Ihr Name, der wahre Name der Sonne oder des Quellwassers oder der eines ungeborenen Kindes, alles sind nur Silben eines einzigen Wortes, das ganz langsam im Funkeln der Sterne gesprochen wird. Es gibt keine andere Macht, keine anderen Namen.«

Murre hielt mit Schnitzen inne und fragte: »Und was ist der Tod?«

»Wird ein Wort gesprochen«, sagte Ged langsam, »so muss zuvor und danach Stille herrschen.« Dann erhob er sich plötzlich und sagte: »Ich habe kein Recht, über diese Dinge zu reden. Das Wort, das ich hätte sprechen sollen, habe ich falsch gesprochen. Es ist besser, wenn ich den Mund halte, ich werde nicht mehr weiterreden. Vielleicht gibt es keine wahre Macht – außer der Dunkelheit.« Und er verließ das Herdfeuer und die warme Küche, nahm seinen Umhang und ging hinaus auf die Straße, hinaus in den kalten Winterregen.

»Ein Fluch liegt auf ihm«, sagte Murre, der ihm etwas angstvoll nachschaute.

»Ich glaube, dass diese Fahrt ihm den Tod bringen wird«, sagte das Mädchen. »Er befürchtet das auch und geht trotzdem.« Sie hob den Kopf und schaute in die roten Flammen, als sähe sie ein Boot drinnen, das einsam und allein über die winterliche See in die weite Ferne fremder Meere fuhr. Ihre Augen füllten sich mit Tränen, doch sie sagte nichts.

Am nächsten Tag kam Vetsch zurück und verabschiedete sich von den Stadtvätern von Ismay, denen es nicht passte, dass ihr Zauberer mitten im Winter aufs Meer hinauswollte und sich auf ein Unternehmen, bei dem es um Leben und Tod ging, einließ, das ihn im Grunde gar nichts anging. Aber sie konnten ihn nicht abhalten. Er wurde ihrer ständigen Vorhaltungen müde und sagte: »Ich bin euch verpflichtet, durch meine Familie, durch Sitte und die Abmachung, die ich mit euch getroffen habe. Ich bin euer Zauberer. Aber es wird Zeit, dass ihr lernt, in mir zwar einen Diener, aber nicht euren Diener zu sehen. Wenn es an der Zeit ist, zurückzukommen, werde ich zurückkommen. Bis dahin – lebt wohl!«

Bei Tagesanbruch, als das graue Licht sich über das Meer ausbreitete, hissten die beiden jungen Männer das braune, aus kräftigem Garn gewebte Segel der *Weitblick*. Der Nordwind füllte es und führte sie hinaus aus dem Hafen von Ismay. Jarro stand am Pier, wie es Frauen und Schwestern an allen Küsten der Erdsee tun. Sie stehen, ohne zu winken und zu rufen, in graue oder braune Umhänge gehüllt, mit den Kapuzen über dem Kopf. So stand sie und schaute ihnen nach und die Küste wurde immer kleiner hinter ihnen, während das Wasser dazwischen immer weiter und breiter wurde.

Auf hoher See

Der Hafen war am Horizont versunken. Die gemalten Augen der *Weitblick*, nass von den Wellen, schauten hinaus aufs endlose Meer. Zwei Tage und zwei Nächte brauchten die Freunde, um die fünfzig Meilen zwischen Iffisch und der Soderinsel in stürmischer See und unter heftigem Regen zurückzulegen. Nur kurz verweilten sie im Hafen. Sie füllten ihre Wasserflaschen und erstanden eine geteerte Leinwand, um wenigstens einige ihrer Geräte im offenen Boot vor Salzwasser und Regen zu schützen. Sie hatten sich um diese Dinge wenig gekümmert, als das Boot beladen wurde, denn gewöhnlich sorgt ein Zauberer für solche Kleinigkeiten mit Zauberworten. Ganz einfache Formeln genügen, um das Leben im Boot erträglicher zu machen. Mit einem Wort zum Beispiel konnte man Salzwasser in Süßwasser verwandeln und man ersparte sich die Mühe, Süßwasser mitzuführen. Aber Ged machte nur sehr widerwillig von seiner magischen Kunst Gebrauch und wollte auch nicht, dass Vetsch seine Zauberkraft gebrauche. Er gab keinen Grund dafür an, sondern sagte nur: »Es ist besser so«, und sein Freund stellte keine weiteren Fragen, denn als der erste Windstoß die Segel füllte, fühlten beide eine bedrückende Ahnung drohenden Unheils, die so eiskalt wie der Winterwind war und sie erschauern ließ. Bucht und Hafen, Friede und Sicherheit, all dies ließen sie zurück. Sie begaben sich auf einen Weg, auf dem alle Handlungen gefährlich waren, auf dem kein Vorkommnis bedeutungslos war. Das geringste Zauberwort konnte ihr Geschick wenden und das Gleichgewicht, das zwischen der Macht und der Machtlosigkeit besteht, stören. Jetzt segelten sie direkt ins Zentrum dieses Gleichgewichts, dort, wo sich Licht und Dunkel trafen und keines stärker als das andere war. Wer dorthin fährt, wägt jedes Wort.

Aus dem Hafen von Soders kommend, steuerte Ged das Boot an der Küste entlang, an der sich weiße Schneefelder erstreckten und in den nebligen Höhen verloren. Er hielt sich jetzt südlich und sie kamen in Gewässer, die im äußersten Rand des Außenbereiches lagen und nie von den Handelsschiffen des Innenreiches befahren werden.

Vetsch stellte keine Fragen bezüglich des Kurses, denn er wusste, dass Ged ihn nicht wählte, sondern dorthin steuerte, wohin er steuern musste. Als die Soderinsel immer kleiner wurde und im Dunst hinter ihnen verschwand, als das Meer unter ihnen rauschte und an ihren Bug schlug, als nur die riesige runde Fläche des Wassers sie umgab und den Rand des Himmels berührte, fragte Ged: »Welche Lande liegen vor uns?«

»Direkt südlich von der Soderinsel liegt kein Land mehr. Südöstlich, ziemlich weit südöstlich, liegt etwas, aber es ist wenig: Pelimer, Kornay, Gosk und Astowell, das man auch Letztland nennt. Und weiter dahinter ist nichts als Meer.«

»Und südwestlich?«

»Rolamey liegt dort, die gehört zu den Inseln des Ostbereiches; darum herum gibt es ein paar kleinere Inseln, dann unterbricht nichts mehr die Wasserfläche bis zum Südbereich. Dort liegen Rut und Tum und die Insel, die sie das Ohr nennen, wo Menschen nicht hingehen.«

»Wir müssen vielleicht«, sagte Ged und blickte besorgt drein.

»Lieber nicht«, sagte Vetsch, »man sagt, dass es dort nicht geheuer zugeht. Gebeine liegen dort in Massen umher und böse Omen nehmen ihren Ursprung von dort. Matrosen haben berichtet, dass man von dem Ohr und von der Insel Weitsor aus Sterne erblickt, die man von keiner anderen Insel aus sehen kann und die keinen Namen haben.«

»Das habe ich auch gehört. Auf dem Schiff, das mich nach Rok brachte, war ein Seemann, der mir davon erzählte. Er hat von dem Floßvolk berichtet, das nur einmal im Jahr an Land geht, um große Stämme für ihre Flöße zu fällen, und den Rest des Jahres auf Meeresströmungen treibt, so weit entfernt von jeder Küste, dass sie nie gesichtet werden. Ich würde mir diese Floßdörfer gern einmal anschauen.«

»Ich nicht«, sagte Vetsch und lachte. »Ich bin für das Land und die Landratten, der See gönne ich ihr Bett und mir das meine ...«

»Ich wollte, ich hätte alle Städte des Inselreiches sehen können«, sagte Ged, als er das Segeltau hielt und seinen Blick über die weite, graue Öde schweifen ließ. »Havnor im Herzen der Welt, Éa, wo die Mythen herstammen, die Brunnenstadt Scheließ auf Weg, all die Städte und die großen Inseln hätte ich gerne gesehen, und auch die kleineren, die unbekannten, in den Außenbereichen; zu den Dracheninseln, die weit im Westen liegen, wäre ich gerne gefahren oder nach Norden bis nach Hogenland, wo die Eisschollen treiben. Manche Leute sagen, dass es dort oben ein Land gäbe, das größer als das ganze Inselreich sei, und andere sagen, es gäbe dort nur Riffe und Felsen mit Eis dazwischen. Keiner weiß etwas Genaues. Ich würde auch gerne die Wale im Norden sehen ... Aber ich kann ja nicht. Ich muss dahin gehen, wo es mich hinzieht, und ich muss mich von den verlockenden Küsten fern halten. Ich hatte es zu eilig in meinem Leben, und jetzt fehlt es mir an der Zeit. Ich habe Sonnenlicht, Städte und ferne Lande gegen eine Hand voll Macht, gegen einen Schatten der Finsternis eingetauscht.« Er schwieg, aber wie es unter Magiern üblich ist, drückte er seine Furcht und sein

Bedauern in einem Lied aus, einem kurzen Trauergesang, den er halb sang, halb sprach und der nicht nur für ihn allein bestimmt war. Sein Freund antwortete ihm mit den Worten des Helden aus den *Taten von Erreth-Akbe*: »Einmal nur möcht ich noch schauen der Erde leuchtende Feuer, die weißen Türme von Havnor ...«

So segelten sie dahin, immer geradeaus, über das weite, trostlose Wasser. Das einzig Lebendige, das sie an diesem Tage sahen, war eine Schule kleiner, silbriger Fischchen, die nach Süden zog. Kein Delfin schnellte sich aus dem Wasser, keine Möwe, keine Seeschwalbe, kein Wasservogel unterbrach das stetige Grau des Himmels. Als es im Osten dunkel wurde und der Himmel des Westens sich rot färbte, packte Vetsch das Essen aus und teilte es mit Ged: »Und nun das Bier. Trinken wir auf das Wohl derjenigen, die fürsorglich ein Fässchen an Bord verstaut hat, für durstige Männer in kaltem Wetter: auf meine Schwester Jarro!«

Als Ged das hörte, vergaß er einen Augenblick lang seine Sorgen und ließ seine Augen kurz von der ständigen Suche übers Meer ausruhen. Er trank auf Jarros Wohl, vielleicht etwas ernsthafter als Vetsch. Er sah Jarro wieder vor sich, ihr natürliches Wesen, ihren kindlichen Charme. Sie war nicht so wie andere Mädchen – aber welche jungen Mädchen hatte er überhaupt schon gekannt? Doch daran dachte er nicht. – »Sie ist wie ein kleiner Fisch, wie eine Elritze, die in einem klaren Bach herumschwimmt«, sagte er, »... aber man kann sie doch nicht fangen.«

Bei diesen Worten blickte ihn Vetsch überrascht an und lächelte. »Du bist wirklich zur Magie geboren«, sagte er. »Ihr wahrer Name ist Kest.« In der Ursprache, wie Ged wohl wusste, war »Kest« der Name für eine Elritze, und dies tat ihm in der Seele wohl. Aber nach einer Weile sagte er leise: »Du hättest mir ihren Namen nicht sagen sollen.«

Aber Vetsch, der das nicht unüberlegt getan hatte, sagte nur: »Bei dir ist ihr Name so gut aufgehoben wie meiner. Und außerdem hast du ihn ja selbst erraten ...«

Das Rot des Westens wurde Asche, dann wurde das Aschgrau zu Schwarz. Meer und Himmel waren ganz dunkel. Ged streckte sich im Boot aus, in seinen Umhang aus Wolle und Pelz gehüllt. Vetsch hielt das Tau fest und sang leise das *Enladlied*, das von Morred dem Weißen erzählt, der Havnor in seinem ruderlosen Langschiff verlassen hatte und im Frühling auf der Insel Soléa Elfarran in den Gärten wandeln sah. Ged schlief ein, bevor Vetsch an die Stelle kam, die vom tragischen Ende ihrer Liebe erzählte, von Morreds Tod, dem Untergang von Enlad und den mächtigen, bitteren Wogen, die über den Gärten von Soléa zusammenschlugen. Gegen Mitternacht wachte er auf und löste Vetsch ab, damit der schlafen konnte. Das kleine Boot stürmte tapfer über die unruhige See, es floh vor dem heftigen Wind, der sich gegen seine Segel lehnte, und raste blind durch die Nacht dahin. Die Bewölkung war stellenweise aufgelockert, die schmale Mondsichel schien zwischen braun geränderten Wolken und warf ein schwaches Licht über das Meer.

»Der Mond nimmt ab, es wird dunkler«, murmelte Vetsch, der gegen Morgen erwachte, gerade als der kalte Wind eine Weile aussetzte. Ged blickte hinauf zu dem weißen Halbmond über dem bleichen Wasser im Osten, aber er sagte nichts. Der Neumond, der auf die Wintersonnenwende folgt, wird Brachmond genannt und ist Gegenpol zu den Mondtagen und dem Langtanz des Sommers. Die Zeit gilt als ungünstig für Reisen und birgt nichts Gutes für Kranke. Während des Brachmonds findet keine Namengebung statt, keine Lieder werden in dieser Zeit gesungen, Schwerter oder Schnittwerkzeuge werden nicht geschliffen, Eide werden nicht geleistet. Es ist die dunkle Mitte des Jahres, wo mit gutem Gelingen nicht zu rechnen ist. Drei Tage nachdem sie Soders verlassen hatten, erreichten sie, Seevögeln und Treibgut folgend, die kleine Insel Pelimer, die sich hoch über die Wellen des Meeres erhob. Die Einwohner dort sprachen Hardisch mit einem eigenen Akzent, der selbst Vetsch fremd in den Ohren klang. Die jungen Männer gingen an Land, um frisches Wasser zu fassen und sich etwas von dem Meer zu erholen. Sie wurden zunächst freundlich aufgenommen mit großem Erstaunen und viel Aufregung. In der Hauptstadt der Insel gab es auch einen Zauberer, aber er war verrückt. Er redete unaufhörlich von der Riesenschlange, die an Pelimer knabbere und bald erreichen würde, dass die Insel fortschwimmen und ans Ende der Welt treiben werde, wo sie dann über den Rand in den Abgrund zu stürzen drohe. Zunächst empfing er die jungen Zauberer wohlwollend, aber als er von der Seeschlange zu reden anfing, schaute er Ged durchdringend an, und bald begann er sie zu beschimpfen und zu beschuldigen, dass sie Spione und Diener der Seeschlange seien. Die Pelimeraner begannen ihnen misstrauische Blicke zuzuwerfen, denn trotz seiner Verrücktheit betrachteten sie ihren Zauberer mit Respekt. Ged und Vetsch blieben daher nicht lange, sondern brachen noch vor Anbruch der Dunkelheit auf und hielten sich weiterhin südöstlich.

Während dieser Tage und Nächte, die sie abwechselnd segelnd verbrachten, sprach Ged weder vom Schatten noch von der vor ihm liegenden Aufgabe. Das Einzige, was ihn Vetsch diesbezüglich fragte, war, als sie immer weiter den gleichen Kurs beibehielten und sich von allen bekannten Inseln der Erdsee entfernten: »Bist du sicher?« Worauf Ged schlicht antwortete: »Weiß das Eisen, wo der Magnet liegt?« Vetsch nickte und segelte weiter, ohne mehr Worte darüber zu verlieren. Ab und zu sprachen sie von den verschiedenen Listen und Künsten, die von den Magiern vergangener Zeiten angewandt worden waren, um die verborgenen Namen unheilvoller Mächte und Wesen herauszufinden. Wie Nereger von Paln den Namen des schwarzen Magiers herausfand, als er einer Unterhaltung zwischen Drachen zuhörte, und wie Morred den Namen seines Feindes aus den Regentropfen herauslas, die in den Staub des Schlachtfeldes auf der Ebene von Enlad fielen. Sie sprachen über Bindeformeln, Beschwörungen und die Beantwortbaren Fragen, die nur von dem Meister der Formgebung gestellt werden dürfen. Aber oft wiederholte Ged leise die Worte, die ihm Ogion damals auf dem Berghang von Gont gesagt hatte: »Wer hören will, muss schweigen können ...« Und dann verstummte er und grübelte vor sich hin, stundenlang, seinen Blick unverwandt auf das Meer gerichtet. Manchmal schien es Vetsch, als sähe sein Freund weit vor sich, über den Wellen und hinter den noch vor ihnen liegenden grauen Tagen, das Ding, das sie verfolgten, und als ahne er das Ende ihrer Reise.

Sie segelten an Gosk und Kornay vorbei, doch das Wetter war so schlecht, dass sie keine der beiden Inseln im Regen und Nebel erkennen konnten und erst am nächsten Tag merkten, dass sie daran vorbeigesegelt waren, denn vor ihnen erhoben sich die gezackten Konturen einer Insel, über der Riesenschwärme von Möwen kreisten, deren schrilles Krächzen weit übers Meer hörbar war. Vetsch sagte: »Das sieht aus wie Astowell, das Letztland; östlich und südlich davon ist die Seekarte leer.«

»Aber die, die dort wohnen, die wissen vielleicht mehr und können uns sagen, ob weiter draußen doch noch Land liegt«, antwortete Ged.

»Warum sagst du das?«, fragte Vetsch, denn Geds Stimme klang unsicher und seine Antwort kam wieder stockend und zögernd und klang seltsam. »Hier nicht«, sagte er und sein Blick blieb auf Astowell haften und wanderte weiter, daran vorbei oder hindurch: »Hier nicht. Nicht auf dem Meer. Nicht auf dem Meer, sondern auf trockenem Land. Welchem Land? Vor den Quellen der offenen See, jenseits des Ursprungs, hinter den Toren des Tages?«

Dann verstummte er, und als er wieder redete, klang seine Stimme normal, als wäre er von einem Bann oder einer Vision befreit, an die er sich nicht mehr erinnern konnte.

Der Hafen von Astowell war nichts weiter als die Mündung eines Baches zwischen hohen Felsen an der Nordküste der Insel. Alle Hütten der Insel waren nach Norden und Westen gerichtet. Es sah aus, als ob die ganze Insel ihr Gesicht gegen die Erdsee wandte, dorthin, wo weit, weit weg andere Menschen wohnten.

Die Ankunft von Fremden rief Aufregung und Bestürzung unter der Bevölkerung hervor, denn noch niemals hatte sich ein Boot zu dieser Zeit in die Gewässer um Astowell gewagt. Die Frauen blieben in den Lehmhütten und lugten aus ihren Türen hervor, während sie ihre Kinder hinter ihren Röcken verbargen, und zogen sich voll Furcht in ihre Hütten zurück, als die Fremden den Strand heraufkamen. Die Männer, hager und schlecht gekleidet gegen die Witterung, schlossen schweigend einen Kreis um Vetsch und Ged. Jeder hielt eine Steinaxt oder ein aus Muscheln gefertigtes scharfes Messer in der Hand. Aber als sie ihre Furcht überwunden hatten, nahm das Fragen kein Ende. Selten geschah es, dass ein Schiff, selbst von Soders oder Rolameny, bei ihnen anlegte, denn sie hatten nichts, was sie gegen Bronze oder andere begehrte Waren eintauschen konnten, selbst Holz hatten sie keines. Ihre Boote waren aus Tierhäuten gefertigt, die sie über ein Schilfgeflecht spannten, und es gehörte viel Mut dazu, darin nach Gosk oder Kornay, den nächstgelegenen Inseln, zu fahren. Ganz allein wohnten sie hier, am Rand der Seekarte. Unter ihnen gab es weder eine Hexe noch einen Zauberer und sie erkannten die Stäbe der jungen Männer nicht ob ihrer Bedeutung, sondern bewunderten sie ob des Materials, aus dem sie gefertigt waren: Holz. Ihr Häuptling, oder Dorfältester, war sehr alt und er allein hatte schon einmal einen Menschen aus dem Inselreich gesehen. Ged betrachteten sie wie ein Wunder und die Männer hielten ihre Knaben hoch, damit sie den Mann aus dem Inselreich sehen und sich später, wenn sie einmal alt waren, daran erinnern konnten. Von Gont hatten sie noch nie gehört, nur von Havnor und Éa, und sie betrachteten Ged als einen Fürsten von Havnor. Er tat sein Möglichstes, um ihre Fragen nach der Weißen Stadt, die er selbst noch nie gesehen hatte, zu beantworten. Aber er hatte keine Ruhe, und als es immer später wurde und sie in der Wärme des scharf riechenden, qualmenden, von Ziegendung und Schilfbündeln genährten Feuers in der Versammlungshütte saßen, fragte er die Männer des Dorfes: »Was liegt östlich von der Insel?«

Keiner sprach, einige grinsten, andere blickten finster.

Der Dorfälteste antwortete: »Das Meer.«

»Weiter draußen liegt kein Land mehr?«

»Dies hier ist Letztland. Es gibt kein anderes Land weiter draußen, nur Wasser, von hier bis ans Ende der Welt.«

»Das sind weise Männer, Vater«, sagte ein junger Mann. »Das sind Seefahrer, Reisende. Vielleicht wissen die von einem Land, das wir nicht kennen.«

»Östlich von hier gibt es kein Land«, beharrte der Alte, blickte Ged durchdringend an und sprach kein Wort mehr mit ihm.

Die Nacht verbrachten die Freunde in der rauchigen Wärme der Hütte. Vor Tagesanbruch weckte Ged seinen Freund und flüsterte: »Estarriol, wach auf! Wir können hier nicht bleiben, wir müssen fort.«

»Warum so früh?«, fragte Vetsch schlaftrunken.

»Nicht früh – spät. Ich bin zu langsam gefolgt. Er hat einen Weg gefunden, auf dem er mir entkommen und mich in den Untergang treiben kann. Er darf mir nicht entkommen, denn ich muss ihm folgen, wie weit er auch gehen mag. Wenn ich ihn verliere, dann bin ich verloren.«

»Wohin folgen wir ihm?«

»Nach Osten. Komm! Ich habe die Wasserflaschen gefüllt.«

Und so verließen sie die Hütte, während noch alles

schlief. Nur ein kleines Kind schrie irgendwo in der Dunkelheit einer Hütte und verstummte dann wieder. Beim schwachen Licht der Sterne suchten sie den Pfad, der hinunter zur Bachmündung führte, und banden das Boot *Weitblick* von dem Felsen los und gemeinsam schoben sie es ins schwarze Wasser. Gen Osten segelnd, gelangten sie hinter Astowell auf die hohe See, am ersten Tag des Brachmondes, noch bevor die Sonne aufging.

Den ganzen Tag lang war der Himmel über ihnen klar. Der Wind der Welt blies kalt und böig aus dem Nordosten, doch Ged hatte einen magischen Wind gewirkt. Es war das erste Mal, seit er die Insel der Hände verlassen hatte, dass er Magie angewendet hatte. Das Schiff erzitterte vom Anprall der mächtigen, rauschenden, sonnenhellen Wogen, aber es hielt sich so tapfer, wie sein Besitzer prophezeit hatte, und es folgte dem Zauberwind so willig wie ein zauberdurchwirktes Schiff von Rok.

Ged redete kein Wort an diesem Morgen, außer um die Macht des Windes zu erneuern und die Leinwand des Segels mit Zauberworten zu verstärken. Vetsch versuchte, im Vorderteil des Bootes zu schlafen, was ihm nicht so recht gelang, denn er spürte die Unruhe seines Freundes. Um die Mittagszeit aßen sie. Ged teilte nur wenig aus und es war klar, was dies bedeutete, doch beide kauten an ihrem kleinen Stück gesalzenem Fisch und an ihrem Weizenküchlein und keiner sagte ein Wort.

Den ganzen Nachmittag lang bahnten sie sich ihren

Weg nach Osten, ohne zurückzublicken, ohne die Geschwindigkeit zu verringern. Einmal nur unterbrach Ged das Schweigen und sagte: »Gehörst du zu denen, die glauben, dass es kein Land außerhalb der Außenbereiche gibt, oder glaubst du, dass es andere Inselbereiche oder riesige, unerforschte Länder auf der anderen Seite der Erde gibt?«

»Jetzt im Augenblick«, sagte Vetsch, »gehöre ich zu denen, die glauben, dass die Welt ein Teller ist und dass der, der zu weit hinausfährt, über den Rand hinunterfällt.«

Ged lächelte nicht, sein Lachen war ihm vergangen. »Wer weiß, was man dort draußen antrifft. Wir Inselbewohner finden es bestimmt nie heraus, denn wir bleiben immer in der Nähe unserer Küsten und Ufer.«

»Mancher zog aus, um es zu erforschen, und keiner kehrte zurück. Und noch nie kam ein Schiff zu uns von unbekannten Landen.«

Ged antwortete nicht.

Die ganze Nacht und den ganzen Tag segelten sie, getrieben von dem mächtigen Zauberwind, über die Wogen des Meeres immer weiter nach Osten. Ged hielt Ausschau von der Abenddämmerung bis zum Morgengrauen, denn in der Dunkelheit wuchs die Kraft, die ihn zog oder trieb. Unentwegt starrte er geradeaus, obwohl er in der mondlosen Nacht nicht viel mehr als die blinden Bugaugen sehen konnte. Bei Tagesanbruch war sein Gesicht grau vor Erschöpfung und er war so klamm und verkrampft von der Kälte, dass er sich kaum im Boot ausstrecken konnte.

Er sprach flüsternd: »Halte den magischen Wind aus dem Westen aufrecht, Estarriol!«, und schlief sofort ein.

Kein Sonnenaufgang war zu sehen. Aus dem Nordosten schlug ein heftiger Regen gegen das Boot, aber es war kein Sturm, sondern nur der übliche Regen und Wind des Winters. Bald war alles im Boot durchnässt, trotz der geteerten Leinwand, die sie als Schutz gekauft hatten. Vetsch hatte bald das Gefühl, als sei er bis auf die Knochen nass, und Ged fröstelte im Schlaf. Aus Mitleid mit seinem Freund, und vielleicht auch ein bisschen aus Mitleid mit sich selbst, versuchte Vetsch, den unerbittlichen, unbarmherzigen Wind, der den Regen gegen sie trieb, mit Zauberworten etwas abzubiegen. Es gelang ihm nicht. Obwohl er keine Mühe hatte, den von Ged ursprünglich aufgebrachten magischen Wind in dem Segel zu halten, so war seine eigene Zaubermacht, so weit vom Land entfernt, wirkungslos. Der Wind der hohen See gehorchte seiner Stimme nicht.

Mit dieser Erkenntnis schlich sich Furcht in sein Herz. Vetsch fragte sich, wie viel ihnen von ihrer Macht verblieben war, hier draußen, so weit entfernt vom Land, dem eigentlichen Wohnort des Menschen.

Während der Nacht übernahm Ged wieder die Wache und hielt das Boot unentwegt auf östlichem Kurs. Bei Tagesanbruch ließ der Wind der Welt etwas nach, ab und zu brach sogar die Sonne durch. Aber die Wellen türmten sich hoch vor ihnen, dass die *Weitblick* sich schräg hochbewegen musste, oben einen Augenblick fast unbeweglich auf dem Wellenkamm ritt, dann plötzlich hinunterschoss und das Gleiche bei der nächsten und übernächsten Welle endlos wiederholte.

Am Abend des gleichen Tages sprach Vetsch nach langem Schweigen. »Mein Freund«, sagte er, »einmal hast du erwähnt, dass wir schließlich Land sehen werden. Es würde mir nie einfallen, deine Vision infrage zu stellen, aber bedenke dies: Das Unbekannte, dem wir folgen, kann dir einen Streich spielen, es kann dir eine Falle stellen, es kann dich hinaus aufs Meer locken, weiter, als es Menschen vergönnt ist zu gehen. Unsere Macht kann sich hier draußen ändern, auf fremden Meeren wird sie geschwächt. Wie du weißt, ermüdet ein Schatten nicht, er verhungert auch nicht und er kann auch nicht ertrinken.«

Sie saßen nebeneinander auf der Ruderbank, doch Ged blickte ihn an, als wäre er weit weg, als läge ein Abgrund zwischen ihnen. Seine Augen waren umwölkt und es dauerte lange, bis er antwortete.

Schließlich sagte er: »Estarriol, wir sind nahe.«

Als er dies hörte, wusste sein Freund, dass es die Wahrheit war. Angst erfasste ihn. Aber er legte seine Hand auf Geds Schulter und sagte nur: »Nun, das ist gut, das ist gut.«

Als die Nacht kam, wachte Ged wieder, denn er konnte nicht schlafen. Auch am dritten Tag weigerte er sich zu schlafen. Noch immer eilten sie pfeilschnell unter dem stetig starken Wind übers Meer und Vetsch erstaunte ob der Kraft, die Ged besitzen musste, um diesen mächtigen magischen Wind pausenlos aufrechtzuerhalten. Er fühlte, wie seine eigene Macht schwächer wurde und sich änderte. Und immer weiter flogen sie dahin, bis Vetsch spürte, dass Geds Ahnung nahe ihrer Erfüllung war. Sie kamen in Bereiche jenseits der Quellen des Meeres, jenseits der Tore des Tages. Ged saß vorne im Boot und starrte wie immer geradeaus. Aber er sah jetzt das Meer nicht so, wie Vetsch es sah – als eine Einöde wild bewegten Wassers, das den Rand des Himmels berührte. Vor Geds Augen lag ein dunkles Etwas, das sich vor den grauen Himmel, vor das graue Meer lagerte, das sich wie ein Schleier auf die Welt legte, und der Schleier wurde immer dichter. All dies sah Vetsch nicht, nur auf dem Gesicht seines Freundes nahm er ganz undeutlich etwas von dieser Dunkelheit wahr. Weiter und immer weiter fuhren sie und es war, als gingen sie, obwohl sie in einem Boot saßen und von einem Wind getrieben wurden, getrennte Wege. Vetsch eilte nach Osten über das Weltmeer, während Ged allein ein Reich betrat, in dem es weder Ost noch West gibt, weder Auf- noch Untergang von Sternen und Sonnen.

Plötzlich erhob sich Ged im Bug des Bootes und sprach laut. Der magische Wind ließ nach. Die ***Weitblick*** fuhr langsamer und lag schließlich, ohne sich vorwärts zu bewegen, auf den riesigen Wellen, die sie hoben und wieder fallen ließen wie einen kleinen Holzspan und hin und her schaukelten. Obgleich der Wind der Welt mächtig aus dem Norden blies, hing das braune Segel schlaff am Mast.

Ged sagte: »Streich das Segel!«, und Vetsch gehorchte sofort, Ged band die Ruder los, hakte sie ein und begann zu rudern.

Vetsch, der, so weit er blicken konnte, nichts als Wellen sah, verstand nicht, warum sie jetzt ruderten, aber er wartete, und bald merkte er, dass der Wind der Welt schwächer wurde und die Wellen immer kleiner. Das Boot hob und senkte sich immer weniger, bis es schließlich unter Geds kräftigen Ruderschlägen übers Wasser dahingetrieben wurde, das so still war wie das Wasser einer Bucht. Und obwohl Vetsch nicht sehen konnte, was Ged sah, der zwischen dem Rudern immer wieder den Kopf wandte und nach dem Ausschau hielt, was vor ihm lag – obwohl Vetsch die dunklen Hügel unter den unbeweglichen Sternen nicht wahrnahm, trotzdem sahen seine Magieraugen in den Vertiefungen der Wellen um das Boot herum eine Dunkelheit aufsteigen, die wie riesige Schwaden immer höher wallte und sich immer langsamer bewegte, als sei sie mit Sand beschwert.

Wenn dies Illusion war, so war sie unglaublich mächtig, denn sie spiegelte hier, inmitten der hohen See, Land vor. Er nahm seinen ganzen Mut zusammen, sammelte sich und sprach eine Enthüllungsformel. Er passte zwischen jeder langsam gesprochenen Silbe scharf auf, um jede Erschütterung, jeden Riss in dieser Illusion wahrzunehmen, die ihm hier, über dem tiefen Abgrund, seichtes Wasser und ein Austrocknen des Meeres vorspiegelte. Aber nichts änderte sich. Vielleicht hatten seine Zauberworte, die für seine eigenen Augen bestimmt waren und an der Magie ringsumher nichts ändern wollten, keine Kraft hier. Vielleicht war es auch keine Illusion und sie hatten das Ende der Welt erreicht.

Ohne Pause ruderte Ged weiter. Ab und zu über seine Schulter blickend, steuerte er das Boot durch Untiefen, Sandbänke und Kanäle, die nur er sehen konnte. Unter ihm lag die bodenlose Tiefe des Meeres, doch sein Boot fuhr auf eine versteckte Sandbank und saß fest. Ged zog die Ruder ein, die in den Dollen ratterten, und das Geräusch war erschreckend in der Totenstille. Alle Laute, die Stimme des Windes, des Wassers, des Holzes, des Segels, alles war verstummt, verschluckt von der riesigen, tiefen Stille, die ewiglich währen konnte. Das Boot lag regungslos. Kein Windhauch war zu spüren. Das Meer war Sand geworden, der beschattet und unbeweglich dalag. Nichts rührte sich am Himmel, nichts auf diesem trockenen, unwirklichen Boden, der sich in endlose Fernen um das Boot herum erstreckte und sich in der Finsternis verlor.

Ged ergriff seinen Stab und stieg leichtfüßig über die Bordwand. Vetsch rechnete damit, dass er hinfallen und im Wasser versinken würde, denn gewisslich musste das Meer unter diesem trockenen, trüben Schleier liegen, der Wasser, Himmel und Licht verbarg. Aber das Meer war verschwunden. Ged entfernte sich vom Boot. Der dunkle Sand knirschte leise und zeigte seine Fußspuren. Sein Stab begann zu leuchten, nicht mit einem Werlicht, sondern mit einem hellen, weißen Glanz, der bald so durchdringend wurde, dass seine Finger sich röteten, wo er das leuchtende Holz umfasste. Er entfernte sich vom Boot, aber er schlug keine Richtung ein. Hier gab es weder Norden noch Süden, noch Westen, noch Osten, nur ein Näherkommen und ein Fortgehen.

Das Licht, das er trug, kam Vetsch, der alles mit Bangen beobachtete, wie ein großer Stern vor, der sich langsam durch die Dunkelheit fortbewegte. Und die Dunkelheit um Ged verdichtete, verdüsterte und vermehrte sich. Auch Ged, der immer geradeaus vor sich hin blickte, nahm das wahr. Und nach einer Weile sah er, am äußersten Rande des Lichtkreises, einen Schatten, der sich auf ihn zubewegte.

Zuerst sah er formlos aus, aber als er näher kam, nahm er die Gestalt eines Mannes an. Alt schien er, grau und grimmig blickte er, aber als Ged seinen Vater, den Schmied, in der Gestalt zu erkennen glaubte, änderte sie sich und war nicht mehr alt, sondern jung. Es war Jasper, mit seinem kecken, hübschen Gesicht, der ihm, gehüllt in seinen grauen Umhang mit der Silberbrosche, hochmütig entgegenschritt. Hasserfüllt blickte er auf Ged, über die zwischen ihnen liegende Dunkelheit hinweg. Ged blieb nicht stehen. Er verlangsamte seine Schritte etwas und hob seinen Stab etwas höher. Dieser glänzte heller und in seinem Licht änderte sich die Gestalt und nahm Peckvarrys Form an. Doch Peckvarrys Gesicht war aufgeschwemmt und weiß wie das Gesicht eines Ertrunkenen und er streckte seine Hand nach Ged aus, als wolle er ihn zu sich rufen. Ged ging unentwegt weiter, obwohl ihn nur noch wenige Schritte von dem Wesen vor ihm trennten. Jetzt änderte es sich völlig; es breitete sich aus und öffnete riesige, dünne Flügel, es züngelte, schwoll an und schrumpfte wieder zusammen. Einen Augenblick lang sah Ged Skihors weißes Gesicht, dann ein Paar starre, umwölkte Augen und plötzlich ein grauenvolles Gesicht, das er nicht kannte, Mensch oder Ungeheuer, mit zuckenden Lippen und Augen wie tiefe Gruben, die in schwarze Leere mündeten.

Als er dies sah, hob Ged seinen Stab in die Höhe und sein Glanz wurde so stark, sein Licht leuchtete so hell und weiß, dass er die Dunkelheit selbst, die vor ihm stand, diese uralte, unergründliche Bosheit, in seinen Bann zwang und quälte. In diesem Licht verlor der Schatten jegliche Gestalt. Er zog sich zusammen, wurde noch schwärzer und kroch auf vier kurzen Tatzen über den Sand auf Ged zu. Aber noch immer bewegte er sich und hob sein blindes, unförmiges Gesicht ohne Lippen, Ohren und Augen zu ihm empor. Als sie aufeinander trafen, wurde es pechschwarz unter dem weißen magischen Licht, der Schatten zog sich hoch und stand aufrecht. In der Totenstille hielten sie an und standen sich gegenüber, Mensch und Schatten.

Laut und klar, die Totenstille unterbrechend, sprach Ged den Namen des Schattens, und im gleichen Augenblick sprach der Schatten ohne Lippen und Zunge das gleiche Wort: »Ged.« Und die beiden Stimmen waren eine Stimme.

Ged streckte seine Hände aus, ließ seinen Stab fallen und ergriff den Schatten, sein schwarzes Selbst, das sich nach ihm ausstreckte. Hell und Dunkel trafen zusammen, verbanden sich und wurden eins.

Vetsch war weit zurückgeblieben und im dunklen Dämmerlicht über den Sand blickend, sah er mit Entsetzen, wie Ged überwältigt wurde, und wie der helle Schein, der ihn umgeben hatte, immer schwächer wurde. Von Wut und Verzweiflung gepackt, sprang er aus dem Boot auf den Sand hinaus, um seinem Freund zu helfen oder mit ihm zu sterben. Er rannte auf den letzten verglimmenden Lichtschein zu, in der trostlosen Dämmerung des trockenen Landes. Aber noch während er lief, spürte er, wie er im Sand unter seinen Füßen versank, und er begann schwerfällig, wie in Schlick oder Schlamm, zu waten – bis mit donnerndem Brausen und herrlichem Tageslicht, mit bitterer Winterskälte und herbem Salzgeschmack die Welt wiederhergestellt wurde und er plötzlich im nassen, kalten, lebendigen Wasser des Meeres zappelte.

Nahebei schaukelte das Boot auf den grauen Wellen,

sonst konnte Vetsch nichts auf dem Meer erblicken, denn die Schaumkronen der Wellen schlugen ihm ins Gesicht und nahmen ihm die Sicht. Er war nicht der beste Schwimmer und mühte sich ab, zum Boot zu gelangen, und zog sich langsam hoch. Hustend hockte er im Boot und schaute verzweifelt um sich, während er das aus seinen Haaren strömende Wasser aus dem Gesicht strich. Er wusste nicht, in welche Richtung er blicken sollte. Schließlich sah er, weit entfernt, etwas Dunkles auf dem Wasser treiben. Er ergriff flugs die Ruder und näherte sich mit mächtigen Schlägen der Stelle, wo sein Freund im Wasser trieb, und seinen Arm ergreifend, zog er ihn an Bord.

Ged war betäubt und seine Augen starrten blicklos ins Leere, aber er schien unverletzt zu sein. Er hielt seinen Stab aus schwarzem Eibenholz, dessen Glanz erloschen war, mit der rechten Hand fest umklammert und wollte ihn nicht loslassen. Er sprach kein Wort. Erschöpft, durchnässt und zitternd kauerte er am Mast und blickte an Vetsch vorbei in die Ferne, der das Segel hisste und das Boot wendete, um den Nordostwind zu fangen. Nichts sah er von dieser Welt, bis sich direkt vor ihnen auf ihrem Kurs, in dem sich verdunkelnden Abendhimmel, zwischen dunklen Wolkenfetzen, eine Bucht klaren blauen Lichtes auftat, in die der neue Mond trat, eine schmale Sichel aus Elfenbein, ein Rand aus poliertem Horn, der das Sonnenlicht über den dunklen Ozean zurückwarf.

Ged hob sein Gesicht empor und blickte lange auf die ferne, helle Mondsichel im Westen.

Er ließ seinen Blick darauf ruhen, dann stand er auf, ergriff seinen Stab mit beiden Händen, wie ein Krieger sein langes Schwert packt. Er schaute auf den Himmel, auf das Meer, auf das pralle braune Segel über sich, auf das Gesicht seines Freundes.

»Estarriol«, sagte er, »schau her, es ist vollbracht, es ist vorbei.« Er lachte. »Die Wunde ist geheilt«, sagte er, »ich bin ein ganzer Mensch, ich bin frei.« Dann beugte er sich nach vorne und barg sein Gesicht in seinen Armen und weinte wie ein Kind.

Bis zu diesem Augenblick hatte Vetsch ihn mit Angst und geheimer Furcht beobachtet, denn er war nicht sicher, was sich dort draußen auf dem dunklen Land zugetragen hatte. Er wusste nicht, ob es wirklich Ged war, der im Boot bei ihm saß, und seit Stunden schon hielt er den Anker in seiner Hand, bereit, die Planken des Bootes zu durchstoßen und sie alle hier mitten im Meer zu versenken, damit das Ungeheuer, das er unter Geds Gestalt und Hülle fürchtete, nicht zurück in die Häfen der Erdsee gelangte. Aber jetzt, als er die Stimme seines Freundes vernahm und ihn anblickte, verschwanden alle Zweifel. Er begann die Wahrheit zu ahnen, dass Ged weder gewonnen noch verloren hatte, dass er, indem er dem Schatten seines Todes seinen eigenen Namen gab, sich selbst fand und zu einem Ganzen wurde: Er wurde ein Mensch, der sich selbst erkannt hatte und von keiner anderen Macht, außer seiner eigenen, besessen oder beherrscht werden konnte, der das Leben um des Lebens willen lebt, nicht im Dienste der Zerstörung, des Hasses, der Pein und der Finsternis. Wie es in der *Erschaffung von Éa*, dem ältesten Lied, heißt: »Nur aus dem Schweigen ward das Wort, nur aus dem Dunkel ward das Licht, nur aus dem Tod ward das Leben: Hell ist der Flug des Falken in der Weite des Himmels.« Dieses Lied sang Vetsch jetzt mit heller Stimme, während er das Boot gegen Westen segelte, den kalten Winterwind im Rücken, der von hoher See her blies.

Acht Tage und wiederum acht Tage lang segelten sie, bis sie endlich Land sichteten. Oft mussten sie ihre Wasserflaschen mit magisch entsalztem Wasser füllen, oft versuchten sie zu fischen, aber selbst mithilfe magischer Formeln war ihr Fang gering, denn die Fische der hohen See wissen ihre wahren Namen nicht und kümmern sich wenig um Magie. Als sie nichts mehr als ein paar Fetzen geräucherten Fleisches übrig hatten, erinnerte sich Ged wieder an Jarros Worte, als er das Weizenküchlein stibitzt hatte: dass er seine Tat bereuen würde, wenn ihn draußen, auf dem Meere, hungere. Aber die Erinnerung machte ihn, trotz seines Hungers, froh, denn sie hatte auch gesagt, dass er zusammen mit ihrem Bruder heimkehren würde.

Nur drei Tage lang waren sie mit dem magischen Wind nach Osten gesegelt, aber es dauerte sechzehn Tage, den Rückweg nach Westen zurückzulegen. Noch nie waren

Männer zurückgekehrt, die so weit draußen auf hoher See gewesen waren wie die beiden jungen Zauberer Estarriol und Ged, im Brachmond des Winters, in ihrem offenen Fischerboot. Keine heftigen Stürme verlangsamten ihre Fahrt und sie segelten stetig, mit Kompass und dem Stern Tolbegren. Da sie einen etwas nördlicheren Kurs als auf dem Hinweg einschlugen, lag Astowell nicht auf ihrem Weg, sie kamen an Weit-Toly und Sneg vorbei, sichteten die Inseln aber nicht. Das erste Land, das sie sahen, war das Südkap von Koppisch. Über den Wellen erhoben sich die Felsklippen wie Türme einer Riesenfestung. Seevögel kreisten krächzend und kreischend über die Wogen und der Rauch der Herdfeuer in den kleinen Dörfern ringelten sich bläulich im Wind.

Von dort war die Reise nach Iffisch nicht mehr weit. Sie erreichten den Hafen von Ismay an einem ruhigen, dunklen Abend vor einem Schneesturm. Sie legten an und machten ihr Boot *Weitblick*, das sie an die Küste des Totenreiches und wieder zurück getragen hatte, fest und schritten die engen Gassen hinauf zum Hause des Zauberers. Ihre Herzen waren leicht, als sie unter das Dach des Hauses traten, wo das Feuer behagliche Wärme verbreitete und wo Jarro, mit Tränen der Freude in den Augen, ihnen entgegeneilte und sie begrüßte.

Wenn Estarriol von Iffisch sein Versprechen gehalten und ein Lied über die ersten großen Taten Geds gedichtet hat, so ging es verloren. Im Ostbereich erzählt man die Geschichte von einem Boot, das, einige Tagesreisen von der Küste entfernt, mitten über der Meerestiefe auf festen Grund auflief. In Iffisch wird behauptet, dass Estarriol das Boot gesegelt hatte, aber in Tok besteht man darauf, dass es zwei Fischer waren, die vom Sturm auf die hohe See getrieben wurden, und in Holp sagt man, dass ein holpischer Mann sein Boot nicht von den unsichtbaren Sandbänken freibekam und seither umherwandere. Vom *Schattenlied* sind nur Fragmente erhalten, die im Laufe der Zeit wie Treibholz von Insel zu Insel getragen wurden. Das *Gedlied* berichtet nichts von dieser Fahrt Geds und von dem Zusammentreffen mit dem Schatten, das sich zutrug, bevor Ged unversehrt durch die Dracheninseln fuhr, und bevor er den Ring von Erreth-Akbe von den Gräbern von Atuan nach Havnor zurückbrachte und schließlich nach Rok zurückkehrte und Erzmagier von all den Inseln der Welt wurde.

2 3 04 03 02
Genehmigte Lizenzausgabe für den Carlsen Verlag GmbH, Hamburg 2002

Originaltitel: A Wizzard of Earthsea

Redaktionelle Bearbeitung der Übersetzung: Florian F. Marzin
Umschlag: Dieter Wiesmüller
Gesetzt aus der Berkeley von KCS, Buchholz
Druck und Bindung: GGP Media, Pößneck
ISBN 3-551-58090-1
Printed in Germany